BUR
Rizzoli

Dello stesso autore in BUR Rizzoli

Il resto della settimana

L'ultimo passo di tango

Voci nel buio
a cura di Maurizio de Giovanni

Maurizio de Giovanni

I guardiani

BUR
Rizzoli

Pubblicato per

BUR Rizzoli

da Mondadori Libri S.p.A.

Published by arrangement with The Italian Literary Agency

ISBN 978-88-17-10961-1

Prima edizione Rizzoli: 2017
Prima edizione BUR: 2019
Seconda edizione Best BUR: maggio 2019

Seguici su:

www.rizzolilibri.it /RizzoliLibri @BUR_Rizzoli @rizzolilibri

I guardiani

A Paola.
Come per ogni inizio di strada.

I

Il panorama. La vista.

Forse, sa, la differenza è tutta lì.

Lo penso spesso, anche quando mi ritrovo a cercare di ricostruire ogni cosa, a scavare nei dati e a elaborare la miriade di notizie e di numeri. Per capire il cammino che è stato fatto e quello che resta da fare. Quando mi chiedo il perché, anche se Dio sa quanto e come io cerchi di evitare di pormi questa terribile domanda.

Quello è uno schermo, ovviamente. Lo so, sembra una grande finestra, ma è uno schermo. È là da molto tempo, non voglio nemmeno dirle da quanto, perché non mi crederebbe. O forse sì; dimentico spesso che lei è speciale. Forse lei mi crederebbe.

Comunque è uno schermo. Ha una definizione assoluta, quindi di fatto è indistinguibile da una finestra. E ha di buono che si può scegliere di guardare un po' in giro, diciamo così. Una specie di circuito aperto, ma non per sorvegliare. Per guardare. Solo per guardare.

Il panorama.

Io preferisco tenere l'immagine sull'esterno, proprio sul luogo in cui ci troviamo. Non cerchi riferimenti, non ce ne sono. Neve, alberi. Quelle cime in fondo, le uniche più alte nei dintorni. Il cielo, le nuvole. Qualche animale che si avventura a scovare qualcosa da mangiare. Non succede molto. Eppure si starebbe a guardare per ore, no? Perché mentre si guarda, la mente trova pace, e comincia a scavare nel suo stesso interno arrivando a profondità impossibili anche solo da concepire.

Il segreto delle scoperte più incredibili. L'evoluzione di ogni scienza, la scintilla di ogni arte. Il principio basilare di tutte le religioni, anche se poi, come immaginerà – e chi meglio di lei, d'altronde, può farlo – arrivano sempre ad altre conclusioni. È così semplice, eppure nessuno mai l'ha detto. Il segreto, una cosa così semplice. Mettersi a guardare, e liberare la mente.

Sa, forse le ho detto già tutto. Forse è tutto là. Il panorama.

Solo noi. Siamo gli unici. Non troverà altri animali sul pianeta che si fermeranno a scrutare l'orizzonte. Non troverà altri animali sul pianeta a osservare, gli occhi perduti dietro il bagliore rosso di una stella qualsiasi che cade di sera o che sorge di mattina. Non troverà altri animali sul pianeta che viaggiano per ore, magari giorni interi, per affacciarsi a un parapetto e sostare per un tempo indefinito che è un tempo di anima e di pensiero. Non ne troverà, perché non ne esistono.

Non è un caso, sa, che via via che andiamo avanti verso la fine sentiamo aumentare l'incanto e la nostalgia. Sono due lati in lotta, diciamo; e man mano che, inevitabilmente, uno dei due prevarrà, l'altro andrà spegnendosi piano e lascerà una scia di eventi indecifrabili.

Per cui io passo qui la maggior parte del tempo. A guardar cadere la neve, a lasciar volare le idee in quel cielo così assurdo.

Così assurdo.

II

La donna era in mezzo ad altre cinque, al riparo dello stretto cornicione di fronte alla chiesa. Una pioggia fine rendeva lucide le pietre sconnesse della piazzetta, e penetrava nelle ossa e nelle anime attraverso i vestiti. I lampioni ancora accesi, la luce del sole che si rifiutava di irrompere, pochi frettolosi passanti.

Le donne sembravano un piccolo stormo di grossi uccelli neri, in attesa di volare via. Due parlottavano sottovoce, come fossero già dentro la chiesa. Le teste coperte da uno scialle, le mani nelle tasche dei cappotti. Appena la lancetta dei minuti accostò quella delle ore, le sei e mezzo in punto, il portone si aprì e il sacrestano si avvicinò al cancello. Era un uomo basso e grasso, infreddolito e dall'aria sbrigativa. Lanciò un'occhiata torva alle donne, poi ostentando indifferenza aprì il chiavistello con studiata flemma. Le due più anziane, le stesse che chiacchieravano sottovoce, si diedero di gomito fissandolo ostili. Il sacrestano, una volta spalancato il cancello, si voltò e lentamente si avviò all'interno.

La chiesa era piccola, stretta tra i più recenti palazzi circostanti nel ventre molle della città antica. Dentro sembrava facesse più freddo che fuori. Odore di incenso bruciato e fiori appassiti. Umido, muffa.

Le vecchie sciamarono verso i primi banchi, prendendo posto per il rito del mattino. Una a mezza voce, incoerentemente, bestemmiò per il dolore alle ossa mentre si sedeva. Un'altra cominciò a salmodiare il rosario, imitata dalle altre.

Non si accorsero che una era rimasta indietro. Entrata per ultima, aveva fatto un passo di lato, infilandosi nell'ombra di una cappella senza candele. Curva, massiccia, tarchiata e nera come le altre, un cappotto logoro e una pesante sciarpa sulla testa. Si mosse silenziosa fino a un cancelletto che dava su una angusta rampa di scale. La voce del coro del rosario rispondeva decisa alle invocazioni declamate in un ipotetico, imbastardito latino. Furtiva, la donna nella navata laterale tirò fuori qualcosa dalla borsa che portava al braccio e iniziò ad armeggiare con la serratura del cancelletto, fermandosi quando il coro delle vecchie lasciava il posto alle invocazioni dell'improvvisata officiante. Lo scatto risuonò in una pausa della preghiera, ma fu preso per un rumore dalla strada; solo una delle vecchie, al secondo banco, alzò per un attimo la testa. La donna rimase ferma nell'oscurità, confusa contro la parete buia. La recitazione riprese, e dopo un attimo la donna aprì il cancelletto, attenta a evitare ogni minimo cigolio, e si dileguò giù per le scale.

Per quasi un quarto d'ora non accadde nulla. Il rosario si concluse e riprese, per poi terminare definitivamente quando entrò il parroco coi paramenti, pronto a officiare. Dietro di lui il sacrestano, impassibile e imbacuccato in un maglione a collo alto. La vecchia al primo banco gli lanciò un'occhiata velenosa che lui non restituì.

Dieci minuti ancora. Una luce flebile e grigia cominciò a filtrare dai finestroni in alto, avanzando minuto dopo minuto. Ma subito prima di raggiungere l'apertura sulla rampa di scale, una mano si posò sul cancelletto, spingendolo in avanti.

Un'agile ragazza scavalcò l'ultimo gradino con un saltello e fece il suo ingresso nella navata centrale. Era vestita di nero, come la signora anziana che era scesa ormai da mezz'ora, ma aveva movimenti fluidi, era più alta e i vestiti aderivano alle forme del corpo. Rimase in penombra fino al centro della navata, poi tolse lo scialle dalla testa liberando i capelli luminosi e, senza segnarsi, uscì a passo svelto dalla chiesa.

Il sacrestano aguzzò gli occhi per sbirciarle il sedere, mentre il portone si apriva nella luce piovigginosa di quel mattino di dicembre.

Le donne nei primi banchi continuarono a salmodiare, senza interrompersi.

III

Le due ragazze avevano atteggiamenti radicalmente diversi. Una si muoveva a disagio sulla sedia, cercando di non incontrare lo sguardo dell'altra, che si sforzava per non scoppiare a ridere. La prima portava gli occhiali, teneva le mani strette attorno a un fascicolo che aveva appoggiato sulle gambe; l'altra era bionda e aveva detto di essere lì solo per accompagnare l'amica.

Nella stanza ingombra di libri e documenti non erano sole. Dietro una disordinatissima scrivania sedeva il loro interlocutore, un giovane pallido e smunto, con due spesse lenti, e chiaramente in imbarazzo; a qualche metro di distanza, affaccendato davanti a una libreria che riempiva l'intera parete, l'altro personaggio.

Si trattava di un uomo sulla quarantina, alto e magro, piuttosto attraente nonostante l'aspetto disordinato. I capelli castani ricadevano in ciuffi sparsi sulla fronte. Sulla punta del naso un po' lungo, un paio di occhiali da lettura; sotto, folti baffi brizzolati. Indossava una giacca sportiva marrone dai gomiti consunti e un'incongrua larga cravatta regimental coi colori sociali di un circolo nautico, giallo e verde, purtroppo per lui. I pantaloni di velluto a coste larghe, stazzonati e senza cintura, dai quali fuoriusciva di continuo una camicia color crema che ogni tanto, con un gesto nervoso, rimetteva a posto. L'uomo mormorava incessantemente qualcosa, tirando fuori e riponendo volumi sugli scaffali sempre più infastidito.

Davanti a lui un tavolo da riunioni, sul quale c'erano almeno trenta libri aperti e una pila di fogli sui quali si vedevano appunti scritti a mano in una grafia assai poco comprensibile.

Il giovane lanciò un'occhiata all'uomo proprio mentre si infilava per l'ennesima volta la camicia nei calzoni, si schiarì la voce e riportò l'attenzione sulla ragazza con gli occhiali. «Allora, signorina...»

La signorina gli venne in aiuto, incerta: «Rispoli, mi chiamo. Luisa Rispoli. Ero venuta per la tesi, dottor Moscati. Il professor Di Giacomo...». Si fermò, osservando per un attimo l'uomo coi baffi e subito distogliendo lo sguardo. «Il professore mi aveva detto di passare oggi, ma se disturbo posso ritornare un'altra volta.»

Senza voltarsi e mentre tentava di sfilare un enorme tomo dall'ultimo ripiano della libreria, in bilico sull'orlo di uno sgabello, Di Giacomo sibilò: «Sì, sì, Brazo, è vero, le ho detto io di passare, altrimenti non la finiva più di rompere le palle, lei e questa maledetta tesi. Vedi tu, io sto lavorando».

La ragazza bionda ridacchiò, sussurrando all'amica: «Manco se n'è accorto che stai qua, Lui'».

Il giovane chiamato Brazo tossicchiò, imbarazzato. «Allora, cara signorina Rispoli, lei è qui per la tesi, mi pare di capire, vero?»

La brunetta con gli occhiali era arrossita in maniera evidente. «Senta, dottore, il fatto che io sia una laureanda non deve certo consentire al professore di umiliarmi. Ho solo chiesto un appuntamento, com'è nel mio pieno diritto, e...»

Moscati sorrise. «Oh, ma non deve tenere conto di quello che ha detto il professore, signorina. Anzi, ci scusi per il ritardo di questo incontro: l'istituto è onorato di avere una tesista così brillante e...»

«... e rompipalle» soggiunse ad alta voce Di Giacomo allungandosi verso il volume oggetto del suo desiderio. Il retro della camicia sventolava dalla giacca, mentre i pantaloni senza cintura calavano pericolosamente.

Brazo tossì ancora più forte, sperando di richiamare l'attenzione del professore, che tuttavia non si voltò.

La ragazza bionda fissava affascinata e divertita il pezzo di schiena nuda dell'uomo che si offriva alla vista. «Questo veramente è pazzo. Lo dicono tutti e tengono ragione.»

Moscati si girò verso di lei, corrugando la fronte ma senza smettere di sorridere. «E lei chi è, signorina?»

La bionda si strinse nelle spalle: «No, io sto a Economia. Abito con Luisa, qua, che si metteva paura di venire da sola, e così l'ho accompagnata».

La Rispoli sobbalzò e arrossì ancora di più. «Ma no, che c'entra, Gabriella è la mia coinquilina, dopo dobbiamo andare a fare la spesa e allora le ho chiesto...»

Di Giacomo, che era finalmente riuscito a prendere il volume e ora ondeggiava ancora più pericolosamente sullo sgabello, disse acido: «Le rompipalle passano a due, come le pizze di Totò».

La bionda strinse gli occhi e gli rispose: «Ma almeno si è accorto che le stanno scendendo i calzoni, sì?».

Il professore abbassò lo sguardo sull'addome scoperto e osservò pensoso lo spettacolo. «Ah. Ecco che cosa mi sono scordato, stamattina. La cintura. Eppure l'avevo messa da qualche parte.»

Brazo tossì più forte. «Va bene, allora, signorina Rispoli, a che punto siamo? Vedo che sta lavorando sui concetti di Karma e Dharma nell'induismo, è così? Un argomento basilare e di grande attualità, quindi ci aspettiamo...»

Senza alzare gli occhi dal volume che stava sfogliando, Di Giacomo commentò sarcastico: «Eh già. Seguiamo le maledette mode pure qua, dove si dovrebbe approfondire per trovare concetti nuovi. Sono più asini i laureati che le matricole, nel dipartimento di Antropologia».

La Rispoli sbatté le palpebre. «Ma... ma se sono venuta a chiederglielo almeno cinque volte, e lei...»

Brazo riprese la parola e, per recuperare l'attenzione, cercò di completare il suo discorso: «... e ci aspettiamo che lei, signorina, faccia fare alla cattedra di Storia delle religioni una bellissima figura».

Nel frattempo Di Giacomo si stava guardando pensoso attorno, fin quando non rintracciò sul tavolo un pezzo di spago che aveva avvolto un pacco di libri. Con soddisfazione se lo allacciò ai pantaloni come una cintura provvisoria e fece un nodo sul davanti. «Ecco, così questi accidenti non caleranno fino a stasera.»

La bionda lo fissava a bocca aperta. Indicandolo col dito chiese all'amica: «Lui', ma davvero quello sarebbe il professore? Il titolare di cattedra, dico? E quest'altro allora chi è?».

Prima che la Rispoli potesse rispondere, il giovane dietro la scrivania sospirò e rispose come per scusarsi: «Io sono il dottor Brazo Moscati, assistente del professor Marco Di Giacomo che, in effetti, è proprio lui».

La studentessa di Economia annuì, pensosa, poi disse: «Mi pare più il badante, in verità. Ma non dovrebbe occuparsi lui personalmente della tesi della mia amica? Mi pare una cosa abbastanza importante, e...».

Marco sbatté sul tavolo il volume che stava leggendo e si avvicinò torvo alla ragazza. «Allora, giusto per chiarire: una che si iscrive a Economia, o ha il padre ricco, sulle spalle del quale ha intenzione di campare per tutta la vita, o non ha alcun talento sul quale puntare e si butta nella massa amorfa sperando di acchiappare un povero deficiente, sulle spalle del quale, tanto per cambiare, campare per tutta la vita. Detto ciò: io sono impegnato in ricerche

che tu non capiresti nemmeno se cercassi di spiegartele per tre giorni e tre notti di seguito. Brazo, qui, è ampiamente in grado di pascolare queste capre di studenti che mirano solo a prendersi il pezzo di carta e non hanno altre aspirazioni che una sedia in qualche museo, con uno stipendiuccio per sopravvivere. Chiaro?»

La Rispoli arrossì di nuovo. «Io veramente vorrei diventare insegnante di meditazione, e...»

La ragazza bionda passò all'attacco: «E mi faccia capire, signor grande ricercatore, il punto d'arrivo della cultura con la "c" maiuscola sarebbe diventare uno che porta cravatte mostruose e si dimentica a casa la cintura? Per me uno così dovrebbe vivere rinchiuso».

Marco si fissò perplesso la cravatta. «Mostruosa? Perché mostruosa? Io la trovo perfetta, e ha anche un significato particolare, perché i colori sociali del circolo che...»

La porta della stanza si spalancò di colpo, aperta da una donna bassa e in carne, in camice azzurro, che masticava sguaiatamente una gomma.

«Professo', vi vuole il direttore. Subito. A voi e al dottore Moscati, tutti e due. Subito, ha detto.»

Brazo sospirò, mormorando: «Se una giornata nasce storta, storta continua. Questo sì che dovrebbe essere un precetto di qualche religione».

La Rispoli saltò su sorridendo: «Precisamente, dottore. E d'altra parte quella tra Karma e Dharma non è certo una contrapposizione, ma piuttosto la fusione di due aspetti che insieme determinano...».

Di Giacomo ruggì, sordo: «Brazo, ricordami di non dare punti a questa tesi. Non voglio avallare i fanatismi. Andiamo a vedere che vuole il vecchio».

IV

Il portiere in livrea vede arrivare la donna che spinge la sedia a rotelle e si affretta ad aprire l'ingresso di fianco alla porta girevole di cristallo. Mentre aspetta, si chiede come mai con quell'umidità che entra nelle ossa lei abbia accompagnato fuori la bambina; poi riflette sul fatto che comunque, qualsiasi siano le condizioni atmosferiche, ogni giorno da quando lui è in servizio, le due escono alle nove e rientrano alle dieci. Evidentemente, va bene così.

I ricchi, pensa, sono creature incomprensibili.

La donna gli fa un sorriso cortese mentre attraversa il varco con lui che tiene aperto il battente. È una signora gentile di mezza età, molto raffinata e riservata, di corporatura media ma abbastanza forte da spingere la carrozzina da sola, senza mai accettare l'offerta di aiuto del personale dell'albergo. Il portiere si affretta all'ascensore attraverso la hall, premendo il tasto e collocandosi di lato. La signora gli sorride ancora. Lui abbassa lo sguardo sulla bambina. Può avere una dozzina d'anni, pallidissima, due grandi occhiali da sole e un cappellino di lana calzato sulla testa. Una coperta rimboccata parte dalle spalle e arriva fino alle caviglie, due pesanti scarpe nere pulitissime appoggiate su una piccola pedana. Il corpo, gracile e sottile, si intravede appena. Sembra assopita, il capo su un cuscino morbido.

Il portiere chiede a bassa voce: «Come sta la signorina, oggi?».

La donna scuote il capo, continuando a sorridere. «Si stanca subito, ma abbastanza bene.»

«Mi scusi, signora, se mi permetto: ma è il caso di portarla fuori con quest'umidità? Mia figlia, che mangia come un maiale e pesa sessanta chili a dieci anni, se sta fuori un'ora in una giornata così, poi tira su col naso per il resto della settimana.»

La signora allunga una mano e sistema meglio un lato del plaid.

«Al di là della malattia, che è sotto controllo, non si raffredda facilmente. E se non la porto a fare la sua passeggiata quotidiana, si intristisce, ed è molto peggio. Poi la vede, è coperta benissimo. Stia tranquillo.»

Il portiere sorride e annuisce, aprendo il cancelletto dell'ascensore.

All'ultimo piano, dentro la suite, la luce è diversa. La donna spinge la carrozzina fino alla vetrata, dalla quale si può ammirare un panorama di incredibile bellezza. Il mare e il cielo, dello stesso grigio, si uniscono all'orizzonte come fossero una cosa sola.

La bambina si riscuote e drizza la testa, rivolgendo la faccia alla vista. La donna si colloca mezzo metro dietro, ferma, in attesa.

La bambina mormora: «Quasi due anni che siamo qui. Forse il tempo è finito. Abbiamo scelto dove andare?».

La donna bisbiglia di rimando: «Certo, Madre. Avremmo pensato a un appartamento sulla collina. Un posto riservato, tranquillo. Possiamo rimanerci almeno dieci anni, forse dodici».

La bambina tace. Poi dice: «La vista?».

La donna sorride: «Naturalmente. Come sempre».

Di nuovo silenzio. Un gabbiano urla all'esterno.

«Volano bassi. Pioverà.»

La donna china il capo, come se la notizia la deprimesse. «Sì, Madre. Pioverà.»

Restano così, ferme nella luce e nel silenzio.

Dopo qualche minuto, la donna si inginocchia, le mani sulle cosce e il volto verso terra. La bambina comincia a mormorare una monotona melodia.

All'improvviso si interrompe, e la donna solleva vigile la testa.

La bambina sussurra: «Dimmi della ragazza. Dimmi di quello che la Mappa mostra per lei».

La donna si alza di scatto e comincia a parlare.

Il gabbiano urla di nuovo.

V

Gianluigi Fusco, direttore del dipartimento di Scienze antropologiche ed etnologiche dell'università, accademico e saggista rinomato, consulente di ministeri e tribunali, abile politico e attento stratega, era veramente un uomo da poco.

La bassa stima e la misera considerazione che Brazo Moscati e Marco Di Giacomo avevano di lui era stata evidente fin dallo sguardo che si erano scambiati quando Augusta, l'inserviente-bidella-usciera del dipartimento, era andata a convocarli. Tipico dell'individuo mandare qualcuno, invece di chiamare lui stesso al telefono interno; quella sarebbe stata una cosa tra pari grado. Lui invece, come non mancava di ricordare a ogni pie' sospinto, era il direttore. Anzi: il Direttore. Un uomo capace di far sentire le maiuscole anche a voce.

Brazo bussò alla porta e cominciò a contare sulle dita. Fusco non rispondeva mai prima del cinque. Stavolta lo fece arrivare a sette. «Avanti!»

Aprirono e lo trovarono come sempre, immerso in un raggio di luce che pioveva dalla finestra come un segno della benedizione divina, gli occhiali cerchiati d'oro sul naso, i radi capelli bianchi perfettamente pettinati, il fermacravatte che gli brillava sul petto, il piano della scrivania di noce luccicante, una penna d'argento nella mano su un unico documento davanti, immortalato nell'atto della firma di chissà quale ordine di servizio determinante per il destino dell'umanità. Un monumento a se stesso.

Marco si chiese livoroso quanto ci impiegasse ogni volta a mettersi in posa.

«Uè, Di Gia', entra, entra! E vieni pure tu, Moscati. Accomodatevi.»

Il tono fintamente cordiale mise subito i due sul chi va là. Fusco non aveva mai fatto mistero di ritenere la loro cattedra un dispendio di risorse di cui sarebbe stato possibile, e anzi vantaggioso, fare a meno. Addirittura fingeva di dimenticarsi di loro ogni volta che convocava l'intero corpo docente, peraltro con piena letizia di Di Giacomo stesso, che quelle riunioni non le sopportava proprio.

«Ci ha fatto chiamare, direttore?» chiese Brazo.

«Sì, sì. Moscati, come stanno mamma e papà? Non li ho visti all'ultimo incontro al circolo... una cosa interessante, c'era un violoncellista con un poeta, mo non mi ricordo il nome ma erano bravi.»

Il riferimento alla opulenta famiglia di Brazo era più

che voluto. Significava: ti sopporto giusto perché sei figlio di una coppia di rilevanza sociale, sia chiaro, ma sei pur sempre un figlio adottivo, quindi non tirare la corda.

Brazo sospirò e come sempre provò a tenere la conversazione: «Sì, direttore, mia madre è stata poco bene, un po' d'influenza. Riferirò del suo interessamento, grazie, grazie».

Nel frattempo gli occhi porcini di Fusco erano stati attratti dallo spago legato alla vita di Marco. Lo sguardo andò dai calzoni alla cravatta, poi di nuovo ai calzoni. «Di Giacomo, ma che è, lanciamo nuove mode? O abbiamo deciso di aderire a qualche corrente artistica? Dopo gli scapigliati, i malvestiti? Ma è questo il modo di presentarsi a me?»

Marco ricambiò spavaldo lo sguardo. «Cerchiamo di rinnovarci, Fusco. Minimalismo, diciamo: si evitano i fronzoli, ci si concentra sulle cose serie.»

Il direttore annuì, come se stesse soppesando le parole del suo sottoposto. Poi disse in tono serio: «Non è tanto lo spago. È la cravatta che fa proprio schifo».

Marco si accigliò. «Ma che avete tutti contro 'sta cravatta, si può sapere? È quella del mio circolo quand'ero matricola, e…»

«… e sarebbe ora di buttarla, evidentemente. Ma non è per discutere di eleganza che vi ho fatto chiamare, anche se a pensarci bene un corso accelerato dovrei ordinartelo, Di Gia'. Dunque, ho bisogno di te. Anzi, di voi.»

Velenoso, Marco mormorò: «Allora la cosa è grave».

Fusco sorrise con le labbra.

«No, no. Tutt'altro. Diciamo che ti sto per offrire una bella opportunità di metterti in mostra e nel contempo di prendere una boccata d'aria, di riprenderti un po', di vestirti meglio e fare nuove conoscenze».

Di Giacomo aggrottò la fronte e mormorò: «Non so perché, ma l'unica aria che mi pare di sentire è aria di fregatura».

Il direttore sembrò non averlo sentito. «Allora, le cose stanno così. Mi ha chiamato Schroeder, il collega che dirige il nostro omologo dipartimento a Francoforte. Abbiamo fatto qualche congresso insieme, è una personalità molto influente in ambito europeo, è un onore che si sia ricordato proprio di Me.»

Marco sbuffò. «Congratulazioni. E io che c'entro?»

A Fusco si appannò il sorriso. «Gradirei non essere interrotto. Mi ha chiamato per dirmi che è in arrivo a Napoli una giornalista di "Kultur Zeitung", un'importantissima rivista di divulgazione scientifica.»

«Ripeto: e io che c'entro?»

Fusco scattò: «Non lo decidi tu se c'entri, Di Gia'! Lo decido Io! Questa giornalista si tratterrà alcuni giorni, deve visitare dei siti e dev'essere accompagnata. Ce la porterai tu, e Moscati ti sostituirà nella gestione degli studenti, se sarà necessario. Questo è quanto».

«Lo sapevo che era una fregatura...»

Fusco si accigliò.

«Ascoltami bene, Di Giacomo: io non frego nessuno.

Io do ordini. Impartisco istruzioni, capisci? Ogni mia decisione, desiderio o pensiero devono essere messi in pratica da te. Perché Io sono il Direttore e tu sei un docente qualsiasi. È chiaro?»

«Senti, Fusco, io ho delle ricerche in corso, maledizione! Non posso perdere il mio tempo a fare da balia a una giornalista deficiente, e...»

Fusco si alzò in piedi, e siccome era alto un metro e sessanta, l'effetto fu meno impressionante di quanto avrebbe desiderato.

«No, Di Giacomo! Senti tu: io ho tollerato abbastanza la tua presenza qui, e se l'ho fatto è solo perché ci sarebbero più moduli da compilare per cacciarti che per tenerti, e perché perderei personale che chissà quando e come mi sarebbe rimpiazzato. Con le tue ricerche strampalate, che non so come hai avuto l'ardire di pubblicare, ci hai fatto prendere per i fondelli da mezzo mondo accademico.»

Di Giacomo protestò: «Le mie ricerche non sono affatto strampalate, accidenti! Gli elementi che sto raccogliendo saranno...».

Fusco strillò: «Gli argomenti che stai cercando non esistono, cazzarola! Lo vuoi capire o no che stai lavorando a una tesi assurda e campata in aria? Che tutti i colleghi, qui e fuori di qui, quando sentono il tuo nome cominciano a ridere e non si fermano più? Che dicono che per te non ci vorrebbe uno psichiatra ma un esorcista?».

Brazo provò a intromettersi: «Direttore, le assicuro

che il professor Di Giacomo non sta continuando nelle ricer...».

«Stai zitto, Moscati, se no ci vai di mezzo pure tu! Guarda che il sistema di consultazione dei volumi in biblioteca è informatizzato, e io so benissimo a cosa stanno lavorando tutti i miei docenti, e quindi anche Di Giacomo.»

Marco balbettò, rosso in viso: «Ma... ma questa è una palese violazione di... Io sono libero di consultare quello che...».

Fusco batté la mano sulla scrivania. «No che non sei libero! Tu dovresti occuparti della docenza, che invece lasci nelle mani del tuo assistente che, per inciso, la prossima volta che viene a mentire qui nel mio ufficio lo sbatto fuori a calci, è chiaro?»

Brazo fece un passo indietro, come per ripararsi. Marco cercò di ripiegare su una tattica alternativa.

«Ma se io sono così inaffidabile e scadente, malvestito e ridicolo come dici, allora perché l'affibbi proprio a me 'sta tedesca, si può sapere? Scegli uno dei tuoi cocchi, tipo Basile, e manda lui. Così tu fai bella figura, Basile che è un leccaculo si mette in mostra, e io posso continuare a occuparmi delle cose mie. Non è meglio per tutti?»

Fusco si risedette, continuando a fissarlo bellicoso. «Lo avrei fatto, se avessi potuto. Credi che sia pazzo? Non ti chiamerei neanche per rappresentare un condominio, figuriamoci il dipartimento. E sono preoccupatissimo dei danni d'immagine che sei in grado di creare, soprattutto con una giornalista. Ma la richiesta, non domandarmi perché, è stata fatta sul tuo nome. Anzi, sembrerebbe che questa Ingrid Schultz sia interessata proprio alle faccende tue: culti antichi, luoghi sacri, sciamani e fesserie del genere.»

«Senti, Fusco, io non starò qui a sentirmi insultare! Luoghi sacri, sciamani, culti antichi come fossero sciocchezze... Io dimostrerò che c'è una stretta relazione tra...»

«Sì, sì, va bene, come vuoi tu...» Fusco agitò la mano in aria. «Tanto è questione di tempo e trovo un modo per sbatterti fuori, lo sai tu e lo so io. Nel frattempo fa' quello che dico e vai a prendere 'sta tedesca all'aeroporto, portala in visita dove vuole, offrile pranzi e cene con nota spese, e sii anche gentile perché non voglio fare brutta figura. Anzi, sai che c'è? Invece di delegare le attività di cattedra a Moscati, te lo porti dietro. È una persona educata e ammortizzerà i tuoi comportamenti inqualificabili. Agli studenti penserà Basile, che ha ben altro trasporto verso l'insegnamento.»

Marco rispose, pronto: «Basile non capisce niente».

Fusco sorrise. «È vero. Ma farà carriera, contrariamente a te che finirai con le pezze al sedere. E ora togliti dai piedi, che sei in ritardo. La tizia atterra a Capodichino tra tre quarti d'ora, e ti devi far trovare agli arrivi internazionali con un mazzo di fiori, una cintura e soprattutto un'altra cravatta. E pure sorridente, sia chiaro. Perché se ricevo una lamentela qualsiasi, *una qualsiasi*, prima ti inibisco l'accesso alle biblioteche universitarie e poi ti sbatto fuori. Anzi, viceversa: così non devo nemmeno perdere tempo ad avvertire i bibliotecari che non puoi entrare. Aria, adesso: ho perso pure troppo tempo, a parlare con voi due.»

VI

La stanza era immersa nel buio, fiocamente illuminata soltanto dalla luce azzurra di due monitor contrapposti, uno su un tavolino basso e l'altro sulla superficie del letto. Si intravedevano libri impilati a casaccio sul pavimento, un vassoio coi resti di una colazione o forse di un pranzo, qualche vestito e biancheria sparsa. C'era un vago odore di vecchio, di carta e di chiuso. Dalle imposte serrate filtrava il chiarore del pomeriggio, ma forse era solo un'impressione.

Una sagoma si mosse pigra e digitò veloce qualcosa sulla tastiera del computer sul letto. Quasi subito un suono annunciò l'arrivo di un messaggio. La sagoma allora si spostò verso l'altra tastiera, esponendo il profilo alla luminescenza del primo schermo: una ragazza. Giovane, la linea del viso regolare, addosso un maglione di taglia decisamente troppo grande, dalle cui maniche spuntavano solo le dita. Sul primo schermo comparve la faccia larga di un ragazzo con gli occhiali, un grosso ciuffo di capelli sulla fronte.

«Lisi? Lisi? Ci sei?»

La ragazza si voltò e premette un tasto. «Ciao, Rospo. Sono qui, eccomi.»

La luce della webcam mostrò il volto di Lisi, senza trucco e segnato dal sonno recente. I capelli erano rasati da un lato e lunghi dall'altro. Sarebbe stata bella, se non avesse avuto l'espressione un po' corrucciata.

Il faccione sullo schermo allargò un ampio sorriso, mettendo in mostra denti irregolari e giallastri. «*Hola*, bella. *¿Cómo estás?*»

Lisi sospirò. «Parla inglese, Rospo. Le sai le regole.»

«Certo, certo. Volevo essere un po' esotico, tutto qui. Da voi dev'essere pomeriggio, no? Qui sono le otto, quindi...»

«Non lo so, che ore sono. E nemmeno mi interessa. Allora, ci sono novità?»

Il faccione divenne serio. «Sì che ci sono. Come avevi previsto tu, per filo e per segno. Lo dicono i siti, e lo riporta perfino il giornale.»

Lisi si fece più attenta. «Adesso raccontami tutto. Senza omettere particolari.»

Il ragazzo prese un ritaglio e lo mostrò allo schermo.

«Guarda qua. Pisco Elqui. Ti dice qualcosa?»

«Certo che mi dice qualcosa. La Valle dell'Elqui è...»

«... qui in Cile, certo. In mezzo a montagne altissime. Dove fu avvistato quel gruppo di...»

«... monaci tibetani, almeno furono descritti con assoluta precisione come tali, anche se non potevano trovarsi là perché...»

Il ragazzo sorrise, felice. «... perché il posto è esattamente agli antipodi del Tibet. Dall'altra parte esatta della Terra, passando per il centro. Quindi...»

Lisi annuì, pronta. «... quindi si ipotizza un portale. Un luogo di collegamento tra i due siti. E allora?»

«E allora il giornale parla di un'irruzione notturna avvenuta ieri nella parrocchia di Pisco, il villaggio agricolo che sta proprio in mezzo alla valle. Hanno rotto il catenaccio e sono entrati. La polizia locale, due persone che fanno le guardie part-time perché sono mille abitanti in tutto, ha pensato a dei vagabondi o dei ladri, ma indovina un po'?»

Lisi rispose, pensosa: «Non hanno preso niente. E segni di bivacco? Che so, un fuoco per scaldarsi o...».

Rospo scosse la testa: «Niente. Proprio niente. Hanno rotto il catenaccio e basta».

Lisi rifletté, poi disse: «Sotto la chiesa c'è una cripta? Un sotterraneo, qualcosa?».

Il ragazzo si strinse nelle spalle. «Non saprei, non c'è scritto. Mi posso informare, però. Una cosa è certa, comunque: ieri era...»

«Sì, esatto. Il solstizio d'inverno. Puoi cercare nei giornali di trent'anni fa? Lo so che è difficile, ma...»

Il ragazzo annuì: «Lo so, lo so. Ci riesco, vedrai. Almeno ci provo. Qualcuno degli altri ha chiamato? Akiko, Lucy, Ramon...».

«Non ancora. È presto, però. Sai, sono piccole notizie, a volte nemmeno i giornali...»

«Sì, capisco. Be', io faccio queste ricerche e ci sentiamo più tardi.»

Una volta chiuso il collegamento, la ragazza si girò verso l'altro computer e prese a digitare sulla tastiera. Elqui. Valle dell'Elqui. Ora era una meta turistica, ma il nome circolava già da anni per questa leggenda dell'avvistamento dei monaci tibetani, fatti prigionieri e mai più ritrovati. Ma che ci facevano così lontani dal Tibet? Avevano trovato un passaggio? E quando era successo? Chi li aveva presi, e che ne era stato di loro?

Non era questo che importava di sapere a Lisi. Le interessava piuttosto che cosa c'era sottoterra, e se mai prima di Colombo c'era stato un qualche culto da quelle parti che prevedesse rituali specifici.

Si alzò. Aveva sete, ed era ora che in quell'antro che era la sua stanza circolasse un po' d'aria. Aprì la finestra e la luce pallida del primo pomeriggio d'inverno entrò illuminando poster, grafici, mappe e fotografie attaccate alla bell'e meglio alle pareti. In alcune foto c'era lei, ma sembrava un'altra persona, piena di sole e di sorriso, i capelli lunghi sulle spalle, abbracciata a un ragazzo smilzo e ricciuto con l'aria perennemente imbarazzata, che in ogni immagine pareva sul punto di scoppiare a ridere. Appoggiato al muro c'era anche un diploma di laurea in Antropologia; al chiodo a esso originariamente destinato era appesa la foto di un vulcano indonesiano.

Lisi uscì, percorrendo lo stretto corridoio che conduceva alla cucina. Una porta laterale era socchiusa, e la ragazza vi si affacciò. Una donna minuta, con fluenti capelli grigi, stava accovacciata a terra con le braccia lungo le cosce e lo sguardo fisso su una pila di sassi di fiume, ai lati della quale due bastoncini d'incenso stavano lentamente bruciando. La donna modulava a labbra socchiuse una monotona melodia. Lisi fece per parlarle, poi scosse la testa e desistette.

Appena stappò la bottiglia di birra che aveva prelevato dal frigo, il telefono squillò.

VII

Niente fiori per la tedesca, aveva detto Marco. Brazo, più incline a obbedire ai desideri del direttore per mantenere il proprio posto di lavoro, ci aveva provato a convincerlo, ma il professore era stato irremovibile. Un rapido passaggio al bilocale in cui abitava per prendere la cintura, questo sì, l'aveva fatto; ma non aveva cambiato la cravatta, questione di dignità.

Durante gli spostamenti non aveva praticamente proferito verbo, Di Giacomo. Aveva continuato a rimuginare sulle parole offensive di quel dannato nano pieno di sé, ancora più lesive per lui perché doveva ammettere, con la mente del ricercatore aperto all'evidenza della realtà, anche se dolorosa, che c'era un fondo di ragione nelle male parole di Fusco.

Aveva quarantadue anni. Al di là dello stipendio da professore non aveva altri redditi se non quelli derivanti da un paio di piccoli appartamenti ricevuti in eredità dai genitori, che peraltro dovevano sostenere anche la sorella e la nipote. I diritti d'autore, che ai colleghi fruttavano bene e talvolta benissimo, nel suo caso erano pressoché assenti, e la colpa era solo sua.

Marco era stato uno dei più brillanti antropologi della sua generazione, una vera e propria promessa. Aveva pubblicato alcuni articoli che avevano suscitato attenzione e offerte di cattedre da parte di varie università americane, ma lui aveva un'idea da seguire. E per seguirla non poteva muoversi.

Quell'idea, quella singola idea lo aveva bloccato. Zavorrato. Affondato. Col passare del tempo la ricerca di elementi a conforto della teoria che aveva elaborato lo aveva allontanato dal resto del lavoro, e soprattutto dai contatti che gli altri accademici mantenevano; e un po' alla volta gli aveva attirato disistima, maldicenze, ironie. Aveva perso amicizie e considerazione professionale, e più questo avveniva, più cocciuto lui diventava nell'intestardirsi a dimostrare quello che aveva in mente. Una volta, prima di abbandonarlo al suo destino, un collega gli aveva chiesto la ragione di tanta ostinazione. «In fondo» gli aveva detto, «non siamo certo ricercatori di oncologia. Studiamo religioni antiche, siamo archeologi delle idee. Non dobbiamo sentirci come se dovessimo cambiare la storia del genere umano.»

Invece sì, pensava Marco. Invece sì.

Solo Brazo, il suo assistente, gli era rimasto vicino. Una specie di pervicace Sancho fedele al suo Don Chisciotte, in perenne ricerca di qualche inesistente mulino a vento. «Un povero pazzo» secondo tutti i colleghi, fino a quando non fosse riuscito a trovare gli elementi giusti per pubblicare la sua folle, incontrovertibile teoria, pensava invece Marco. Ma per trovare gli elementi giusti serviva l'accesso alle biblioteche, e serviva tempo. Soprattutto tempo.

Ora lui e Brazo si ritrovavano appoggiati alla balaustra degli arrivi dell'aeroporto, in attesa di un'inutile giornalista tedesca che gli avrebbe fatto perdere altro tempo.

Le porte automatiche si aprirono e i passeggeri sciamarono in sala. Quel fesso di Fusco non gli aveva spiegato come avrebbero fatto a riconoscere la rompiscatole, quindi dovevano sperare che fosse lei a individuarli. Brazo disse: «Forse a questo servivano i fiori».

Una ragazza magra, con gli occhiali e un trolley enorme, uscì guardandosi attorno incerta. Si avviò verso un ometto che attendeva con un enorme mazzo di rose e che faceva vagare lo sguardo per la sala. Brazo allargò le braccia, come a dire: ecco, appunto, e si allontanò per intercettare la ragazza che trascinava il valigione verso l'uomo che non l'aveva ancora vista.

Marco restò ostinato dov'era, determinato a disinteressarsi per quanto possibile alla questione, continuando a pensare al tempo che stava sprecando.

Fu allora che iniziò tutto.

Perché per moltissimo tempo, anzi per quanto durò la sua intera vita, fu proprio a quel momento preciso, apparentemente insignificante, che il professore si abituò a far risalire la serie degli eventi incredibili che si verificò dopo.

A dimostrazione del fatto, avrebbe ripetuto a se stesso tante volte, che uno non si rende mai conto di cosa potrà capitargli quando al mattino esce di casa.

Una calda voce senza accento disse, alle sue spalle: «Buon pomeriggio. Il professore Di Giacomo, sì?».

Si voltò e si ritrovò davanti una ragazza bionda, sorridente e alta poco meno di lui. Vestiva alla coloniale, pantaloni con molte tasche e una giacca a vento marrone. In un lampo, Marco pensò che era una di quelle donne che risulterebbero eleganti pure con uno straccio addosso.

Gli occhi azzurri di lei sembravano curiosi e un po' divertiti dalla sorpresa di lui, che tossì, si abbottonò la giacca per nascondere la cravatta e le disse: «Sono io, sono io. Lei è la tizia... insomma, la giornalista tedesca?».

La donna ridacchiò, scoprendo una chiostra di denti perfetti.

Maledizione, pensò Marco.

«Sì, immagino che io sia una giornalista tedesca. Non quella tipica, magari, ma una giornalista tedesca sì. Ingrid Schultz, per la precisione, molto piacere.»

Tese la mano, che Marco guardò come fosse un animale a sé stante; poi si riprese, l'afferrò e la scosse per un eccessivo numero di volte prima di lasciarla alla proprietaria.

Cercò con lo sguardo Brazo, che discuteva animatamente col tale con le rose, per attirare la sua attenzione. Capito l'equivoco, il ragazzo sopraggiunse di corsa. «Pensi un po', un appuntamento preso su internet, non si erano mai visti e le rose erano per riconoscersi... Doveva vedere le facce, professo', secondo me si erano immaginati tutt'altro. Ho perfino avuto il sospetto che lui me la volesse mollare, tanto era pentito di essere qua. Ma è lei la... Salve, Brazo Moscati, assistente del professor Di Giacomo.»

Ingrid gli sorrise. «Ma che gentili che siete stati a venirmi a prendere, non dovevate disturbarvi, avrei preso un taxi. E grazie di aver accettato di accompagnarmi per il reportage.»

Mentre Brazo afferrava il bagaglio leggero della donna, lasciandole lo zaino che le faceva da borsa, Marco brontolò: «Ringrazi il direttore del dipartimento, Fusco, che mi ha obbligato. Io certo avrei avuto altro da fare».

La donna, sorpresa dalla scortesia, rimase interdetta. Poi esclamò, ridendo: «Viva la franchezza! Be', mi dispiace per lei, professore. Vorrei poterle dire che sarò lieta di esentarla dal compito, ma la verità è che non ci penso nemmeno. Anzi, questo suo fastidio mi dà molto più gusto».

Fu la volta di Marco a rimanere spiazzato. Corrugò la fronte e restò a fissare le spalle della ragazza che si era avviata all'esterno, seguita da Brazo che gli rivolse un'occhiata supplichevole.

La macchina con la quale si spostavano era una fiammante Mini che il papà di Brazo gli aveva regalato di recente, alla quale l'assistente teneva più che alla sua stessa vita. Riposto il bagaglio e dopo averle galantemente aperto lo sportello anteriore, chiese a Ingrid: «Se posso permettermi, come mai parla un perfetto italiano, signorina? Eravamo pronti a rispolverare il nostro ridicolo inglese, è un sollievo vedere che non c'è bisogno di fare brutte figure».

La donna, accomodandosi con agilità sul sedile anteriore mentre Marco prendeva faticosamente posto su quello posteriore, gli sorrise.

«Ah, ma io sono italiana per parte di madre, pensavo ve lo avessero detto. Ho imparato la vostra lingua prima del tedesco, altrimenti la mamma non mi avrebbe dato da mangiare, e la pratico spesso perché vengo nel vostro Paese appena ho occasione. Sono appassionata della vostra cultura, approfondisco molto, leggo i vostri giornali e ascolto la vostra radio. Insomma, mi sento abbastanza italiana.»

Marco mormorò: «Quindi il termine "rompipalle" le è abbastanza chiaro, no?».

La donna si voltò a guardarlo con interesse quasi scientifico: «Le viene molto naturale mostrarsi sgradevole, professore. Non è necessariamente un male, vuol dire che la nostra conoscenza può solo migliorare l'opinione che abbiamo l'uno dell'altra».

Brazo intervenne, garrulo: «E su che cosa verte di bello il suo lavoro, signora? Che argomenti trattate, nella vostra rivista?».

Senza smettere di fissare Marco in volto, la giornalista rispose: «Per favore, diamoci del tu. Io mi chiamo Ingrid. Il mio giornale si occupa di divulgazione scientifica, sai, archeologia, nuove scoperte…».

Marco aggiunse: «Nuovi callifughi, depilazione elettronica, com'era il sesso tra gli Assiri, la biologia marziana... Li consociamo, questi giornali. Minchiate».

Ingrid sospirò, scuotendo il capo. «Il classico luogo comune del professore universitario pieno di sé e supponente, chiuso al resto del mondo e impegnato in importantissime ricerche che nessuno mai prenderà nella minima considerazione. Peccato. Credevo meglio. Ti prego, Brazo, lasciami al primo parcheggio di taxi: l'aria in questa automobile è irrespirabile, tanta è la puzza di cadavere accademico.»

Il ragazzo continuò a guidare a bocca semiaperta, come cercando di respirare sott'acqua.

Marco tacque un attimo e poi disse: «Senti un po', ragazzina: qui non c'è nessun cadavere accademico. C'è uno che non aveva voglia di incontrarti, non ha fatto richieste nominative su di te o sul tuo ridicolo giornaletto per nerd. C'è uno che ha da fare, per cui, se vuoi un maggiordomo che ti accompagni per monumenti, ti posso consigliare alcuni leccaculo del dipartimento che ne sarebbero felicissimi».

Brazo rallentò in prossimità di un parcheggio, ma Ingrid inaspettatamente sorrise e gli rispose: «Scusami. Ho cambiato idea, il tuo amico con la sua classe mi ha convinta a restare. Puoi portarmi all'hotel Plaza, dove riporrò il bagaglio mentre voi, secondo gli accordi tra il mio direttore e il vostro, mi aspetterete con un po' di pazienza per poi andare dove dobbiamo andare. L'organizzazione, temo, prevede questo».

Poi si girò verso Marco e aggiunse, con un sorriso gentile: «Mi riferivo, con la metafora del cadavere accademico, alla tua attuale posizione nel mondo scientifico, caro professore. Che non mi pare luminosa né proiettata verso un radioso futuro. Al posto tuo coglierei l'occasione di una bella citazione favorevole nel reportage del principale giornale di diffusione scientifica d'Europa, anche perché, scusami se te lo dico, non hai alternative».

Marco si sporse in avanti sostenendo lo sguardo di Ingrid. «Ah, no? E perché mai non avrei alternative?»

Ingrid disse, calma: «Perché altrimenti ti sbattono fuori dalla facoltà, ecco perché. E ti sbattono fuori in modo tale da non consentirti altro che qualche lezione privata di latino ai liceali. Una giornalista è brava se fa bene le sue ricerche, sai. E io della tua attuale posizione so molte cose».

Marco tacque, fissando le orecchie di Brazo, che erano diventate di un grazioso rosso pompeiano. «E posso sapere allora la ragione dell'insistenza a essere accompagnata da un cadavere accademico? Non c'era di meglio?»

Ingrid, continuando a sorridere, si rivolse verso la strada piena di traffico. Dopo qualche attimo rispose: «Diciamo che avevo bisogno di competenze specifiche. Fatevi venire in mente qualcosa di interessante da mostrarmi. Sono curiosa di conoscere la scelta della prima tappa».

VIII

Uno che corre. Sembra proprio uno che corre la mattina presto, freddo o caldo che sia. Tuta, scarpe da ginnastica, felpa col cappuccio in testa.

Uno che corre.

Le braccia chiuse a pugno, una avanti e l'altra indietro. Uno sbuffo di vapore dalla bocca, le ginocchia su.

Uno che corre, che corre bene.

Le sei e mezzo. Un quartiere che si sveglia lentamente, le luci accese provenienti da finestre in cui il sole entrerà fra due ore, se mai entrerà. Chi volete che faccia caso a uno che corre?

Una ventina d'anni fa, forse, sarebbe stato notevole, qualcuno si sarebbe chiesto: ma dove corre quello di prima mattina? Adesso invece è normale, uno che corre. Si mangia vegano, si bevono centrifugati, si scalano le montagne. E si corre di prima mattina, invece di starsene a letto.

Due giorni fa sarebbe stato un anziano un po' curvo

che trascinava le artritiche gambe lungo un muro, e lo stesso nessuno ci avrebbe fatto caso. Come adesso non fanno caso a uno che corre.

Una lieve salita, affrontata senza perdere velocità. Magari lo sbuffo di vapore appena più frequente. Poi la discesa, le gambe appoggiate diversamente a terra, sulle pietre lucide di umidità notturna, correre fa bene ma cadere fa male. Adesso il rettilineo.

Il cappuccio si muove prima da un lato e poi dall'altro, attorno non c'è nessuno. La stretta via fa un gomito, prima di un'altra salita. Chi si fosse affacciato a una finestra lungo il tratto precedente avrebbe visto l'uomo che corre affrontare il gomito; chi si fosse affacciato dopo il gomito non avrebbe mai visto spuntare nessuno.

Il cortile è stretto e buio, un po' cadente. Tutto il palazzo lo è. L'uomo in tuta si muove cauto lungo il muro, passa tra una vecchissima auto in sosta permanente con l'erba che cresce attorno alle ruote sgonfie e un pilastro, non c'è quasi spazio. Dietro il pilastro, una vecchia anta d'armadio appoggiata al muro di tufo. Dietro l'anta, una feritoia in basso, come se l'antico costruttore avesse finito i mattoni. Nella feritoia scompaiono prima le scarpe, poi i pantaloni, poi il cappuccio. Subito dopo spuntano un paio di mani che ricollocano l'anta dell'armadio al suo posto.

Uno scivolo nel tufo, qualche metro. Poi una rampa di gradini scavati a mano sei, settecento anni prima. Un tunnel stretto, nel quale l'uomo procede in ginocchio. Dopo il tunnel si alza, un metro e mezzo, due metri. L'uomo si mette in piedi. Il buio è totale, ma lui si muove spedito come se ci vedesse benissimo. Settanta, ottanta metri. Una specie di piazza, adesso, con un barlume in alto, un tombino o un buco.

L'uomo si ferma all'improvviso. Si avvicina alla parete gialla, da qualche parte una goccia cade ritmica nell'acqua, chissà dove. Alza la mano, percorre qualche centimetro, torna indietro. Per la prima volta sembra incerto. Trova sotto i polpastrelli qualcosa, un'incisione. Si china, come in ascolto.

Un piccolo sbuffo di vapore. Forse un sospiro. Riprende a camminare.

Passa mezz'ora, poi si blocca in mezzo a un incrocio tra tre stretti passaggi. Non di più, pensa. Non oltre.

Si inginocchia, le mani lungo le cosce. Abbassa il capo coperto. Aspetta.

Non un suono, non la vista. Niente, se non la sensazione di essere guardato, una minuscola variazione dei volumi del buio.

«Padre.»

Un sussurro dal cappuccio, ma potrebbe essere un'altra goccia da qualche parte.

«Sei passato dal cortile.»

Come se qualcuno raschiasse il muro con un sasso. Come se l'aria da polmoni storti passasse nella gola di pietra.

Un sorriso vibra dal cappuccio.

«Sì, Padre. Erano vent'anni che non ci passavo più. Tra cinque non potrò, un'altra volta.»

Silenzio. Poi: «Sì. Un soffio. Come sempre».

«Come sempre, Padre.»

Altro silenzio. Ma è qui, pensa l'uomo col cappuccio. Non se n'è andato. Chissà dove, poi. In tutto quel tempo non l'ha mai capito.

«Dimmi del Momento.»

Prende fiato, senza cambiare di un millimetro la posizione. L'oscurità è assoluta, l'assenza di rumore potrebbe far credere a un sogno.

«Tutto era tranquillo, Padre. Ho superato il ponte, non c'era nessuno. Ho aperto la porta verde, quella ad arco prima della bottega. Mi sono fermato per essere sicuro che...»

«Dimmi del Momento.»

La voce appena un po' più dura. Come se il vento si fosse alzato portando la minaccia del tuono.

L'uomo rabbrividisce, e pensa che anche il suo brivido si sia sentito.

«Ero vecchio, Padre. Ci ho messo tempo. Ma non potevo andare prima, quello della bottega a volte fa tardi, rilegano le tesi e...»

«Il Momento!»

Gli si ferma il cuore in petto. È il ruggito di una belva sconosciuta, il rumore dell'anima selvaggia. Il tufo assorbe senza rimandare eco, ma la traccia accompagnerà il torace dell'uomo per molto tempo.

«Sì, Padre. Come una luce senza luce, come una musica senza suono. Io pregavo da un'ora, era l'una.»

«L'una? L'una in punto?»

«Sì, Padre. L'una in punto.»

Silenzio, ancora.

«L'una. Ancora prima.»

Poi l'uomo dice, non resistendo: «Oh, Padre, che meraviglia è stata. Ogni fibra, ogni goccia di liquido è rinata. L'estasi perfetta, l'assoluto che entra nel...».

«Sai degli altri?»

Stavolta il silenzio è suo.

«No, Padre. Almeno, non direttamente.»

«Che vuoi dire?»

«Che... Ma non so nemmeno se sia una coincidenza, Padre. Devi sentire Aristarchos, se non l'hai già...»

Un tuono sordo: «Che vuoi dire?».

In fretta, l'uomo risponde: «Ho letto che un custode... Ma devi sentire Aristarchos, Padre. Ti supplico».

Silenzio. Ancora silenzio, escludendo il cuore che batte sordo nelle orecchie.

Poi è chiaro che non c'è più nessuno.

L'uomo si alza, agile, e riprende all'incontrario la strada.

IX

«Chi è?»

«Ciao, scema. Sono io.»

«Ah, sei tu. Che vuoi?»

«Sempre affettuosa, sempre gentile. Complimenti.»

«Dài, che ho da fare. Che vuoi?»

«Che poi una volta me lo spieghi cos'hai da fare, che stai buttata sul letto tutto il giorno.»

«Senti, lo sai benissimo quello che faccio. E poi non credo di dover dar conto a te, no?»

«Veramente a stretto rigore di termini dovresti, giacché ti mantengo io.»

«Balle. Ci manteniamo da sole, io e mamma, col fitto dei tre appartamenti che ci hanno lasciato i nonni.»

«Se, vabbe', con quelli non ci paghi nemmeno le tasse che… Comunque lasciamo stare, vado di fretta.»

«E allora perché perdi 'sto tempo? E soprattutto, perché lo fai perdere a me?»

«Perché mi serve una mano, ecco perché.»

«Ah, ecco. Ti serve una mano. E che mano ti serve? Devi andare di nuovo a una pallosissima cena di vecchi pazzi e ti scocci di far vedere che non hai una ragazza?»

«Non mi ricordare quella sera, è stato un attimo di debolezza. E poi è stato peggio portarti con me, visto come ti sei presentata.»

«Insomma, di quale aiuto avresti bisogno? Non che mi sorprenda, sia chiaro, non avendo tu le palle.»

«Oh, ma come ti permetti? Ricordati che sei mia nipote, un poco di rispetto, maledizione! Ma è mai possibile che tutti mi insultano, oggi? Che è, si è aperta la stagione della caccia all'antropologo?»

«Ti ricordo che sono antropologa pure io, e *magna cum laude*. Solo che io, se ho qualcosa da studiare e una ricerca da fare, opero alla luce del sole, non di nascosto fingendo di insegnare pur di mettere i soldi di un micragnoso stipendio in tasca.»

«Senti, Lisi, ne abbiamo parlato un milione di volte: io ho bisogno di mettere le mani sui libri rari, sui testi antichi che sono accessibili solo ai docenti universitari… ma credi che sia bello stare sotto a quel deficiente di Fusco?»

«Ormai sta tutto su internet, sei vecchio dentro, sei. Io e quelli come me…»

«Tu e quelli come te ve la suonate e ve la cantate da soli, un branco di nerd segaioli che vivono tappati nelle loro stanze sulle spalle dei genitori. Poi mi vieni a dire che tu lavori alla luce del sole, ma quale sole? Non esci di casa da mesi, da quando…»

«Non ti permettere di entrare nei fatti miei, hai capito? Non osare! Io… io… faccio quello che voglio, cazzarola! Non me lo devi venire a dire tu, che devo fare! Non sei mio padre!»

«Ah, quanto a questo sarebbe interessante saperlo, da chi hai preso questo carattere dolce e remissivo. Comunque non è per la tua ricerca su internet che ti chiamavo.»

«E fai male, invece. Perché sappi che sta succedendo di nuovo, proprio in questi giorni, e io lo sapevo, perché calcolando quello che tu hai scritto ma cambiando le…»

«Lisi. Lisi, basta. Basta con quella vecchia storia. Non c'è niente, capisci? Niente. Mi sono sbagliato, ecco. Ho confuso dei dati, ero ubriaco, ho scritto e consegnato senza rileggere. Forse tutte queste cose insieme. Ma non c'è niente, quindi smetti e fa' smettere anche quei poveri cristi dei tuoi amici in giro per il mondo.»

«Che tristezza sentirti parlare così. Che malinconia. Hai perso ogni voglia, ogni…»

«Non sono io ad aver perso la voglia e l'entusiasmo, mi pare. Non sono io che a ventidue anni…»

«Guarda che ne ho ventitré.»

«… a ventitré anni vivo tappata in casa con una madre pazza che…»

«Mamma non è pazza!»

«… che passa il tempo a celebrare riti di una religione che non è mai esistita, di cui è l'unica adepta in tutto il mondo, cercando un senso in cose che un senso non hanno.»

«Bravo, citi anche le canzoni adesso?»

«Che canzoni?»

«Lascia perdere. Dimmi cosa vuoi, altrimenti metto giù.»

«Senti, c'è qui una giornalista tedesca. Che hanno mandato a... Che deve vedere qualcosa, deve fare un articolo che nemmeno so che articolo deve fare, un articolo esoterico sulla città, sai, queste fesserie per i giornalacci sensazionalistici.»

«E tu che c'entri?»

«C'entro perché quel maledetto Fusco mi ricatta, ecco perché! Insomma, la devo portare un po' in giro. Allora pensavo che... Io, lo sai, non ci so fare con le donne. Magari la porto prima in un posto qualsiasi di quelli turistici, può essere che si accontenti. Ma se vuole andare più a fondo... potresti accompagnarci anche tu. Se vede che...»

«Aspetta, fammi capire: mi vuoi mollare la tedesca per tornare a fare i fatti tuoi? Non se ne parla proprio.»

«No, no, non dicevo questo. Pensavo che potevi venire pure tu, perché io da solo...»

«E quel cretino che ti fa da scudiero non c'è?»

«Brazo Moscati, che per tua norma è un validissimo ricercatore, c'è eccome. Ma anche lui... non è un modello di abilità con le donne.»

«Be', questo è assolutamente fuori di dubbio.»

«Allora farei così, se per te va bene. Io adesso la porto, se si decide a uscire da questo albergo, a Cappella Sansevero, e testo il suo livello di accontentabilità, diciamo. Poi se va bene, un altro paio di posti e la rimetto sul primo aereo per Francoforte, Amburgo o dove accidenti deve andare. Se invece…»

«Se invece è un po' di più che una turista, chiami me. È questo che vuoi?»

«Sì. Ti prego. Non ti ho mai chiesto niente, e…»

«Non è affatto vero. Ma io sono un'idiota, e non so dire di no.»

«Be', grazie, allora. Ciao, sce…»

«Quasi quasi mi rimangio la parola.»

«Ciao, Lisi. Ti faccio sapere.»

X

Ingrid si era cambiata. Niente più giacca a vento ma un giubbotto nero piuttosto leggero e un paio di jeans, con una macchina fotografica al collo.

Brazo la squadrò ammirato, e per giustificare lo sguardo disse: «Non sta un po' freschetta, signorina? È dicembre».

La ragazza sorrise.

«Ingrid, per favore. Diamoci del tu. Sai, io sono tedesca. Quando veniamo in Italia, per noi è estate per principio. Dove andiamo?»

Marco rispose guardando la strada dal finestrino: «In un posto magico, nell'incanto del suono stereofonico e con un sacco di effetti speciali da raccontare agli attoniti lettori tedeschi».

Brazo sospirò, continuando a guidare. Ingrid, come se avesse previsto quel tono ironico, annuì senza replicare.

Il parcheggio fu laborioso perché Brazo non voleva correre rischi di graffi o rimozioni, ma alla fine riuscirono a posteggiare e si addentrarono nel dedalo dei vicoli della città antica. Marco camminando svelto raccontava, indicando di volta in volta i riferimenti di quello che diceva.

Parlò del tracciato ortogonale della città greca, ideata dall'architetto Ippodamo da Mileto, allievo di Pitagora. Datò l'arrivo da Rodi di alcune navi mercantili sull'isolotto di Megaride nel IX secolo prima che Cristo nascesse. Parlò del fiume Sebeto, del culto della Sirena.

Ingrid ascoltava, curiosa. Nessuna delle notizie che uscivano dalla bocca del professore le era ignota, era molto divertente rilevare quanto la sua preparazione fosse sottostimata dall'uomo. Quello che la intrigava era il tono: come una malinconia sottile, una gelosia antica e incancrenita. Argomenti delicati, amati e coltivati dati in pasto a grossolane ignoranze, a fameliche, superficiali passioni pronte a passare oltre in cerca di una nuova sensazione, di un nuovo brivido. Marco aveva il tono stanco di una vecchia, triste guida turistica.

Le divinità femminili scorsero una dopo l'altra nelle parole del professore, mentre percorreva una lunga strada infreddolita carica di bancarelle e di botteghe che esponevano decorazioni natalizie. Ingrid faticava ad ascoltarlo, perché lui camminava svelto senza curarsi che i suoi racconti giungessero a destinazione. Sembrava recitare una litania, una preghiera rituale.

Demetra, Persefone ed Ecate, i Misteri Eleusini celebrati per secoli. Iside, sfiorata e accarezzata come una vecchia amica abbandonata al suo destino. Nulla che Ingrid non sapesse, ma la ragazza intuiva sotto quella frettolosa mano di vernice dedicata al suo uso e consumo una conoscenza profonda e perfino sofferente.

Non disse niente. Gli lasciò credere di ascoltare cose nuove, anche se l'assenza di un solo sguardo verso di lei le lasciava immaginare, con una punta di fastidio, che a Marco non interessava proprio che la donna lo stesse a sentire. Stava assolvendo a un incarico per il quale non aveva alcun trasporto, e voleva che si capisse bene.

Giunsero al luogo dove erano diretti, e Ingrid ancora una volta prese tristemente atto della bassa considerazione che quei due avevano di lei.

Marco disse: «Questa comunque è Cappella Sansevero. Non siamo nell'antichità e nei primi culti, ma immagino sia più interessante per i lettori di un giornale... di un giornale come il tuo. Se hai l'accredito per fare foto lo devi presentare, altrimenti compri le cartoline allo shop, vanno bene uguale. Noi abbiamo il tesserino dell'università, tu devi fare il biglietto. Là dove c'è la coda».

Brazo rivolse un'occhiata in tralice a Marco, e si offrì di andare a prendere il biglietto per la loro ospite. Restarono soli, senza guardarsi né parlarsi finché il giovane tornò.

Una volta entrati, Marco cominciò a parlare con tono da maestro elementare: «Fu costruita nel 1590, come ex voto per una malattia dalla quale era guarito, da Giovan Francesco di Sangro, antenato di Raimondo. Questo era allora il giardino del palazzo, che è quello di fronte, e serviva come cimitero di famiglia. Fino alla fine dell'Ottocento c'era un ponte che univa le costruzioni, con un orologio animato. Peccato, quello magari era bello da far vedere ai tuoi lettori, come un gigantesco cucù. Non esistono raffigurazioni, ma magari era abbastanza cafone».

Ingrid si morse il labbro inferiore e tacque.

Marco continuò: «È interessante, ai tuoi fini, il cornicione. Lo vedi? È continuo, lungo tutta la cappella. Pare sia stato realizzato con un mastice inventato dal principe Raimondo, un uomo notevole che…».

La donna non resistette più: «Il mastice, certo. E la colorazione del pavimento che non viene meno, e la continuità della riga bianca dall'ingresso, come un labirinto. E la leggenda del *Cristo velato*, col velo che entra in una narice a lasciar credere che sia ancora vivo dopo la morte, e il libro nella rientranza laterale dove dovrebbe essere la tomba di Raimondo e invece non c'è, che è chiuso a simboleggiare la fine del percorso iniziatico, con la squadra e il compasso dei massoni appoggiati sulla copertina. Vogliamo parlare dei colori degli affreschi, che non piacevano al principe e che fece rifare? O del significato del bassorilievo del cieco risanato, sotto la statua del Disinganno di Queirolo?».

Un gruppo di studenti in gita si voltò verso di loro, incuriosito dal tono aspro di Ingrid. Una ragazza ridacchiò dando di gomito a una compagna.

Brazo emise un profondo sospiro, scuotendo il capo. Marco si voltò lentamente.

«Notevole. Proprio notevole. La bambina ha fatto i compiti, vedo. Si può sapere che cosa vuoi da me, allora?»

Ingrid si avvicinò, minacciosa. La mente di Marco fu attraversata dal pensiero di quanto diventasse carina quando si arrabbiava, ma l'idea fu subito soffocata.

«Parlami di Iside, invece di perdere tempo con queste sciocchezze sulla massoneria. Dimmi della leggenda che vuole ci fosse un tempio proprio qui sotto, e di come probabilmente il fiume sotterraneo consentisse le ritualità che nel Seicento ancora si seguivano. Di come Iside in realtà sia proprio la statua della Pudicizia, invece che la madre del principe, come si vuole far credere. Di cosa significhi il velo, e perché l'idea del nascosto, del celato sia in quasi tutte le opere della Cappella: la rete del Disinganno, il guerriero che esce dalla cassa sul portale, lo stesso Cristo deposto. Parlami di questo, invece di fare la guida turistica di terz'ordine.»

Brazo e Marco si guardarono, a bocca aperta. Le due ragazzine si fissarono con gioiosa sorpresa per l'inattesa puntata di sit-com alla quale avevano assistito.

Ingrid si voltò: «Io me ne vado. Non posso permettermi queste perdite di tempo».

Uscì a passo svelto dalla Cappella. Brazo fu il primo a riscuotersi e a inseguirla: «Ingrid! Ingrid, scusa, il professore non… Noi non potevamo sapere che tu… che tu sapessi queste cose, il livello di…».

Marco li raggiunse all'aperto e disse, a muso duro: «Tu adesso mi spieghi per filo e per segno che sei venuta a fare qui. Altrimenti continuiamo a prenderci virtualmente a schiaffi, e questo non serve a nessuno, credo. Allora?».

La donna avvicinò il suo volto a quello del professore, che arretrò istintivamente di un passo.

«Allora, io sono qui per andare più a fondo. Molto più a fondo. Come anni fa hai provato a fare tu, prima di essere zittito da quelle vecchie galline del mondo accademico. Io voglio sapere che altro c'è, qui sotto: sotto queste chiese, sotto queste strade. Voglio sapere se sei andato avanti, che hai fatto nel frattempo, in questi quindici anni. Ecco cosa sono venuta a fare qui.»

Marco sbatté le palpebre. Brazo disse, sommesso: «Mamma mia…».

Il professore rispose: «Io non potevo immaginare che… Ma che ne sai tu dei miei studi e delle mie ricerche? Io non… io non sono pronto, non ancora. Quando lo sarò, stanne certa, lo sapranno tutti, dovunque. Perché pubblicherò, e… In ogni caso, non sarà su un giornale qualsiasi, con rispetto, eh».

Ingrid si andava calmando, ma stringeva ancora i pugni.

«Lo capisco, io, questo. Lo capisco. Ma è utile a tutti alzare il livello, no? Io potrei preparare il terreno, concordando con te i termini per le successive pubblicazioni. Sarebbe sufficiente far comprendere alla gente che c'è ancora qualcosa di interessante da scoprire, proprio dove ogni cosa sembra già nota. Ci pensi? Fondi europei, attenzioni accademiche… Non dico nei dettagli, ovviamente, ma almeno qualche indicazione.»

Brazo mormorò: «Prof, forse…».

Marco lo tacitò alzando la mano, senza distogliere gli occhi da quelli di Ingrid.

«Potrebbe interessarmi. Forse potrebbe interessarmi. L'idea di quel fesso di Fusco costretto a darmi più spazio, in effetti, potrebbe davvero essere allettante. Ci devo riflettere.»

La donna scosse il capo, dura: «Devi riflettere in fretta, caro. Perché se non vengo a sapere niente di interessante, io me ne torno a casa, e passiamo oltre. O credi di essere l'unico che sta facendo qualcosa di segreto, degno di un articolo su un giornale vero, non di quel vecchiume che frequenti tu?».

Marco annuì, la fronte corrugata. «Forse ti presento una persona, domani mattina. Una persona che, chissà perché, mi ricorda te. Lei magari qualcosa da dirti ce l'ha, senza mettere a rischio il posto di lavoro.»

Brazo disse: «Prof, non starai pensando a…».

Marco sorrise, malizioso. «Ci vediamo domattina presto. Ti veniamo a prendere noi, in albergo.»

XI

E poi naturalmente ci sono le somiglianze.

Nulla di più normale, se ci pensa. Ogni bambino assomiglia a qualcuno, ricorda qualcun altro, ha le caratteristiche di qualcun altro ancora. Sono piccoli messaggi genetici che arrivano, a volte, da molto, molto lontano; e si combinano in maniere strane, accendendo circuiti e attivando elementi che dormicchiano, in un angolo del DNA*, da tempo immemorabile.*

Queste somiglianze, che si notano con un sorriso e una carezza alzando il bambolotto controluce, possono diventare una deflagrazione insostenibile, un evento in grado di far esplodere il mondo intero.

Starà pensando che le mie sono farneticazioni, e invece sto offrendo una chiave di interpretazione di ogni cosa. Rifletta: un soldato che appartiene a un esercito d'invasione incontra una contadina, e la stupra. Nessun amore, nessun corteggiamento. Solo furia cieca, desiderio oscuro, voglia animale. Ma quel seme è forte, aspro e attaccato alla vita, per cui supera l'odio e l'infamia e diventa un fattore.

Quell'aggressiva combattività, la nostalgia di un luogo lontano, l'attitudine a una musica o semplicemente la natura omicida. Qualcosa che se ne sta acquattato nell'ombra dei secoli e delle generazioni, man mano che il popolo della contadina si evolve e diventa colto e raffinato, man mano che si alternano poeti e musicisti, fino a quando quel sottile dimenticato gene si fonde con quello di un filosofo speculativo e dà luogo, finalmente, dopo tanti chilometri e secoli, a un politico espansionista e assolutista.

E parte un nuovo esercito, alla conquista di un'altra terra. Dove un soldato troverà una contadina.

Vede, ci sono strutture temporali così complesse che ci vorrebbe una macchina molto potente per decifrarle. E ancora più potente dovrebbe essere la macchina in grado di costruire le possibilità e calcolarne la portata. Si fa così, per dire.

E poi le somiglianze, i messaggi del lontano passato, si mischiano con le circostanze. Una qualità che interviene in un tempo sbagliato è inutile, e si deve ricominciare daccapo. Immagini, per esempio, un grande campione di questo vostro gioco di adesso, questo sull'erba col pallone. Lo immagini nato nel Medioevo, o nell'America precolombiana. Uno in grado di esaltare centinaia di migliaia di persone in uno stadio, di diventare ricco ogni oltre possibilità, di avere donne e case e ammirazione e amore, che invece muore ammazzato in un angolo di strada per aver rubato da mangiare. E magari senza avere avuto figli, senza aver potuto trasmettere il suo piccolo messaggio di talento al di fuori della propria breve, inutile vita fino a quando quel frammento sarebbe finalmente tornato utile a qualche epigono. E così per la musica, la pittura, la matematica; e per ogni opportunità che il futuro ignoto riserverà, o dovesse riservare.

Insomma, siete tutti in cammino da un punto di partenza a un punto di arrivo. E certe anse di questo immenso fiume possono essere abbreviate, saltate, risolte. Alcune curve possono essere cancellate da scorciatoie.

Voi lo siete. Io no, perché com'è ovvio, non posso generare.

Però posso stare a guardare, no? E magari divertirmi a valutare queste curve e questi percorsi, che a volte conviene abbreviare e a volte allungare.

Stare a guardare, capisce?

Come con questo meraviglioso panorama.

Starsene fermi a guardare.

XII

L’indomani mattina aveva ripreso a piovigginare. Brazo aveva prelevato abbastanza presto Marco, il cui malumore era distinguibile da un paio di centinaia di metri di distanza. Il professore, come era solito fare quando non aveva nessuna opportunità di fronteggiare le avverse circostanze, si succhiava i baffi col labbro inferiore tenendo gli occhi aggrottati sulla strada bagnata che si snodava deserta.

L’assistente decise di tastare il terreno: «Però è in gamba la ragazza, prof, lo devi ammettere. Ieri a Sansevero ci ha lasciati senza fiato».

Marco si strinse nelle spalle. «E va bene, lo ammetto subito così ci leviamo il pensiero: l’avevo sottovalutata. Ma la cosa non mi fa certo sentire meglio. Una che ne sa così tanto – anche se, attenzione, parliamo di leggende, perché sulla storia di Iside non ci sono prove – che accidenti vuole da noi?»

Brazo sorrise.

«Di sicuro ti ha letto, perché ricordo distintamente che nel tuo saggio sui culti egizi la citavi, la faccenda della leggenda del tempio di Iside dalle parti di piazza San Domenico Maggiore. La domanda è dove ha preso il materiale. Era stato tutto ritirato, no? E comunque non è che abbia avuto chissà che diffusione, quindi…»

Di Giacomo reagì con veemenza: «Oh, ma come sarebbe che non ebbe diffusione? Guarda che all'epoca il rumore lo fece eccome, purtroppo. Tu sei ragazzino e non te ne ricordi, stavi ancora al liceo, ma l'idea dei culti in rete nella zona dei Decumani in epoca tardoromana e medievale fu abbastanza rivoluzionaria, e…».

«Sta di fatto che questa tizia conosce i tuoi saggi, e ha chiesto, lei o chi per lei, di essere accompagnata proprio da te e non da altri. Non mi pare poco. Quello che non capisco è perché tu abbia voluto coinvolgere tua nipote. Non che mi dispiaccia, sia chiaro, ma mi sfugge il motivo.»

Marco non cambiò espressione: «Perché sa parlare con le donne, e tu e io… non siamo granché, evidentemente. E poi, non mi piace che se ne stia sempre chiusa in quella camera a chattare di folli teorie coi suoi amici disperati, quindi una volta che c'è un'occasione tanto vale utilizzarla.»

Erano arrivati sotto l'albergo di Ingrid. La fecero chiamare, e mentre aspettavano arrivò Lisi, infagottata in un lungo cappotto col cappuccio.

La metamorfosi di Brazo fu sorprendente. Arrossì, sbiancò e arrossì di nuovo. Fece per salutare la ragazza stringendole la mano, ma all'ultimo momento ripiegò su un cenno del capo.

Lisi gli lanciò un'occhiata distratta e si rivolse allo zio: «Be', dov'è la tizia? Ti fa aspettare, eh? Siete già così intimi?».

Prima che Marco potesse rispondere, Ingrid arrivò. Portava i capelli legati e le scarpe basse, e dimostrava la stessa età di Lisi, che la fissò sorpresa. Marco le presentò, spiegando che oltre a essere sua nipote, Lisi era una validissima antropologa specializzata in storia delle religioni.

La ragazza ridacchiò: «Per avere un complimento da mio zio deve arrivare una ragazza dalla Germania. Grazie dell'aiuto!».

Ingrid rise: «Grazie per la "ragazza". Io ho almeno dieci anni più di te, purtroppo. E francamente mi sembra strano che una così carina, e soprattutto simpatica, abbia queste parentele».

Stavolta fu Lisi a ridere, vedendo l'espressione contrita di Marco.

Ingrid gli chiese: «Allora oggi che cosa mi fate vedere? Il lungomare? La pizza e i mandolini?».

Marco sbuffò: «Lasciamo decidere alla tua nuova amica, così la smettiamo di dare la colpa a me. Lisi, la signorina qui ieri si è prodotta in un piagnisteo perché avevamo osato portarla a Cappella Sansevero. Dice che è troppo nota per lei, che vuole qualcosa di più strano, di più particolare. Che dici, dove andiamo?».

Lisi annuì, pensosa.

«Dunque... io oggi avevo in programma di fare un giretto per alcuni posti dove vorrei verificare delle cose. Comincerei da un parcheggio.»

Ingrid sorrise. «Finalmente qualcosa di strano. Vada per il parcheggio.»

Brazo si riscosse dal silenzio e disse: «Almeno la macchina riposerà tranquilla».

Stavolta Marco fu collocato sul sedile anteriore, perché le due donne preferirono sistemarsi dietro.

Appena Brazo si avviò, mostrando di sapere già dove Lisi intendesse andare, la ragazza chiese alla giornalista: «Che sai tu del culto di Mithra?».

Ingrid sorrise. D'istinto quella ragazza le piaceva. Era diretta e non perdeva tempo in giri di parole inutili.

«Be', era un dio persiano, no? Quello dell'uccisione del toro, da cui nascevano le piante. Uno dei modi di adorazione del Sole, in pratica. So che anche qui, in città, c'erano dei luoghi di culto, se non sbaglio.»

Lisi annuì. «Certo che c'erano, almeno tre di cui si hanno notizie certe, ma probabilmente anche di più. La storia ufficiale dice che sia una delle religioni arrivate coi romani all'epoca dell'impero, ma noi pensiamo sia precedente.»

Marco borbottò: «Noi. Noi pensiamo».

Lisi si voltò di scatto verso di lui: «Sì, esatto. Noi. E abbiamo titoli per farlo, lo sai. E sai anche che c'è chi pensa che alcuni aspetti del cattolicesimo...».

Marco si strinse nelle spalle, senza togliere gli occhi

dalla strada, priva del solito traffico per le feste in arrivo: «Ogni religione ha le sue similitudini, gli aspetti comuni sono tantissimi e tu dovresti saperlo meglio di tutti. Mithra, Cristo, Diana...».

Lisi alzò gli occhi al cielo, poi tornò a rivolgersi a Ingrid: «Come forse sai, la caratteristica principale dei mithrei è la necessità di una caverna. Per rievocare l'uccisione del toro da parte del dio, un sacrificio rituale che loro replicavano in occasione di equinozi e solstizi, vittoria o sconfitta del Sole sulla notte. Ora, questa città...».

Brazo intervenne, annuendo con forza mentre guidava: «... è cava, quasi integralmente. Scende per decine, centinaia di metri sotto il livello del suolo, tufo, sedimenti, e soprattutto...».

Marco gli lanciò un'occhiataccia: «Non alimentare queste assurdità, per favore».

Lisi continuò imperterrita: «Forse anche per chilometri, in alcuni punti. È enorme lo spazio, qui sotto. E nei millenni la gente ha scavato ancora, e creato collegamenti e ponti, vie e piazze. Un'altra città. Solo che nessuno sa quanto sia grande, non esiste una mappatura. Se vuoi studiare la nostra materia, e vuoi farlo sul serio...».

S'interruppe e rivolse alla nuca di Marco uno strano sguardo in cui c'erano malinconia, tristezza e anche affetto. Ingrid provò un'immotivata stretta al cuore.

«... se vuoi farlo sul serio, devi scendere là sotto. Senza pregiudizi, aperta anche a dover cambiare idea su ogni cosa.»

Marco si voltò: «Non si lavora a tesi. Se sei davvero aperta come dici, devi essere pure pronta a capire che quello che volevi dimostrare semplicemente non è vero. Altrimenti ne esci con le ossa rotte, e devi pure cambiare oggetto di ricerca. Così funziona».

Lisi lo fissò fredda. «Non è vero, Ingrid. È solo una questione di coraggio. Se sei sicuro di avere ragione, vai avanti. Non ti fermi al primo ostacolo. Non diventi un perdente, e soprattutto non molli per la strada quelli che credevano in te.»

Brazo cercò di intromettersi di nuovo: «Non essere ingiusta, Lisi. Il prof è stato costretto a…».

Marco gli mise una mano sul braccio. «Lascia perdere, Brazo. Lascia perdere.»

Dopo un attimo, Ingrid chiese: «Quindi adesso stiamo andando in un mithreo? Come mai?».

Lisi tirò un profondo respiro e disse, lanciando occhiate guardinghe alla nuca dello zio: «Io ho… Siamo un gruppo di amici. Ci teniamo in contatto attraverso internet fra di noi, un po' sparsi dovunque. L'altro ieri, sai, era il solstizio d'inverno, e…».

Marco ridacchiò: «… e tra poco ci saranno avvistamenti della slitta di Babbo Natale, vedrai. Con qualche telescopio piazzato sulla finestra giusta…».

Lisi continuò, come se non fosse stata interrotta: «In tutto il mondo ci sono siti dove venivano eseguiti rituali, a volte anche sacrifici. Questi siti, molti di essi almeno, sono ancora attivi. Non sempre, ma in certe occasioni dell'anno…».

Marco scosse il capo: «Illusione. Pura illusione, di quattro ragazzini nerd che sognano di essere cacciatori di streghe».

Lisi scattò: «Che cacchio mi hai chiamata a fare, si può sapere? Lo sai che cosa faccio io, che idee ho. Che mi hai chiamata a fare?».

«Perché la signorina, qui, sta cercando proprio quello di cui ti occupi tu. Per metterci un po' in ridicolo: i soliti meridionali retrogradi che rimestano nelle antiche tradizioni per riportare in vita i propri fantasmi. Ma siccome è vero, un po' di attenzione profana su quello che si dovrebbe fare non nuoce, e allora le diamo un po' di pane per i suoi denti. Fine.»

Ingrid gli rispose, secca: «E tu tutte queste brillanti deduzioni le hai tratte in meno di un giorno? Complimenti, professore. Sto rivalutando di minuto in minuto chi ha deciso di piazzarti in uno scantinato, come un ferro vecchio». Poi si rivolse a Lisi: «Dimmi del posto dove stiamo andando».

La ragazza aveva un'aria triste, e continuava a scuotere il capo.

«Il più famoso mithreo della città è a Cappella Vecchia. Un amico mi ha detto che… c'è stato un po' di movimento, l'altra notte. E a distanza di un centinaio di metri è stato trovato un cane morto. Un randagio.»

Marco sbuffò ancora: «Lo strano caso del randagio morto. Una novità assoluta per questa città, come se non ce ne fossero ogni giorno dell'anno e…».

«Il cane era sgozzato. E completamente dissanguato. L'hanno trovato ieri mattina, il giorno dopo il solstizio, in un cassonetto alla Riviera.»

Marco chiese: «E chi l'ha trovato il cane, si può sapere?».

Lisi rispose, sulla difensiva: «Il mio amico. Perché sapeva che cosa andare a cercare, ovviamente, e quindi…».

«… e quindi magari non è affatto vero. O non è vero che il cane era dissanguato. O ce l'ha messo proprio lui.»

Lisi fissò Ingrid negli occhi, a lungo. Poi concluse, seria: «Sta succedendo qualcosa. Qui e adesso, sta succedendo qualcosa. E noi ne abbiamo l'assoluta certezza. Abbiamo le prove».

XIII

Il traffico s'ingolfò non lontano dalla loro meta, per cui scelsero di parcheggiare un po' prima e di percorrere un tratto a piedi.

Si trovavano nel centro nobile della città, quello dei negozi d'alta moda e delle gioiellerie di grido. La prossimità del Natale e il tempo grigio mettevano in risalto luci e addobbi, e tutto trasudava ricchezza e benessere. Ingrid si guardava attorno un po' sorpresa, pensando che non era quello il luogo in cui si aspettava di trovare i segni di un passato così antico.

Proprio di fianco a un'enorme libreria, all'esterno della quale alcuni giovani stavano impacchettando regali per raccogliere offerte, partiva una lunga via laterale. Lisi, che conduceva il gruppo, la imboccò decisa. Dopo qualche metro le venne incontro un ragazzo alto e magro, dall'aria concitata.

Lisi lo salutò: «Ciao, Giampi… che cosa ci fai qui a quest'ora?».

Il nominato Giampi la prese per un braccio e la accostò al muro, guardandosi attorno.

«Che ci faccio qui a quest'ora? Te lo spiego io, che ci faccio. Ti ho detto di ieri, no?»

Lisi annuì, sorpresa: «Certo che me l'hai detto».

Ingrid chiese: «Parla del cane?».

Il ragazzo sbatté le palpebre: «Le hai detto del cane?».

«Sì, ma sta' tranquillo, sono fidàti. Lei è Ingrid, loro sono Marco e Brazo. Lui è Giampiero, detto Giampi. È mio amico, abita…»

Il ragazzo la interruppe, vivacemente, senza mollarle il braccio: «Non dire niente di me, cazzo! Nessuno deve sapere, ricordi il patto? Nessuno!».

Lisi sbuffò. «Giampi, non essere paranoico, per favore, mi spaventi. Ti ho detto che ti puoi fidare, loro sono persone mie, è come se parlassi solo con me. Davvero.»

«Non capisci! Qui le cose vanno evolvendo di minuto in minuto! Dove state andando?»

Brazo si accostò a Lisi con fare protettivo. Quel ragazzo gli metteva agitazione. «Senti, come ti chiami, adesso lasciala andare. E non mi pare che dobbiamo dire a te dove stiamo andando, né perché.»

Lisi lo allontanò, decisa: «Non preoccuparti, ci penso io. Che sta succedendo, Giampi? In che senso le cose evolvono di minuto in minuto? Circa il cane…».

Il giovane spalancò gli occhi, allucinato. «Il cane, sì. Il cane. Era dissanguato, capisci? Loro non hanno il toro, ma il cane era grosso e nero, quindi non ci sono dubbi. E adesso, adesso... Io non ci credo che sia naturale, non ci credo! Lo conoscevo, Pasquale, e ti posso assicurare che stava benissimo.»

Marco e Ingrid si guardarono, perplessi. Brazo chiese: «E chi è Pasquale? Il cane?».

Giampi agitò la mano verso l'assistente, parlando a voce bassa in faccia a Lisi: «Ecco, lo vedi? Il cane! Ci sfottono anche, come tutti! Ma è mai possibile che siano così ciechi da non capire, da non rendersi conto? Se sapranno chi siamo, verranno a prenderci, te lo dico io! Perché noi abbiamo ragione, abbiamo. E nessuno ci crede!».

Lisi annuì e rispose, conciliante: «Giampi, fa' una cosa: vattene a casa, adesso. Sei stanco, e sconvolto. Hai le mani gelate, chissà quanto freddo ti sei preso. Vattene a casa, qui me la vedo io. Ti do il cambio».

Il ragazzo lanciò un'occhiata diffidente agli altri e disse: «E se loro sono... *loro*? Se queste persone sono d'accordo con chi ha sgozzato il cane e... fatto questa cosa a Pasquale? Io non credo che...».

Brazo replicò, duro: «Ma come si permette, questo? Chi dovremmo essere noi? Adesso basta con gli insulti, bello: Lisi è più al sicuro con noi che con te».

La ragazza lo tacitò con un gesto e ripeté al ragazzo: «Tranquillo, va' pure. Oltretutto lo sai, meglio non restare a lungo nello stesso luogo. Potrebbero notarti».

Dopo un'esitazione Giampi annuì.

«Ma se hai bisogno di me mandami un messaggio e in

due minuti sono qui. Lo sai, abito… Voglio dire, posso raggiungerti velocemente.»

Si allontanò costeggiando il muro, al riparo dalla vista di eventuali inquilini affacciati al balcone, che comunque non c'erano.

Marco commentò, acido: «Vedo che la situazione è ancora più grave di quello che pensavo… Adesso te la fai con gli psicopatici all'ultimo stadio. E questo sarebbe il tizio che ha trovato il cane? *Nero e grosso, in mancanza di un toro?* E come lo hanno travestito, povera bestia, con un paio di corna finte come a carnevale?».

Lisi non gli rispose nemmeno e si rivolse a Ingrid: «Io vado a vedere che è successo. Giampiero in genere è tra i più freddi e controllati, ed era sconvolto».

«Io non ti lascio andare da sola» disse Brazo, deciso.

Ingrid soggiunse: «Andiamo tutti, credo. No?».

Marco alzò le spalle, ma si avviò con loro.

La strada continuava per qualche decina di metri e, poco prima della fine, contro un muro di contenimento c'era uno slargo sulla sinistra, dal quale si accedeva a un parcheggio. L'ingresso era un'ampia apertura nel tufo, da cui si intravedeva un viottolo che si inabissava sottoterra. Nello slargo c'era una specie di guardiola, attorno alla quale un gruppo di persone sostava nei pressi di un'ambulanza.

I quattro si scambiarono un'occhiata. Lisi fece per andare, ma Marco la trattenne posandole una mano sul braccio.

«Meglio che vada io. Aspettatemi qui.»

Brazo lo seguì comunque. Ingrid chiese a Lisi: «Mi dici che sta succedendo? Potresti farmi capire qualcosa?».

La ragazza la fissò intensamente. «Posso fidarmi di te? Io non ti conosco. Qui non si tratta di fare un po' di turismo esoterico. Te l'ho detto, sta succedendo qualcosa.»

«Sì, ma che cosa? Tanto puoi giurarci: io non sono una che molla e se ne va per rispettare la privacy e la riservatezza. Mio padre è tedesco, d'accordo, ma mia madre era italiana e meridionale, quindi rassegnati.»

Suo malgrado Lisi sorrise.

«Questo mio... gruppo di amici... Non siamo pazzi, sai. Né visionari né psicopatici come dice Marco. Quando si avvicina uno strano, e ce ne sono, lo sbattiamo fuori.»

«E chi siete, allora?»

«In giro per il mondo ci sono certi posti, sai. Luoghi in cui si sono alternate le religioni e le dominazioni, man mano che passavano le epoche, ma sono sempre rimasti luoghi di culto, i riti continuavano a celebrarsi là. Non sono molti, e non in tutti ci sono le stesse caratteristiche, perché spesso era solo il rispetto della tradizione che portava la gente a recarcisi. Ma in alcuni non avrebbe avuto senso; anche le religioni perseguitate, quelle che mettevano i fedeli e i sacerdoti a rischio della pelle, invece di cercarsi posti appartati restavano dove i fedeli potevano essere catturati e uccisi, e a volte succedeva. Conosci la ricerca di mio zio, quella per cui... *quella*, insomma.»

Ingrid annuì, rivolgendo uno sguardo a Marco e Brazo, che chiedevano informazioni a un paramedico.

«Certo che la conosco. Sono venuta proprio per quella ricerca, geniale e innovativa, anche se carente di supporti. Ancora ne parliamo, nell'ambiente.»

Lisi fece una smorfia. «Ha sofferto molto, sai. Davvero molto. Ed è comprensibile che abbia così paura anche solo a parlarne o a far vedere che continua a pensarci. Ricordi? Lui sosteneva che fino al Medioevo e dalla più remota antichità ci fosse un rapporto tra la natura geofisica dei siti e i luoghi permanenti di culto, quelli appunto che hanno ospitato diversi riti.»

Ingrid annuì di nuovo. «Lo so. Ho letto.»

«In realtà, e ne sono certa, aveva ragione. E sarebbe bastato poco per trovare le prove, con le attuali possibilità di connessione. Io, sai, per un periodo ho lavorato con lui. Poi ho continuato per conto mio.»

«Davvero? E come mai?»

Lisi distolse lo sguardo dal volto di Ingrid e abbassò la voce. «Lasciamo perdere, questa è un'altra questione. Diciamo che… ho perso qualcosa. Ho perso qualcuno. E non mi è andato più di lavorare, per un po'.»

«Capisco. Ma allora se stai proseguendo le sue ricerche, perché voi… Non mi pare che andiate d'accordo, insomma.»

Lisi riportò gli occhi su Marco e Brazo, che stavano tornando lentamente verso di loro. «C'è una differenza fondamentale. Non solo di metodo.»

«E quale?»

Lisi sussurrò, come parlando a se stessa: «Marco pensa a un collegamento tra i luoghi a livello essenzialmente locale, e fino alle ultime risultanze in letteratura storica, quindi al basso Medioevo».

Ingrid la fissava: «E tu?».

Lisi restituì lo sguardo, rispondendole con assoluta certezza: «Noi crediamo che la cosa sia più vasta, e che copra tutto il pianeta. E siamo certi che i culti siano celebrati ancora, di nascosto. Secondo i riti antichi. Compresi i sacrifici».

Ingrid si accorse che stava trattenendo il fiato: «Sacrifici? Intendi anche...».

Marco e Brazo sopraggiunsero. Il professore si succhiava i baffi, perplesso. L'assistente disse, incerto: «Il custode del parcheggio. L'hanno trovato stamattina. Quello notturno, intendo».

«"L'hanno trovato"? Che vuoi dire?» chiese Ingrid.

Marco rispose, senza guardare Lisi: «È morto. Arresto cardiaco. Morte naturale, ha detto l'infermiere».

Nessuno si accorse del fatto che qualcuno li osservava da una finestra buia, dal secondo piano del palazzo di fronte.

XIV

Contrariamente a quello che si poteva immaginare, Lisi, una volta appresa la notizia della morte del custode, non si avviò verso il parcheggio ma si voltò e s'incamminò lentamente in direzione opposta.

Brazo e Marco furono colti di sorpresa, perché, nel breve scambio di battute che avevano avuto tornando, si erano preparati a convincere la ragazza a evitare di mettersi in mostra con una serie di domande alle quali, peraltro, nessuno avrebbe potuto dare risposte.

Ingrid fu la prima ad affiancare Lisi, per chiederle: «Scusa, ma dove stai andando, ora?».

La ragazza aveva l'aria concentrata e decisa. «In una friggitoria. Ovviamente.»

Brazo e Marco le avevano raggiunte. Il professore disse: «Senti, Lisi, ascoltami un attimo. Uno lo può pure avere un infarto nel giorno del solstizio, no? O è proibito? Non puoi trarre conclusioni a vanvera, e soprattutto non mi pare il caso adesso di precipitarsi…».

Ingrid chiese, perplessa: «In una friggitoria? E perché in una friggitoria?».

Nessuno si curò di risponderle.

«E comunque, anche ammettendo che… E sia chiaro, non lo ammettiamo, ma anche ammettendolo, credi sia il caso di esporsi così? Che cosa pensi di trovare, là?»

Ingrid insistette, cercando di tenere il passo della ragazza che aveva accelerato l'andatura: «Qualcuno mi dice che c'entra la friggitoria?».

Marco affiancò la nipote. «Se anche il tizio, il tuo amico lì, avesse ragione – immaginiamo per assurdo, perché basta guardarlo per capire che è solo un ragazzino fanatico – allora sarebbe qualcuno che opera qui al mithreo, no? Magari qualche fesso che ha letto un vecchio libro, o trovato qualche dannata indicazione su internet, un tutorial sul sacrificio del toro, e ha ammazzato un povero cane. Ma che c'entra l'infarto del custode, me lo vuoi dire? Non l'hanno mica sgozzato. È morto d'infarto, cacchio!»

Lisi si fermò di botto, facendo quasi cadere Brazo, che per evitare di andarle addosso si produsse in una specie di passo di danza. Fissò lo zio e disse: «Continui a fingere di non capire, eppure sei tu che hai gettato le basi della teoria. Questo è l'inizio. È solo l'inizio. Se devi entrare in un posto custodito per fare qualcosa d'insolito, come sgozzare un cane non disponendo di un toro, devi togliere di mezzo il custode. Non è un infarto, quello».

Marco reagì con voce stridula: «Ma se ti dico che non

c'era traccia di violenza! È la prima cosa che ho chiesto, maledizione!».

Lisi rise, beffarda. «E tu pensi che questa sia gente che deve ricorrere alla violenza fisica, per togliere di mezzo qualcuno? È esattamente come trent'anni fa. Io l'avevo previsto, i dati erano univoci, e così è successo. E adesso parte la verifica, e la verifica parte dalla friggitoria.»

Si girò e riprese a camminare svelta.

Brazo e Marco si guardarono, sconfitti, poi la seguirono.

Ingrid chiese ancora, senza convinzione: «Ma che c'entra una friggitoria?».

A qualche metro di distanza, un uomo bruno e magro li seguiva, attento a non farsi vedere.

Malgrado la debole protesta di Brazo, che lamentava il precario parcheggio della preziosa Mini, il piccolo corteo si addentrò nel dedalo di strade che da via Toledo si ramificava verso il centro. La mattina ormai si era avventurata nel pieno del giorno, e una marea umana si andava riversando nelle vie alla ricerca dell'ultimo sospiro di shopping natalizio.

Ingrid, curiosissima di capire cosa c'entrasse una friggitoria con le teorie di Lisi, non poté fare a meno di riflettere su quanto fosse stretta quella città in rapporto alla gente che ospitava. Sembrava un liquido, un flusso inarrestabile che brulicava attorno a quei palazzi incoerenti fra loro, tutti diversi e belli allo stesso modo, che se ne stavano un po' in bilico come giganti benevoli in attesa di crollare rovinosamente.

Proprio quando il muro di gente andava facendosi impenetrabile, dopo un quarto d'ora di faticoso cammino si trovarono davanti alla statua del dio Nilo. Ingrid ovviamente conosceva bene il posto, il centro del Triangolo egizio, uno dei luoghi di maggior interesse esoterico non solo della città ma forse del mondo. Lisi però non degnò la statua di uno sguardo, virando senza incertezze in una bottega di fronte, all'esterno della quale un gruppo di ragazze e ragazzi mangiavano pizzette e bevevano birra ridendo rumorosamente. Lisi si fece largo con decisione – urtando una delle giovani che si versò addosso un po' di birra e la guardò storta – ed entrò nel locale. Con difficoltà, prima Brazo e poi Ingrid e Marco la seguirono.

Al banco c'era un ragazzo sonnacchioso che distribuiva alimenti man mano che una donna dalle enormi braccia e con una cuffietta sulla testa estraeva le fritture da una pentola d'olio bollente con un grosso mestolo bucherellato.

La terza figura che completava l'organico era un uomo di mezza età con la faccia arrossata, che incassava soldi e distribuiva le bevande come un croupier.

Lisi si avvicinò all'uomo. «Mi scusi, c'è un bagno?»

L'uomo, senza voltarsi, rispose sgarbato: «È guasto».

Lisi insistette: «Guardi che ne ho davvero bisogno, se può farmi la cortesia...».

Il cassiere si voltò verso di lei: «Signori', vi ho detto

che è rotto. Provate al bar più avanti, io qua tengo da fare».

Brazo si avvicinò, togliendo una banconota dal portafoglio.

«Allora facciamo così, qua stanno venti euro e ve li tenete per il disturbo, e lasciate che accompagni la signorina in bagno. D'accordo?»

L'uomo fece un sorriso lascivo d'intesa, cambiando espressione da arcigna a complice.

«Ah, ho capito, vi serve un poco d'intimità urgente. Ma come, a prima mattina? Però il bagno non lo potete usare, è veramente guasto. Abbiamo avuto una visita l'altra notte, e hanno rotto la serratura.»

Marco si fece vigile: «Come sarebbe? I ladri? E che hanno preso?».

L'uomo si strinse nelle spalle.

«Niente. Proprio niente. Eppure potevano arrivare qua alla cassa, non avrebbero trovato molto ma qualcosa sì. Sono solo entrati e hanno rotto il catenaccio della porta del bagno. Prego, accomodatevi. Andate a vedere.»

I quattro girarono attorno al bancone e arrivarono sul retro, dove c'era una porticina a soffietto. Da quella si accedeva a una rampa di scale che portava a un vano adibito a deposito. In fondo al deposito c'era una porta dalla quale pendeva un chiavistello spaccato. Brazo lo prese in mano, verificando che era chiuso: l'unico modo di accedere era rompere il sostegno, e così avevano fatto. Lisi aprì con cautela e sparì all'interno.

Ingrid si affacciò e si accorse che nel minuscolo bagno la ragazza non c'era. Si voltò e chiese a Marco e Brazo: «Ma dov'è andata?».

Brazo, preoccupatissimo, la spostò di lato e sparì a sua volta all'interno. La tedesca si accorse che si era abbassato e aveva spostato una tenda a metà muro, che pareva coprire solo il contatore dell'acqua. Lo seguì, e con riluttanza Marco fece lo stesso.

Dietro la mezza tenda si apriva un cunicolo che si inabissava nel buio. A qualche metro di distanza, Ingrid sentì la voce concitata di Brazo che diceva: «Lisi, Lisi... ti prego, non fare pazzie, non si vede niente... Fermati, dove sei?».

Marco sbatté addosso a Ingrid, che a causa del buio pesto si era fermata. Il professore mormorò: «Accidenti alla testaccia dura delle donne. Dove cavolo sei, si può sapere?».

Ingrid sibilò: «Pure sessista, adesso. Non si vede niente, ci sono dei gradini, aspetta».

Accese la torcia del telefonino e la luce improvvisa mostrò alcuni gradini irregolari che svoltavano verso destra. Appena girato l'angolo, la giornalista e il professore si trovarono in un piccolo slargo con una nicchia scavata con precisione nella parete. Lisi era all'interno, accovacciata a terra, con Brazo in piedi dietro di lei.

Rivolgendosi a Ingrid disse con tono sarcastico: «Cara signorina, ti presento l'ingresso, uno degli ingressi per essere precisi, ma il più facile da percorrere, del tempio di

Iside. *Anche* Iside, cioè, perché probabilmente il posto era un tempio da prima degli alessandrini nel I secolo».

Marco cercò di arginarla: «Lisi, stammi a sentire…».

La ragazza continuò imperterrita: «Questa parte potrebbe essere stata anche il luogo dove veniva adorata Lilith, detta la Luna Nera, la dea mesopotamica della tempesta e in senso lato della morte e della disgrazia. Sbaglio, zietto?».

Marco sospirò, scuotendo il capo. La luce bianca del telefono di Ingrid contrastava nettamente col buio profondo del cunicolo.

Lisi riprese: «Siamo appena fuori dal Triangolo. Il centro geometrico della chiesa di San Domenico, il baricentro del Palazzo di Sangro e il basamento della statua del Nilo, proprio qui di fronte. Il Triangolo dell'Energia Sacra, quello che apre il canale di comunicazione tra il cielo e la terra».

Marco cercò di nuovo di intervenire: «Lisi, queste sono cose che sappiamo tutti, mi dici che ci sarebbe di nuovo?».

La ragazza indicò qualcosa davanti a lei.

«Questo mi pare abbastanza nuovo.»

Poi avvicinò la mano di Ingrid col telefono alla nicchia, evidenziando un segno irregolare sulla parete interna. La giornalista si fece ancora più avanti e vide un ferro di cavallo di colore rosso, evidentemente tracciato con un pennello, con i bracci verso l'alto e un cerchio al centro.

Con un sospiro, Lisi disse: «Guarda qua. I segni sono ancora freschi…».

Brazo sussurrò, alzando gli occhi sul viso di Marco: «È recente. È molto recente».

Lisi disse, con tono malignamente trionfante: «Non recente. È di stanotte. Ed è il motivo per cui la porta è stata forzata e forse anche la causa della morte del custode del parcheggio. Ve lo dico io».

Quando uscirono dalla friggitoria, l'uomo alla cassa non alzò nemmeno lo sguardo. All'aperto, la folla era ancora aumentata e a stento si riusciva a parlare dato il frastuono.

Marco urlò: «Cerchiamo un posto dove scambiare due chiacchiere».

Brazo annuì e riferì a Lisi e Ingrid. Cercando di risalire il flusso delle persone dirette alla via dei Pastori in senso contrario, i quattro si avviarono verso il centro.

Davanti a una bottega di souvenir, un uomo dalla pelle bruna di circa quarant'anni depose un pulcinella di stoffa e terracotta che stava fingendo di osservare da vicino e li vide andarsene. Dopo neppure un minuto si voltò in direzione opposta e si avviò, di fretta.

XV

L'uomo bruno si trascina vicino al mare, esausto. Tossisce: accessi violenti, senza pace né soste, tracce di sangue in una pezza che estrae rapido dalla tasca della tunica e che nasconde subito, come una vergogna.

La notte è dolce, piena di stelle. Solo il rumore della lenta risacca sulla spiaggia e sulle rocce, e qualcuno che canta, lontano. L'uomo si chiede pigramente perché ci sia sempre qualcuno che canta, a qualsiasi ora.

Stavolta quasi non ce l'ha fatta, a finire il rito. Le forze si stanno esaurendo, la vita sta scivolando via.

La mente dell'uomo torna all'Eliodromo che l'ha preceduto, quando il suo pianeta era ancora Giove e l'animale il Cane. Si sentiva pieno di energia, allora, e gli sembrava di non avere limiti. Di essere eterno. Gli si riempiono gli occhi di lacrime, al ricordo: aveva ancora davanti a sé il berretto frigio e la Civetta, ma sentiva di poterci arrivare.

Ora l'Eliodromo è lui. Ha il Sole e il simbolo del Gallo, è il padrone del Disco e intona il canto. Ma sta morendo.

Perché, chiede silenziosamente alla notte e al Dio, perché si muore quando si dovrebbe nascere? Per quale motivo, ora che può indossare lo splendente cappello e celebrare l'alba, ora che i fedeli gli si stringono attorno per chinare il capo ed essere benedetti, ora che nessuno in quel luogo sacro da millenni è superiore a lui in grado, deve lasciare il mondo?

Pensa a Kerykos, a quanto sia acerbo, lui che è appena arrivato al Cane solo perché non c'erano altri. A quanto abbia ancora da imparare quel ragazzo grasso e senza voglia, senza sacrificio nell'anima. A chi lascerà il culto?

A qualche decina di metri da lui, alcuni pescatori si preparano a mettere in mare le imbarcazioni. Le reti vengono raccolte dalle donne e consegnate agli uomini, le lampade preparate sulle prue per attirare i pesci. Tra non molto ci sarà un'altra alba. Una delle ultime, per lui.

Tossisce ancora, e gli sembra che ci sia più sangue sulla pezza. Quando riapre gli occhi, si accorge che al suo fianco, seduto sullo stesso scoglio, c'è qualcuno.

La collera gli riempie gli occhi. Come osa sedersi vicino all'Eliodromo, il più grande tra i sacerdoti del grande Dio Mithra il Sommo, il rappresentante in terra del Sole stesso? Non sa che nessuno può osare sedersi in sua presenza?

Prima che possa cacciarlo via lasciandosi riconoscere, perché è chiaro che la figura nella notte non si è resa conto di chi è lui, gli arriva alle orecchie un suono che lo fa tacere.

La figura è enorme. Nonostante sia piegata in due, coperta da una larga tela e incappucciata, è più alta di lui. Il rumore è un suono sordo, graffiante, cupo. Nessun suono come quello può venire da una gola umana, eppure articola parole.

«Sei tu Aristarchos, l'Eliodromo. Sei tu che custodisci la Grotta. È vero?»

L'uomo bruno tenta di reagire: «Se lo sai, come osi venire qui a disturbare la mia meditazione? Chiamerò subito le mie guardie e...».

Il personaggio incappucciato fa un respiro che ad Aristarchos pare una pietra strofinata sul legno grezzo. «E credi che se avessi paura delle tue piccole guardie, sarei qui, ora? Ti pentiresti per tutta la vita che ti rimane, che di sicuro non è molta, se non mi ascoltassi.»

L'uomo bruno sbatte le palpebre, cercando di mettere a fuoco i lineamenti dell'altro; ma il cappuccio gli copre il volto, e la notte ancora profonda fa il resto. «Che vuoi da me, allora?»

«Tu stai morendo, Aristarchos. Dentro di te c'è un germe che ti divora, peggiori ogni ora che passa. Il tuo respiro ha cominciato a sanguinare, di sangue scuro. Non riesci a stare in piedi a lungo, fatichi anche a concludere il rito del tramonto. Manca poco. Giorni, forse ore.»

L'uomo bruno sente il cuore stringersi nel petto. Qualcosa si muove nel buio ai piedi della roccia, forse un topo.

«E chi sei tu, per sapere come mi sento? Sei un dio, forse? O piuttosto un demone, che viene dal fumo dell'inferno? Dicono che le porte siano vicine, dall'altra parte del promontorio. Vieni da là?»

La figura incappucciata tace, come se dovesse riflettere sulla risposta. «Io? Chissà, forse sì. Forse la mia casa, se casa ho da qualche parte, è proprio sotto di noi. Ma non è l'inferno. Almeno non nel senso che dai tu a questa parola. Fatto sta che io so che ti rimane poco, pochissimo tempo, Aristarchos. Peccato, perché quella fanciulla, Elenitsa, ti guarda con occhi di miele. Proprio un peccato.»

Aristarchos rabbrividisce nella notte, e ha un altro accesso di tosse che lascia lacrime di sangue nella pezza. È un demone del sottosuolo, non si può spiegare altrimenti. Come potrebbe sapere di quella segreta passione, di quel miele che gli affluisce ancora nel cuore, del nascosto amore che prova per quella bellissima bambina che sarà una donna meravigliosa?

«Ti ripeto, demone: cosa vuoi da me? Se esisti davvero e non sei un'illusione che la malattia mi porta qui, vicino al mare, un'allucinazione che mi regala il Dio per ringraziarmi del mio sacerdozio, qualcosa devi volere. Parla, allora. Parla o scompari, e lasciami coi sogni che mi porto dal passato e mi fanno illudere di avere un futuro.»

La figura enorme tace. Aristarchos non saprebbe dire quanto tempo passa, nel ritmo portatore di sonno dell'onda che accarezza lo scoglio. All'improvviso si rende conto con orrore che l'onda e il respiro del suo petto malato insieme non compensano il sordo rumore del fiato del mostro che ha accanto.

Alla fine, la figura parla: «Io posso, sai, sacerdote? Io posso darti un modo e un tempo. Io posso essere l'autore di una rinascita, e regalarti nuova vita e nuovo vigore. Posso darti albe e notti dolci, posso darti il profumo del fieno tagliato di fresco e il vento che viene dal mare. Posso darti il fuoco vomitato dalla montagna che vedi là, una linea appena più scura sotto le stelle, e posso darti il tuo dio per anni e anni ancora. Ma più di tutto posso darti la forza di amare quella ragazza, Elenitsa, di sfiorare la sua pelle e vedere i suoi occhi pieni di gratitudine e piacere. Io posso farti nascere ancora e ancora».

Il sacerdote si accorge di non aver cercato i lineamenti dell'interlocutore, ma di aver lasciato vagare lo sguardo tra le luci delle barche dei pescatori che hanno preso il mare e ora sembrano danzare nel buio, specchio delle stelle incastonate nel cielo.

Si accorge delle lacrime di desiderio che gli solcano il volto stanco.

Si accorge delle proprie mani strette sul ventre deserto.

«E che vorresti, sentiamo, in cambio di questa illusione? Quanto costa questa tua menzogna? Dimmi pure, tanto la notte finalmente sta scomparendo, e anche tu svanirai nella luce come ogni incubo.»

La sagoma si muove lieve. C'è qualcosa in quel modo di muoversi, si dice Aristarchos, che fa pensare a un animale. Scatti secchi, rapidi, quasi felini. Piccoli spostamenti di una massa enorme, coperta da quell'abito e da quel cappuccio.

«Scomparirò, sì. Ma porterò via con me questa speranza per te, sacerdote. E se la porterò via, diventerai terra e vermi prima della prossima luna. Per me non sarà un gran danno, il tempo del rischio è ancora lontano, ci sarà un altro più legato alla vita dopo di te, anche tra cento o duecento anni. Posso aspettare. Allora, dimmi: vuoi quest'occasione o no? Non farmi perdere tempo, non sto volentieri a questa vostra aria aperta. La trovo decisamente fastidiosa.»

Il sacerdote riflette.

E se il Dio volesse mettere alla prova la sua fede? Se quell'indistinto mostro, in piena notte vicino al mare, che sembra conoscere tutto di lui, anche i più riposti pensieri e i più inconfessati desideri, altri non fosse che un fantasma venuto a prenderlo, per condurlo nel mondo dei morti? Ma anche in questo caso, cosa avrei da perdere? Sono già morto, ormai, pensa.

Se il mostro fosse il Dio stesso, quale maggiore dimostrazione di fede offrirgli del voler continuare a servirlo?

«Voglio, sì. Voglio continuare a servire il mio Dio, che è il Giudice Supremo e che...»

Il mostro agita una mano nel buio, infastidito: «Il tuo Dio non c'entra, non è lui che mi ha mandato. Ed è inutile che te lo ingrazi. Fosse per lui, come per tutti gli altri dèi, questo mondo non sarebbe niente se non una foresta, e non è detto che non sarebbe meglio. Ma se la tua risposta è sì, allora devi venire subito con me. Manca poco all'alba, e dopo sarà passato il momento e anche tu sarai morto».

«Il momento? Quale momento? E tu, allora, se non ti ha mandato Mithra in persona, chi sei?»

Il personaggio si alza in piedi. Non è alto quanto Aristarchos si sarebbe aspettato, non rispetto a quanto è robusto.

«Io sono quello che ti sta dando la vita, in cambio di un semplice lavoro di… custodia. Di guardiania, diciamo. Il momento è la ragione per la quale ti sono venuto a cercare, insieme alla tua malattia e alla tua prossima morte, due eventi piuttosto difficili a incrociarsi. Sei la persona giusta, e questo è il luogo giusto. Andiamo.»

Anche il sacerdote si alza, tossendo sangue. L'alba comincia a lasciarsi intuire, con una livida vaga evidenza dei contorni delle cose. L'uomo bruno si sente ancora più vecchio, e all'improvviso ha fretta. «Ma dove dobbiamo andare? Che cosa dovrò custodire? E tu, tu stesso: chi sei, come ti debbo chiamare?»

La figura, che si è avviata, si ferma e si volta. Il cappuccio nasconde il volto, le mani sono nelle maniche. «Dobbiamo andare nella Grotta, dove tu solo hai accesso in qualità di Eliodromo. Per l'esattezza, nell'angolo di essa che attualmente è coperto da un grande vaso. È quel punto, quel singolo punto che dovrai custodire e proteggere da qualsiasi evento. E io… C'è un nome per chi dà la vita, no? Io ti sto dando la vita. Dammi quel nome.»

Il sacerdote china il capo nella pezza insanguinata: «Quindi dovrò chiamarti Padre. Se non morirò».

L'ironia scivola sul cappuccio del mostro, che dice: «Sì. Mi chiamerai Padre».

Dietro di loro, sul mare, qualcuno su una barca comincia a cantare.

XVI

Riuscirono a trovare riparo dalla folla in un piccolo caffè alle spalle della piazza con l'obelisco al centro, in una saletta angusta con due tavolini. Ne occuparono uno, ordinarono dei caffè e subito Ingrid chiese agli altri: «Qualcuno mi può spiegare per favore che sta succedendo, una volta per tutte? Mi sembra una caccia al tesoro al buio».

Lisi continuava a digitare furiosamente sul display del cellulare, e sembrava fuori dal mondo. Marco si succhiava i baffi dubbioso, e Brazo faceva passare gli occhi spaventati dall'uno all'altra, come aspettandosi una qualche esplosione.

Alla fine fu proprio l'assistente che rispose: «Lisi pensa che... Quello che abbiamo visto sotto la friggitoria, insomma, è... *era* il tempio di Iside. Almeno uno dei luoghi in cui, fino al III secolo dopo Cristo, il culto era ancora presente in città. E il fatto che ieri notte, proprio in corrispondenza del solstizio, qualcuno sia entrato... *Se* davvero qualcuno è entrato...».

Lisi alzò velenosa lo sguardo dal telefono e disse, secca: «Se? Se? E allora diciamo che il catenaccio, stanco di vivere, si è suicidato. E come per magia un pennello rosso, di quelli che si vendono in ogni ferramenta, è volato, di notte e non visto, fino alla parete della nicchia dove si trovava presumibilmente la statua della dea, e...».

Marco cercò, senza convinzione, di interrompere la nipote: «Lisi, per favore, abbassa la voce...».

La ragazza non se ne dette per inteso: «... e proprio su uno dei pilastri in tufo, guarda caso, quello che simboleggia il ritorno alla vita tramite l'immissione di energia e calore...».

Brazo provò a difendersi dalla veemenza: «Lisi, lo sai che non sarò mai io a mettere in discussione quello che tu...».

«... perché l'altro, quello della materia e della terra, nessuno l'ha toccato. E il simbolo che il pennello animato ha disegnato qual è? Dài, rispondi, ortodosso e serio professorino dello squallore e dell'ovvio.»

Brazo abbassò lo sguardo, ferito.

Marco reagì per lui.

«Senti, adesso sei veramente ingiusta. Brazo, qui, è l'unico che ha sempre sostenuto te e le cose che fai, e tu per tutta risposta...»

Lisi scattò, serrando gli occhi a fessura e sporgendosi in avanti. «Stai zitto, per favore. Tu lo sai che significa quel simbolo. Lo sai bene. E fai finta di niente, solo per paura.»

Ingrid chiese: «Perché, che significa quel simbolo?».

Lisi non rispose e si alzò. «Qui internet non prende. Ho bisogno di alcune notizie, e ne ho bisogno subito. Ci sentiamo più tardi, vado a casa.»

Dopo che la ragazza fu uscita, calò il silenzio. Brazo sospirò profondamente e si alzò anche lui.

«Prof, oggi è l'ultimo giorno del ricevimento degli studenti prima di Natale. Passo in facoltà, almeno l'ufficio sarà aperto per qualche ora. Se succede qualcosa, o se hai bisogno di me, chiamami al volo. Tanto lei...» Indicò genericamente la porta dalla quale Lisi era appena uscita. «Vabbe', ci vorrà qualche tempo perché si calmi. A dopo, Ingrid.»

E uscì anche lui.

Marco bevve lentamente il suo caffè ormai freddo, facendo una smorfia e mormorando una parolaccia. Ingrid continuava a osservarlo.

«Allora, che significa quel simbolo?»

Marco scosse il capo, poi chiese: «Mi spieghi che ci fai qui, tu? Perché sei venuta, in realtà? Questa storia del reportage, della richiesta nominativa... mi pare davvero assurda. Non è meglio essere sinceri?».

Ingrid continuò a fissarlo, poi disse, come declamando una poesia: «Se si decide di uscire dalla convenzionalità delle teorie classiche e di attenersi alla mera consequenzialità dei dati e degli eventi, non si può non concludere che esiste uno stretto contatto tra alcuni luoghi, adibiti a tempio, chiesa o santuario in ogni tempo da quando si trova memoria, e che il legame tra questi luoghi sia fisico, strettamente connesso alla loro natura».

Marco la fissò a lungo di rimando, sorpreso. «Sono impressionato. Davvero. E dove l'hai trovata questa roba? In qualche mercatino delle pulci?»

«Temevo addirittura che te ne fossi dimenticato. Roba tua. Di quanto, quindici anni fa?»

«Sedici. E no, non me ne sono dimenticato.»

«Io l'ho letta dieci anni fa, subito dopo la laurea. Non l'ho nemmeno trovata tradotta in tedesco, fortuna che capisco l'italiano. Mi ha aperto la mente, un approccio profondamente diverso a tutta la materia. Tu, proprio tu, hai spostato l'obiettivo dagli uomini ai luoghi. È rivoluzionario.»

Marco, suo malgrado, sentiva una punta di gratificazione. Quella donna era andata fin là per quello che lui aveva incautamente scritto in una vita precedente. Meraviglioso, ma strano. Troppo strano. «Questa roba, proprio questa, mi ha cambiato la vita. In peggio, ma me l'ha cambiata. E ha contribuito – non è l'unica ragione, sia chiaro – a rendere mia nipote, l'affetto più grande che ho, così com'è adesso.»

Ingrid spalancò gli occhi. «Perché, come sarebbe Lisi? Io la trovo straordinariamente intelligente e acuta, piena di passione e...»

Marco la interruppe, secco: «È pazza. Lei e i suoi amici coltivano una teoria che non avrà mai risvolti accademici, che non potrà mai essere pubblicata se non da qualche giornalaccio... Senza offesa, ma chiunque per una nipote brillante e, come dici tu stessa, molto intelligente, vorrebbe una vita un po' diversa».

Ingrid non sembrò risentirsi.

«Mi sa che sottovaluti quello che posso fare per te e, a questo punto, anche per Lisi. I giornalacci, come li chiami tu, hanno una diffusione importante e gettano le premesse anche per le trasmissioni televisive. I canali tematici, come quello che stiamo per lanciare in Germania, possono convogliare su certe ricerche, diciamo così, un po' borderline interesse e investimenti economici. Ben quattro scavi archeologici costosissimi hanno aperto negli ultimi cinque anni proprio grazie al giornalaccio di cui parli.»

«Senti, mi dispiace di aver...»

«No, no, capisco benissimo. Ma quando il direttore mi ha dato finalmente lo spazio per scegliermi e trovare qualcosa di interessante, io mi sono ricordata del tuo saggio e me lo sono andata a rileggere. E sai una cosa, professore? È perfetto. Ha il giusto mix di visionarietà, coerenza ideologica e conoscenza dei dati. È equilibrato ma innovativo. L'ideale, davvero l'ideale per costruirci attorno una bella serie di articoli.»

Marco si strinse nelle spalle: «Ma io non ci lavoro più, a quella roba. È acqua passata».

Ingrid gli sorrise, imprevedibilmente; e Marco rimase abbagliato.

«Non prendermi in giro, professore. Credi che non si capisca benissimo il motivo per cui resti inviso ai tuoi colleghi? E perché affidi al tuo assistente quasi tutta l'attività della cattedra? Quelli come te non mollano. Tu stai preparando la tua rivincita, io lo so. E Lisi, che è ancora più avanti di te, sta facendo qualcosa di altrettanto interessante. Ora – ed è la risposta alla domanda che mi hai fatto – io voglio esserci. Sento che qualcosa si sta allineando, che i pezzi del tuo puzzle e di quello di Lisi, che magari coincidono, si vanno mettendo a posto.»

Marco sbuffò. «E tutto questo ti è così chiaro dopo poche ore di permanenza? Beata te. Comunque io e Lisi siamo su posizioni molto diverse, sappilo. Non credo proprio che potranno mai coincidere.»

Ingrid si appoggiò comodamente allo schienale della sedia. «Dici, eh? Be', staremo a vedere. Nel frattempo io ho avvertito il giornale che forse dovrò trattenermi un po' di più, perché credo di aver trovato qualcosa di interessante.»

«Ah, sei libera di scegliere quello che vuoi, ma io non penso proprio di poter…»

«Sai, professore, credo ti convenga fare buon viso a cattivo gioco. Perché, e lo dice chiaramente il tuo silenzio accademico, più avanti di così con le tue sole forze non ci puoi andare. E io, proprio io, sono la tua grande occasione. Si può avere un altro di questi meravigliosi caffè?»

XVII

Mentre digitava su una delle due tastiere, Lisi fu interrotta dal suono di una videochiamata sull'altro monitor.

Si voltò di scatto.

«Oh, ciao, Rudy. Come stai?»

Sullo schermo era comparsa la faccia di un ragazzo magro, coi capelli in disordine e il colorito pallido. Alle sue spalle si intravedeva mezza finestra, dietro la quale nevicava furiosamente.

«Ah, Lisi. Niente, nevica e nevica, nessuna novità. Ma ho finito quelle ricerche di cui abbiamo parlato, ricordi? E là novità ce ne sono. Eccome, se ce ne sono.»

Lisi fece un cenno con la mano, finì di digitare un messaggio sulla tastiera, premette il tasto INVIO e chiuse il monitor con uno scatto. Dopodiché si concentrò.

«Eccomi, dimmi tutto. Anzi, prima ti dico io: indovina un po'? Osiride. Proprio Osiride, l'accesso della friggitoria, sai, quello laterale dove abbiamo valutato ci siano i riti di Lilith, la Luna Nera. Be', ti hanno detto del custode del parcheggio, il mithreo di Cappella Vecchia?»

Il ragazzo annuì, attentissimo.

«Sì, mi ha raccontato tutto Giampi. E ho sentito pure Akiko e Rospo. In generale si rileva attività dovunque: piccole cose, scassi, finestre rotte, in apparenza niente di che. La cosa più tosta è quella del custode, ma tu hai certezze? Voglio dire, c'è un sito di cronaca locale che...»

Si girò dall'altra parte e rimestò tra alcuni fogli. «Dove accidenti l'ho messo? Ecco qua, parla di "morte naturale accertata", "arresto cardiaco".»

Lisi rise, amara. «Che superficialità. Come se esistesse una morte senza arresto cardiaco. Gli avranno dato qualcosa, lo sai come operano, essenze naturali. C'era da toglierlo di mezzo, e l'hanno tolto di mezzo. È l'unico posto tra quelli che ho identificato ad avere un custode ventiquattro ore su ventiquattro, non potevano fare altrimenti, perciò sono andata subito là.»

«Non sei stata prudente, Lisi. Tu sei molto, molto importante per tutti, lo sai. Sei tu che hai elaborato la rete, non dovresti andare in prima linea a...»

Lisi si scrollò nelle spalle: «Figurati, non mi conosce nessuno. Sapevo che se stava succedendo ancora, cominciava da là. Poi sono andata al tempio egizio, perché gli Egizi sono quelli più legati ai segni, e guarda infatti che c'era sulla parete!».

Digitò velocemente sulla tastiera e sullo schermo comparve la fotografia scattata col cellulare del disegno che aveva trovato sul tufo.

Rudy emise un sommesso fischio. «Cazzo, le corna del toro col Sole in mezzo! Bingo! Hanno tenuto il rito, allora! E puoi risalire a quando...»

«Era fresco, ti dico. Era ancora brillante il rosso della vernice. La notte prima. Del resto, la rottura del catenaccio...»

Il ragazzo si picchiò sulla fronte: «Già, già, che fesso. Comunque a questo punto è chiaro, ci siamo. D'altra parte era una delle date che avevamo immaginato, no?».

Lisi annuì con forza. «Ma adesso raccontami, che cosa hai trovato tu?»

Rudy sorrise, e sembrò ancora più giovane. «Dunque, parliamo del solstizio d'inverno, no? E a parte gli altri posti nel mondo, che come sappiamo sono quasi tutti in luoghi desolati e pressoché irraggiungibili, monasteri, eremi eccetera, concentriamoci sulla tua città. Mi sono collegato ai siti delle emeroteche e dei giornali, in molti hanno fatto grandi progressi con le digitalizzazioni; restringendo il periodo e usando le parole chiave giuste, ne ho scoperte delle belle. Anzi, delle bellissime.»

Rudy, che viveva confinato in un paese sulle Alpi, era diventato un genio del computer. Aveva capacità superiori a un hacker e non c'era limite ai livelli cui poteva arrivare. Solo, bisognava lasciarlo parlare, e Lisi lo sapeva. Per cui tacque e ascoltò.

«Insomma, quello che avevo trovato a quel punto era

già abbastanza interessante, ma sentivo, sentivo, capisci? Sentivo che c'era dell'altro. Allora mi sono collegato con l'Archivio della polizia di Stato e…»

Lisi sobbalzò: «Rudy, ma scherzi? Non dire queste cose al…».

Il ragazzo agitò la mano nell'aria, come per scacciare un insetto: «No no, non ti preoccupare, ho protetto la conversazione con un software che ho programmato io stesso, non ci sente nessuno. Ti stavo dicendo: polizia e carabinieri. Certo, all'epoca le denunce erano manuali, ma piano piano hanno inserito per sommi capi i riferimenti, e quindi…».

Lisi non ce la fece più: «Allora quando, Rudy? A che periodo ti riferisci?».

La faccia sullo schermo sorrise ancora.

«Trent'anni. Giusto trent'anni fa, tesoro. Non ventinove, non trentuno. Ed ecco la lista: rottura di un portone laterale del chiostro di San Domenico Maggiore, denuncia contro ignoti, nessuna asportazione, nessun responsabile. Ingresso notturno nel cantiere dei lavori di rifacimento della facciata della chiesa di San Gregorio Armeno, nessuna asportazione e nessun responsabile. Rimozione di un tombino nella via antistante l'Archivio di Stato e danni all'impianto fognario, nessuna asportazione, nessun responsabile.»

Lisi era rimasta a bocca spalancata. «Fammi intuire, Rudy: la chiesa della Pietrasanta, il battistero di San Giovanni in Fonte…»

«... e naturalmente il tuo caro palazzo Pignatelli, che all'epoca era la bottega di un calzolaio. Il giornalista racconta che il povero ciabattino ci ha messo mezza giornata a raccogliere i chiodini gettati per aria.»

Lisi fissava il vuoto.

«Trent'anni fa. Trent'anni esatti.»

«Sì, cara. Trent'anni esatti. E, meraviglia delle meraviglie, ho trovato due ritagli pure di trent'anni prima, relativi al portoncino della Pietrasanta e all'Archivio, stavolta una finestra rotta. Chissà trent'anni ancora prima; ma là con internet non ci arriviamo di certo.»

«Però sappiamo che ci sono andati allora. Il che in qualche modo conferma quello che immaginavamo.»

Rudy annuì, ma sembrava un po' perplesso: «Quello che non capisco è... Insomma, ammettiamo di aver ragione e che in certi luoghi si tengano ancora riti di religioni e culti antichissimi. E immaginiamo che questi fedeli siano in contatto fra loro, secondo qualche forma di associazionismo che non conosciamo. Ora, la mia domanda è...».

Lisi concluse per lui: «Quale rito, culto o religione prevede una celebrazione comune e contemporanea ogni trent'anni, all'alba del solstizio d'inverno?».

«Precisamente. E soprattutto: dove si tengono le assemblee comuni di questi sacerdoti o fedeli? Per coordinarsi con tale precisione a distanza di trent'anni esatti devono per forza organizzarsi, no? Sarebbe davvero interessante scoprire un centro, il nucleo dove si riuniscono.»

Lisi disse, pensosa: «E agli ordini di chi? Se effettivamente c'è un pontefice, un massimo sacerdote col ruolo di coordinatore. Chi è che comanda, e perché? Se è qui, proprio a Napoli, o invece dà ordini da lontano, trasmettendoli in un modo sicuro».

«O se esiste una gerarchia, un ordine tra i fedeli. E poi: per quale motivo tengono tutto segreto, ora che poco manca che anche i pedofili si riuniscano in associazioni riconosciute dallo Stato. Perché corrono questi rischi, effrazioni e accessi illegali, quando basterebbe chiedere un permesso?»

Lisi scosse il capo. «Non lo so. Non ancora. Tu comunque, Rudy, ti prego, sta' attento. Sei il nostro ricercatore, se qualcuno immaginasse che nel tuo computer ci sono le chiavi d'accesso ai nostri dati...»

Il giovane rise: «Tranquilla, tesoro. Qui credono tutti che io mi ammazzi di siti porno dalla mattina alla sera...».

XVIII

Il furgone rallenta accostandosi all'inizio del lungo pontile. È uno di quelli neri e lussuosi, coi vetri oscurati e il motore silenzioso.

L'autista si affretta al portellone posteriore, ma è preceduto da una donna che è scesa velocemente dallo sportello laterale. «Lasci, lasci. Ci penso io, grazie.»

Tarchiata e di mezza età, è vestita con sobria eleganza e ha un'inflessione lievissima che fa pensare al Nord Europa. Si muove con sorprendente agilità nonostante la corporatura. Si affaccia all'interno del furgone e fa scendere da una piccola rampa una sedia a rotelle sulla quale, imbacuccata da una coperta e col volto nascosto per metà da una sciarpa e per l'altra metà da un paio di grandi occhiali da sole, c'è una bambina che porta un berretto di lana pesante con un grazioso pon-pon rosso.

L'autista, col cappello in mano, dice rispettoso: «Signo', io allora vi aspetto qua al parcheggio. Avete idea di quanto...».

La donna gli sorride educatamente, rimboccando la coperta della bambina. «Vada, vada pure a prendere un caffè. Noi ci vediamo qui tra un paio d'ore, non prima.»

L'autista china il capo, rimette il cappello e risale in macchina. La donna, invece, spingendo la carrozzella, s'incammina sul pontile che si addentra nel mare. Ci sono un paio di uomini e una ragazza che corrono, sbuffando vapore dalle bocche, ma nessun altro; la mattina di un giorno feriale prima delle feste, in pieno inverno, non è uno dei momenti di maggior traffico da quelle parti.

La bambina pare addormentata, il capo lievemente piegato. La donna canticchia a fior di labbra una melodia che nessuno saprebbe ricondurre alle canzoni più in voga.

Man mano che procedono, il vento si sente di più, i capelli grigi della donna svolazzano in aria. Uno dei due corridori dà di gomito all'altro, come a dire: guarda questa che porta una bambina malata a prendere tutto questo freddo. Poi fanno dietrofront. La donna spinge la carrozzella fino alla fine del pontile, avvicinandosi al parapetto e alla scaletta che porta all'acqua gelida. La sistema dove nessuno può vedere chi la occupa e si posiziona due passi indietro.

Passano alcuni minuti. Piano piano la bambina solleva il capo, ponendolo in asse rispetto al busto. Impercettibilmente il collo si allunga di alcuni centimetri, mentre le spalle si restringono. Sotto la coperta, in corrispondenza di dove dovrebbero trovarsi le costole, c'è un lieve tremito e una protuberanza sporge sul davanti.

La donna lancia un'occhiata attorno. Non c'è nessuno. Gli occhi si spostano sul mare, e sull'isola. Niente da rilevare. La donna si tranquillizza.

La bambina incava l'addome, e il collo si allunga di altri centimetri.

Adesso la sciarpa finisce un palmo sotto il mento, scoprendo un lembo di carne pallidissima.

La donna, come se fosse stata chiamata, dice: «Madre».

La bambina tace, per un lungo momento. Poi inizia: «Quanto è bello, qui. Non credevo fosse così. L'ultima volta non si arrivava tanto avanti».

La donna sussurra: «No, Madre. Non c'era nulla. Nemmeno il piazzale. Lo hanno riempito, il mare arrivava fino in fondo».

La bambina non risponde. Il collo si piega in avanti con un movimento fluido. «Il confine tra l'acqua e il cielo. Con la combinazione dell'atmosfera, a questo livello. Non ci si può abituare.» Non è una domanda, e nemmeno una considerazione. Piuttosto un pensiero formulato ad alta voce.

La donna sorride: «No, non ci si può abituare».

La bambina sorride a sua volta, con una strana increspatura del labbro superiore. «E che ne sai, tu? Che ne puoi sapere?»

La donna fa una smorfia, come se avesse ricevuto un insulto senza ragione. Ma non dice niente.

La bambina chiede, improvvisamente curiosa: «Quant'è che ci sei, tu? Quanto con me?».

La donna risponde, mormorando: «Seicentoventicinque generazioni, Madre. Quasi un millimetro sulla Mappa 1412. Le rotazioni della stella...»

Sotto la coperta c'è un altro fremito, stavolta all'altezza del ventre.

«Un soffio. Niente. Ma hai memoria. Brava, figlia mia. Brava.»

Una lacrima scivola sul volto della donna, che se l'asciuga con un gesto secco.

La bambina, senza voltarsi, increspa di nuovo il labbro. E dopo un altro frammento di silenzio, ordina: «Dimmi di loro. E dei Guardiani. E della ragazza, soprattutto. Dimmi della ragazza».

La donna fa un piccolo passo avanti, più per se stessa che per la bambina, che è stata in grado di sentir scorrere la lacrima da due metri. Parla a lungo, sommessa.

La bambina non si muove mai, se non per seguire un gabbiano enorme che si posa sulla balaustra del pontile.

«... e quindi, Madre, possiamo immaginare che stiano per collegare le cose. Il che, come sappiamo, prelude alla curva della Mappa. Certo, l'intervento dell'Osservatore è stato necessario e probabilmente ancora lo sarà, ma...»

La bambina dice, in un soffio: «Non ancora. Bisogna che vada avanti, che vadano ancora un po' avanti. Ormai sono sulla strada».

La donna sospira. «Temo non sia così semplice, Madre. Lui non disporrà, ovviamente, altrimenti, ma i suoi... Non si fermano davanti a nulla, e hanno paura. Potrebbero prendere iniziative che... Il custode del parcheggio, per esempio, è stato...»

La bambina emette un sibilo sottile. Il suono, stridente e quasi inavvertibile, fa volare via il gabbiano in maniera scomposta come se avesse sentito uno sparo improvviso. La donna d'istinto s'inginocchia, per rialzarsi subito dopo con agilità e imbarazzo.

Il sibilo diviene un grattare sordo, come una nacchera attutita.

«Non lo voglio sentire. Non voglio che nessuno vicino a me lo pensi. Questo orrore, questi animali. Nessuno lo pensi, accanto a me.»

«Perdono, Madre. Perdono.»

La bambina annuisce, secca, articolando il capo senza muovere il collo. «Quello che mi pare comunque di capire è che hanno occhi addosso. Li seguono?»

La donna sussurra: «Sì, Madre. Li seguono. Aristarchos, l'uomo di Mithra. Credo che a questo punto sia andato da Lui, e gli abbia riferito».

La bambina increspa il labbro. «Padre. Si fa chiamare Padre. Quanto è... come dicono... *comica*, questa cosa. Il Padre, lui.»

La donna fa un altro mezzo passo avanti. «Madre, se si volesse... Non impiegheremmo molto a...»

La bambina gira il capo di scatto. «No! No, mai. Dobbiamo sorvegliare. Le Mappe non possono in alcun modo essere alterate, il rischio sarebbe enorme. Le differenze a questo punto sono quasi invisibili, e se il compito dovesse arrivare nelle mani sbagliate, gli effetti potrebbero devastare tutto, e si dovrebbe aspettare ancora chissà quanto, magari un'intera Mappa.»

La donna china il capo. «Sì, Madre.»

La coperta si sposta lateralmente per l'improvvisa protuberanza sul fianco della bambina. La donna si affretta a rimboccarla.

«Dobbiamo aspettare, e sorvegliare. Avverti gli Osservatori di riferire tempo per tempo, e preparati a sostituirli quando e se necessario. Mi hai capito, figlia mia?»

La donna annuisce, le mani giunte davanti alla bocca.

La bambina dice: «E adesso, figlia mia, toglimi questi occhiali. Voglio riconoscere il confine dell'alba».

La donna osserva i dintorni con ansia. Poi, riluttante, si avvicina alla carrozzella e rimuove gli occhiali.

Gli enormi occhi rotondi ruotano indipendenti l'uno dall'altro, la verde pupilla verticale a fenderli al centro. Una palpebra si muove rapida dal basso verso l'alto.

Il labbro superiore s'increspa di fronte all'estasi.

XIX

L'uomo bruno, abbandonato il proprio posto di sorveglianza, si avvia seguendo la corrente della folla che va verso la zona delle botteghe dei pastori. Un po' più avanti è stato istituito addirittura il senso unico pedonale, se manchi il negozio che ti interessa, devi rifare tutto il giro; e d'altronde, tornare indietro sarebbe impossibile, è uno stretto budello in discesa e il fiume di gente fluisce inarrestabile.

Nella mente dell'uomo bruno, che si tiene lungo il muro per evitare di essere schiacciato, scorre un'immagine apparentemente assurda: quello stesso luogo immerso nel sole, perché fiancheggiato non dagli alti palazzi a cinque piani, ognuno coi soffitti di sei metri, ma da basse costruzioni e botteghe, e in mezzo non il nastro di larghe pietre sconnesse ma un torrente impetuoso che brilla lucente. Alcune donne che lavano panni, ridendo. Un ragazzo che canta, al suono di uno strumento che non esiste da molti secoli. Un'anziana che lo guarda sorridendo, la pelle raggrinzita, le gengive sdentate, e lo accarezza piano. Nel pensiero, forse un sogno, forse un ricordo, l'uomo bruno mormora innamorato: «Elenitsa. Elenitsa».

Come subendo una spinta definitiva, l'uomo bruno scompare in un portoncino. Superficialmente pensa che fino all'ultima volta c'era un portiere arcigno, uno con cui ci si poteva mettere d'accordo per una modica cifra, fingendo di dover tenere una cassa vuota nella cantina. Adesso l'avido portiere è morto ed è stato sostituito da un'apertura elettrica sempre rotta e da una griglia di targhette e pulsanti. A volte il progresso tecnologico, pensa l'uomo, aiuta.

Attraversato il cortile ingombro di ciarpame e tenendosi comunque nell'ombra, senza mancare di verificare se ci sia qualcuno alle finestre, l'uomo arriva a una porticina alta un metro. È chiusa da un chiavistello arrugginito, ma l'uomo sa che è rotto da tempo immemorabile. Lo apre e si infila all'interno, chinandosi. Casse, bottiglie di vetro impolverate e vuote, uno pneumatico, vecchie scope, rottami. Una cucina economica fuori uso, piena di ruggine. L'uomo la sposta, uno scarafaggio scappa a zig zag sul pavimento di terra battuta. Dietro la cucina un buco nel muro di tufo, largo meno di un metro. L'uomo si introduce con agilità e si volta per rimettere la cucina a posto, servendosi di un tubo appositamente deformato trent'anni prima.

Non si vede nulla, ma lui non ha bisogno di vedere. Striscia per una decina di metri, sente a tastoni il primo gradino, comincia a scendere piegato in due. Scende, e scende ancora. Imbocca cunicoli, scale e passaggi, e percorre altre gallerie secondo una pianta disegnata nella sua mente da tanto di quel tempo che nessun archeologo potrebbe crederci. Nemmeno un biologo, pensa tra sé. Nemmeno un medico, o uno storico. Nemmeno un prete. Nemmeno Dio in persona.

Un'ora, un'ora e mezza. Eppure si muove svelto, instancabile e spedito. Il suo corpo è di nuovo giovane, di nuovo forte. Le sue fibre rispondono perfettamente alle sollecitazioni. Chissà quanti anni ho, si chiede. Quanti ne ha il mio corpo, cioè. Venti, trenta? Forse quaranta? Forse mille? O duemilatrecento? Chissà quanti anni ho.

Arriva in uno slargo, conta dieci passi e si inginocchia al centro. Comincia a pregare in una lingua dimenticata, di cui non si riconoscono neppure i suoni. Una lingua dolce e delicata, cantilenante e malinconica. La sua mente va al mare e allo scoglio, ai pescatori di cui neanche le ossa esistono più, alle reti che preparavano con le loro donne, a Elenitsa poco più che bambina e poi vecchia e poi morta e poi mai dimenticata. E a quella notte in cui gli fu offerta la condanna.

Come sempre, come da sempre ne intuisce la presenza. Non alza lo sguardo, e d'altronde è buio profondo e nulla vedrebbe.

«Padre mio, sono qui.»

Una forma tarchiata riempie un arco che, da chissà dove, arriva nello stesso slargo. L'uomo bruno non è mai andato oltre.

«Salute a te, Aristarchos. Dovrei dire che ti trovo bene, ma confesso di essermelo aspettato.»

Quella voce. La stessa voce, dal profondo di un ventre ignoto, attraverso la stretta valle di una gola non immaginata per questi suoni.

«Padre, tutto è avvenuto. Il Dio si è manifestato, e...»

«Tante volte te l'ho detto che ormai anch'io ne ho perso la memoria. Nessun "Dio". Ti ho già spiegato come voglio che tu ti esprima, davanti a me.»

«Padre, perdonami. L'energia. L'energia si è manifestata.»

La voce dal buio rimbomba come un tuono lontano in primavera, dietro le montagne.

«L'ora. L'ora precisa.»

Aristarchos risponde in fretta: «Otto secondi dopo, Padre. Otto secondi esatti dopo l'ultima volta».

La figura tace per un attimo. Poi, come riflettendo tra sé: «Otto. Un'enormità. Si avvicina. Il tempo si avvicina».

Dopo un'altra pausa: «Dimmi di te, Aristarchos. Raccontami chi sei, adesso».

«Padre, ho preparato tutto. Ho una nuova casa nel quartiere in alto, dove non ero mai stato. La città cresce veloce, per fortuna.»

«Lo so. E conosco anche il palazzo dove ti sei sistemato, ottima scelta, gente che se ne va la mattina e ritorna la sera, niente curiosi, un condominio molto vasto. Bravo.»

L'uomo bruno prova un involontario brivido. Sa per certo che il personaggio incappucciato non esce mai dal sottosuolo, ma conosce sempre tutto e tutti. È aggiornato su ogni progresso, su ogni nuova costruzione, su ogni novità della tecnologia. È una delle cose di lui che gli fanno più paura.

«Ho trovato un lavoro in un supermercato, carico la merce. I documenti li ho fatti subito, dopo l'ultima Fonte, quindi ho trent'anni.»

Una risata dal buio.

«Li dimostri, anche se perdi i capelli. Ma di questi tempi potresti anche rasarti a zero, come fanno in tanti. Ora devi preparare quelli per la prossima Fonte, non dimenticare.»

«No, Padre. Non dimentico.»

Il tono del personaggio si fa ora diverso. Più secco.

«Dimmi del custode del parcheggio, Aristarchos.»

«Padre, io... Credimi, era necessario, ma nessuno potrà...»

«Aristarchos, dimmi del custode, ti ho chiesto. Non farmelo ripetere ancora.»

Il cuore in gola. Un suono sordo nel petto, acuito dal tufo.

«Padre, non si spostava di là. Mi avrebbe visto, mi avrebbe fermato. Non mi avrebbe consentito l'accesso, e tu sai, Padre, che è l'unico modo. Non dormiva, non si allontanava, l'ho studiato per mesi, notte dopo notte, e lui...»

«Dimmi perché non hai chiesto aiuto, Aristarchos. Dimmi perché non me ne hai parlato.»

Il cuore aumenta i battiti. «Io... Padre, non c'era altro modo, credimi. E devi fidarti, nessuno potrà scoprire nulla, ho usato l'estratto della pianta, lui… La bevanda, ho fatto sparire la tazza subito dopo, nessun problema, Padre. Nessuno potrà nemmeno immaginare, un semplice infarto, il cuore si è fermato, non ha neanche sofferto.»

Un enorme, improvviso ruggito lacera l'aria stantia del sottosuolo. Il suono disumano, bestiale, di una belva sconosciuta e nascosta.

Aristarchos incassa la testa nelle spalle, preda di un terrore ancestrale e sconosciuto che viene da un mondo estinto da milioni di anni.

Quando l'eco si spegne, l'uomo bruno in ginocchio si ritrova riverso a terra. Porta le dita all'orecchio destro e trova un rivolo umido. Le porta alla bocca e sente il sapore del suo stesso sangue.

La voce dura dal buio sembra tornata normale.

«Uccidi. Tu uccidi perché sei un piccolo, sporco animale. Sei ancora uguale a come eravate in quelle luride caverne dove mangiavate i vostri stessi cuccioli, e piangevate di paura per il tuono, e scannavate di notte gli anziani per avere un po' di più di quello sterco di cui vi nutrivate. Uccidi perché non sei altro che morte tu stesso, in spregio a chi ho fatto in modo che tu fossi, in spregio alla vita che ti ho regalato. Sei morte e basta.»

Aristarchos cerca di tirarsi su, ma ricade su se stesso. Il ruggito gli risuona ancora nel torace e nella testa, come fosse ancora in corso.

«Padre, Padre, perdonami. Io non… non avevo altro modo, lui non si spostava mai, non…»

«Avrebbe avuto figli, era giovane. La Mappa avrebbe avuto il suo corso, e invece è diventato un vicolo cieco. Cosa ti può far pensare, piccolo miserabile grumo di passioni e sangue e carne, che i tuoi prossimi trent'anni a strisciare sulla terra siano più importanti di lui, dei figli che avrebbe avuto, del futuro che avrebbe cambiato? O pensi che la tua guardiania, il compito che hai, sia solo di poter rinascere ancora e ancora?»

«No, Padre, io lo so che... Il mio compito è il Luogo, e basta. Essere presente solo quando avviene la Fonte, e per il resto del tempo accertarmi che...»

«Basta!»

Un altro accenno di ruggito. Troppo da sopportare.

Aristarchos attende. Il mostro ritorna a parlare.

«Dimmi di loro. Dimmi dei quattro.»

Il cuore torna a precipitarsi furioso: come lo sa? Come sa che qualcuno si è mosso vicino al parcheggio, e che lui ha notato questo movimento e li ha seguiti?

Parla, Aristarchos. Descrive i quattro, racconta dove sono andati e quando sono ricomparsi.

Il silenzio successivo è così lungo da fargli sospettare d'essere rimasto solo, ma il terrore che gli attanaglia il petto gli fa capire che il personaggio incappucciato è ancora là.

Alla fine parla.

«Attiva il sistema della comunicazione d'emergenza. Avvisa tutti, nessuno escluso. Li voglio qui, domani notte. Qui.»

Aristarchos biascica: «Tutti, Padre? Sono tanti anni... È molto tempo che non siamo tutti qui, e...».

Ma nessuno gli risponde. L'aria adesso è vuota.

L'uomo bruno si rialza a fatica, e comincia a tornare.

XX

Marco avrebbe voluto avere qualche minuto per confrontarsi a quattr'occhi con Brazo, ma dovette rimandare perché quando arrivò in ufficio, Ingrid era già là, con tanto di tablet sul quale digitava appunti, curiosando tra i libri aperti sul lungo tavolo.

«Oh, ferma! Ma chi ti ha dato il permesso di… Metti giù quel coso, immediatamente! Sono fatti che non ti riguardano, spegni quell'accidenti di…»

La ragazza gli sorrise soave. «Oh, salve, professore, finalmente. Hai fatto il riposino? Notevoli questi testi, un paio almeno non li conoscevo. Ed è interessante principalmente questo: geologia vulcanica. Che teoria stai formulando, si può sapere?»

Marco, paonazzo in viso, si rivolse a Brazo: «Tu adesso mi spieghi subito per quale motivo questa è qui a frugare nei miei appunti. E cerca di essere chiaro, perché altrimenti mi vedrai per la prima volta incazzato sul serio».

L'assistente allargò le braccia.

«Prof, l'ha accompagnata direttamente Fusco, l'avresti dovuto vedere, poco ci è mancato che mi diceva di lasciarla qui da sola e di aspettare fuori. Ha detto, testuale, che la signorina doveva essere "libera di utilizzare integralmente l'ufficio, compresi telefono, wi-fi e libri". Che potevo fare?»

Marco batté la mano aperta sulla scrivania. «Io non consento a nessuno, capisci? A nessuno di curiosare nelle mie cose, di mettere le mani nelle carte, di...»

Ingrid si rivolse a Brazo: «Diglielo».

Marco si fermò a metà frase e chiese: «Dirmi cosa?».

Brazo andò a chiudere la porta e obbedì abbassando la voce: «Ha chiamato Lisi. Dice che sta venendo qui. Che le cose stanno prendendo una piega brutta, ma davvero brutta».

Marco si lasciò cadere su una sedia.

«Non finirà mai, questa storia. Mai. Non si rende conto che con tutto questo bailamme, blog e controblog, pagine sui social e libracci mal stampati, non si fa altro che allontanarsi dalla ricerca vera, quella solida e attenta, fatta con metodo scientifico. Fa un danno enorme.»

Ingrid rispose: «E non pensi che i tempi della tua ricerca, quella tradizionale, siano semplicemente troppo lunghi? Nel frattempo le cose accadono, sai. La vera differenza tra te e Lisi è quella, se ci pensi: tu credi che si tratti di cose antiche, già finite, riferite a un passato di cui quasi non si ha memoria. Lei, invece...».

Come chiamata ad arte in scena, Lisi irruppe nella stanza.

«Eccovi, ci siete tutti, per fortuna. Avete sentito quello che…»

Marco si alzò di scatto per andare a chiudere la porta.

«Abbassa la voce, accidenti, vuoi avvisare l'intera facoltà? Guarda che qui nessuno urla, qui si consultano libri, si discute con calma. Che succede?»

Lisi era davvero molto agitata, il viso arrossato dalla corsa, il solito soprabito nero aperto su un maglione e sui jeans, la sciarpa mal sistemata che le pendeva dal collo. Brazo pensò che era bellissima.

Guardò eccitata lo zio. «Hanno trovato un altro morto. E indovina un po' dove lo hanno trovato…»

Marco strabuzzò gli occhi. «Ma che è, una caccia al tesoro? E chi sarebbe, quest'altro morto?»

Lisi cominciò a parlare concitatissima: «Un barbone, pare. Uno che chiedeva l'elemosina, i siti non lo riportano ancora il nome, un anziano. Nemmeno è chiaro come sia morto, forse un trauma cranico, non si sa molto. Ma dimmi: dove l'hanno trovato, secondo te?».

Marco era esasperato: «Lisi, la gente muore, non so se te ne sei mai accorta. E d'inverno i senzatetto si ubriacano, perdono l'equilibrio, cadono e per il freddo…».

Lisi alzò la voce: «Dimmi dove, cazzo! Non come, dove!».

Brazo mise un dito sulle labbra: «Shhh… Lisi, ti prego, non urlare o ci troviamo cento matricole dietro la porta che ascoltano di nascosto!».

Lisi lo fissò, malevola.

«E allora ve lo dico io, dove. A via Francesco del Giudice, ecco dove.»

Marco e Brazo si fissarono intensamente. Il professore si voltò e fece qualche passo verso la finestra, mettendosi a guardare fuori. Brazo, non sapendo dove rivolgere gli occhi, li abbassò sul ripiano della scrivania come se là ci fosse la soluzione di un dubbio che lo attanagliava.

Passò qualche secondo, poi Ingrid proruppe: «Qualcuno di voi ha intenzione di spiegarmi qualcosa, prima o poi? Si può sapere che significa, tutto questo? Dov'è via Francesco del Giudice?».

Poiché Marco non sembrava volersi distrarre dalla finestra, e Lisi, dopo aver lanciato l'indecifrabile bomba, se ne stava a braccia conserte con un sorriso soddisfatto sulla faccia, fu Brazo a rispondere alla giornalista: «È una strada del centro storico. Senza particolare importanza, se non perché...». Esitò guardando Lisi, che però gli fece un imperioso cenno di continuare. «L'antico nome di via Francesco del Giudice, nella città antica, era via della Luna. Da là si accedeva, almeno si pensa, a un tempio preisideo. Per la precisione, potrebbe essere stato dedicato alla dea Diana, o Ecate.»

Lisi fece una risata beffarda. «Come si vede che ti ha educato lui. Sei ancora più prudente e vile!»

Brazo arrossì violentemente.

Lisi allora affondò il colpo: «Da là si accedeva – certamente e non forse, come dimostrato anche da vecchissime ricerche archeologiche convalidate da restauri più recenti – al tempio di Diana. Era un culto talmente forte e presente nella città che il vescovo Pomponio, nel VI secolo, vi fece edificare la prima chiesa dedicata alla Madonna. La prima, capisci? Non ce n'erano altre. Un culto femminile cristiano, una specie di rivoluzione. E sai perché, Ingrid? Fattelo dire dal primo della classe, il perché».

La tedesca spostò gli occhi su Brazo, interrogativa.

Il giovane rispose a bassa voce, ancora rosso in volto e fissando Lisi: «Perché per contrastare un culto femminile molto radicato sul territorio serviva proporre una specie di continuità. Non creare traumi, insomma. Perciò fu costruita la chiesa della Pietrasanta, restaurata qualche anno fa con ritrovamenti interessanti che confermano, appunto, la presenza precedente del culto».

Lisi disse, secca, senza sciogliere le braccia strette sul petto: «Racconta quello che successe dopo. Tutto!».

All'improvviso Marco, sempre rivolto verso la finestra, parlò al posto del suo assistente: «Successe che le sacerdotesse di Diana continuarono a celebrare di nascosto i propri riti. Si riunivano in arciconfraternite e si tramandavano rituali, segreti, probabilmente ricette di farmaci. Approfondirono e affinarono l'utilizzo di prodotti agricoli, come le noci. Mantennero fortissimo il rapporto con la terra, perché il culto femminile era appunto basato sul ventre, sulla generazione e quindi sul nutrimento. La Dea Madre. Per questo la Luna».

Il tono per la prima volta appassionato, quasi doloroso,

sorprese tutti. L'aria si sospese in un assorto silenzio, fin quando Marco si voltò verso gli altri. Il viso era impassibile, ma gli occhi tradivano un forte coinvolgimento.

«Il rigore cristiano e la contrapposizione nell'alto Medioevo a qualsiasi forma di coesistenza di altre religioni distorsero profondamente il significato di questi riti, che divennero clandestini. Le sacerdotesse, dapprima con spregio, furono derise e chiamate "dianare", poi temute e isolate, aggredite, addirittura uccise nonostante salvassero o almeno aiutassero la gente coi loro rimedi naturali. Diventarono le famose "janare", e i loro riti collettivi furono proibiti e assimilati a delle orge empie e dannate, anche perché adoravano la Luna e quindi si svolgevano di notte. I più famosi, che si celebrarono a lungo, erano quelli vicino Benevento, dove c'era il fiume Sabus.»

Brazo mormorò, assorto: «I Sabba, appunto. E le janare diventarono le streghe».

Lisi continuò, il volto indurito dalla rabbia: «Si cominciò a raccontare che le streghe volassero nella notte, e indovina quando? D'inverno, quando il Sole muore e la Luna trionfa. La strega volante, nelle notti del solstizio. La Befana non è altro che una sacerdotessa di Diana, e il 6 di gennaio serve a unire la festa cristiana con questa tradizione immortale». Poi si rivolse allo zio: «Forza, raccontale del Diavolo Maiale. Raccontaglielo *adesso*».

Marco sembrava seguire ormai il corso dei pensieri: «C'era la necessità dei primi vescovi di contrastare il culto di Diana, che in città resisteva a ogni repressione appunto perché le sacerdotesse portavano benefici al popolo. Allora fu diffusa questa leggenda, che un diavolo travestito da enorme maiale assalisse di notte chi passava nei dintorni del tempio».

Lisi soggiunse: «E magari erano i soldati del vescovo o gli stessi monaci, che ammazzarono qualcuno per avvalorare questa storia».

Marco la fissò malevolo. «Non hai prove, su questo. Nemmeno una. E comunque la leggenda vuole che Pomponio vide la Vergine in sogno, che gli disse di andare dove imperversava quel demonio e di cercare un panno di colore azzurro che celava una pietra con una croce sopra. Su quella pietra, che aveva poteri magici di esorcismo del demonio e di indulgenza assoluta dai peccati, avrebbe dovuto edificare una chiesa.»

Brazo confermò: «Che perciò si chiama della Pietrasanta, anche se nemmeno nei recenti restauri la lapide è stata reperita».

Lisi concluse: «Per anni e anni, in ricordo del sogno, Pomponio si affacciò a una finestra davanti all'immensa folla dei fedeli e sgozzò una scrofa, in ricordo della sconfitta del Diavolo Maiale. Una scrofa. Femmina. Il trionfo violento della divinità maschio, il Sole, sulla Luna, nel sangue».

Seguì un lungo silenzio. Poi Ingrid, visibilmente colpita, chiese: «E questo barbone, perché sarebbe… perché avrebbe un legame con la storia del tempio di Diana?».

Lisi le sorrise.

«Pare che quest'uomo fosse un ubriacone. Che di notte girasse in zona cantando canzoni oscene, facendo pipì all'aria aperta, infine addormentandosi per strada russando rumorosamente. Quando ronfava sembrava grugnisse, come un maiale. Capisci? Come un maiale. Infatti, benevolmente e con ruvido affetto, i commercianti del quartiere lo chiamavano "il Porco".»

Marco la fissò attonito. «Ma... ma come le sai tu, tutte queste cose? Chi accidenti te le ha dette?»

Lisi fece un gesto vago. «I social sono un veicolo strano, sai. La gente ci mette tante di quelle notizie... Ora però io devo scoprire di più, perciò voglio parlare con la polizia. Devo capire com'è morto in realtà questo tizio. O mi aiutate voi, e venite con me, o vado avanti da sola. Una volta per tutte, lo devo sapere.»

Ingrid rispose subito: «Io sono rigorosamente con te, questo è certo!».

Brazo rivolse un timido sguardo a Marco. «Prof, noi... lo sai, dobbiamo... restare con Ingrid, altrimenti ci fanno un mazzo tanto. E poi, non mi piace che Lisi... Se davvero ci fossero dei rischi, insomma...»

Marco annuì e disse alla nipote: «Non lascerò che ti infili in guai grossi. Questo è sicuro. Ma come pensi di parlare con la polizia? Ti presenti così e loro ti danno tutte le informazioni che ti servono?».

Brazo azzardò: «Posso chiedere a mio padre, conosce un sacco di gente, è uno importante».

Lisi batté le mani, felice. «Dài, fallo! Questo ci risolverebbe un sacco di problemi, e abbrevierebbe i tempi. Altrimenti, chissà quando ci ricevono. Puoi chiamare subito?»

Un minuto più tardi Brazo era già al telefono, e parlottava fitto.

Marco invece si rivolse alla ragazza, interrogativo: «Senti, mi vuoi spiegare per favore come fai a ricevere queste soffiate? Il custode del parcheggio, lo scasso della porta della friggitoria, adesso il barbone morto. Come tieni sotto controllo tutti questi luoghi, si può sapere? Ma che è, una rete di agenti segreti?».

Lisi fece una smorfia e un gesto vago con la mano. «Lascia perdere, l'importante è averle, le informazioni. Come dicono i giornalisti, ho le mie fonti.»

XXI

Una volta conclusa la conversazione e sparito il volto di Lisi dallo schermo, il ragazzo che si faceva chiamare Rudy tirò un profondo sospiro, stendendosi sullo schienale della poltrona e allungando le gambe. Pigramente si guardò attorno, dopo essersi strofinato gli occhi dietro le lenti.

L'ambiente in cui si trovava era piuttosto singolare. Si trattava di una stanza molto ampia, spoglia di tutto. Tre delle quattro pareti erano vuote, a parte una porta chiusa; sulla quarta, quella di fronte alla webcam del computer, era riprodotta la camera di un adolescente con un poster di *Mr. Robot*, alcune fotografie, una mensola sulla quale c'erano una fila di libri usati e una coppa di una gara di sci con appese un paio di medaglie, e una finestra stretta oltre la quale si intravedeva un paesaggio innevato. Quando si spense il computer, si spense anche la finestra, che ridiventò uno schermo nero.

Il ragazzo si alzò, diede un'ultima occhiata alle carte che aveva sul tavolo e che aveva mostrato a Lisi: riproduzioni di vecchi articoli di giornale e stampe prese da internet. Alcune erano vere, altre create ad arte.

Girò attorno al tavolo e si avviò verso la porta, che aprì digitando un codice su una tastiera nel muro. Percorse un lungo corridoio, illuminato da una luce soffusa della quale non si vedeva la fonte, immerso in una dolce melodia musicale. Alla fine del corridoio c'era un ascensore, che il ragazzo prenotò con un tasto. Quando le porte si aprirono c'erano due persone, un uomo e una donna di mezza età, che conversavano ridendo ma appena videro il ragazzo tacquero immediatamente, imbarazzati. Rudy gli sorrise e si voltò verso la porta dell'ascensore, senza selezionare il piano. La cabina si fermò e i due scesero con visibile sollievo. Solo allora il ragazzo premette l'ultimo pulsante in fondo, dopo aver bene impresso l'impronta del pollice destro sulla tastiera.

L'ascensore prese una velocità che non aveva tenuto nella prima parte del tragitto, decuplicandola e forse più; ciononostante il viaggio durò quasi tre minuti. Quando le porte si aprirono con un soffio, il giovane si ritrovò in una specie di anticamera che dava su un'unica porta al fianco della quale c'era un'altra tastiera. Digitò un lungo codice e di nuovo impresse il proprio pollice, stavolta il sinistro, sull'ultimo tasto. La porta scattò e Rudy entrò in un ufficio stretto, con una scrivania e quattro schermi in funzione. L'unico arredo, oltre alla poltrona sulla quale il ragazzo si lasciò cadere con un sospiro, era una libreria ingombra di volumi e documenti alle spalle della scrivania. Non c'erano finestre né altre aperture.

Alla poltrona con il lungo schienale dietro la scrivania era seduta una persona. Si trattava di una donna molto anziana, coi capelli bianchissimi raccolti in un'alta acconciatura e gli occhi azzurri, quasi trasparenti, incastonati in un reticolo di rughe. Stava sorridendo.

Disse, indicando uno schermo con un cenno del mento: «Ciao. Be', niente da dire, sei stato bravo. Ci ho creduto pure io».

Il ragazzo sospirò di nuovo: «Dice, direttore? Non lo so. A me lei pare più in gamba di come vuole sembrare, e non sempre le linee della sua attività cerebrale rilevate dagli strumenti sono riconoscibili. È attenta, e… veloce. Ecco, direi veloce soprattutto».

La donna fece una smorfia, raggrinzendo ulteriormente il viso. «D'altra parte è quello che è, no? Le Mappe parlano chiaro, almeno per quanto possiamo vedere noialtri. Nessuno mai è stato come lei. È questo il punto.»

Rudy disse: «Già. È questo il punto. Comunque, è come camminare sulle uova. Va bene che la rete offre opportunità vastissime e lei, proiettata com'è a inseguire le prove della fondatezza della sua teoria, non si premura mai di verificare; ma un giorno o l'altro mi chiederà: "Dài, Rudy, dammi il sito su cui hai visto questa o quest'altra cosa…"».

La vecchia ridacchiò. «Ma lo sai che prima di metterti in gioco prepariamo noi stessi tutti i siti, con le notizie e le foto e il resto. Se ti chiedesse gli indirizzi, tu glieli daresti, e lei troverebbe perfettamente i riscontri che cerca.»

«Sì, direttore, certo che lo so. Ma lei è… intuitiva senza

essere emotiva. È strano, ti attira in certe conversazioni apparentemente innocue e poi… Insomma, non è facile, ecco.»

Il direttore puntualizzò: «Nessuno ha mai detto che sia facile. Quello che abbiamo detto è che è necessario. Questo sì, l'abbiamo detto. Comunque non dovrebbe essere una cosa lunga, a quanto pare».

Il ragazzo si fece attento, sporgendosi in avanti. «Che? Allora le cose stanno per… Sta per succedere, finalmente? Ci siamo?»

La donna scosse il capo: «No, no, non ancora. Ma adesso la faccenda prenderà una piega diversa. Più veloce. Noi, qui al Centro, forse dovremo intervenire. Direttamente».

Rudy si sollevò dalla poltrona, il volto pallido atteggiato a un'estrema meraviglia. «Noi da qui? E come? Ci dovremo… Dovremo andare fin là? E chi ci andrà? Ma… siamo pronti a farlo, possiamo?»

Il direttore allungò una mano tremante sul ripiano della scrivania. Le dita adunche ghermirono un foglio. «Il barbone. La storia del barbone morto fornirà, a quanto pare, un'accelerazione. Sai che quando l'ambiente matematico si riduce tanto, i calcoli diventano meno attendibili, ma sembrerebbe proprio di sì.»

Rudy si lasciò cadere di nuovo sulla poltrona.

«Certo, conosco il calcolo, l'ho visto. Lei dovrebbe andare a fondo, no? C'è una decisa impennata dell'asse.»

«Il fattore decisivo nel sistema di equazioni a questo punto della curva è la giornalista, questa Schultz. Sia direttamente sia per l'impatto che ha sulla linea di condotta del professore.»

Il ragazzo sorrise, affascinato: «È evidente; perché gli cambia il segno, producendo l'effetto di renderlo un potente incremento di partecipazione. Geniale. Geniale».

Il direttore sorrise a sua volta: «Il che però non ci deve far abbassare la guardia, ed è per questo che i nostri hanno calcolato una sottolinea di eventi che potrà portare, e secondo me porterà, a un intervento diretto. Certo, bisognerà tararlo con la massima attenzione. Tu sai che si contano sulle dita di una mano...».

Il ragazzo rispose pronto: «Sette. Sette volte in tutto. E il calcolo coi nuovi strumenti ha mostrato che almeno due potrebbero essere stati superflui, lo so bene. Ma lei stessa sa, direttore, che qualcuno sostiene...».

«Non è assolutamente rilevante quello che qualcuno sostiene. Quello che rileva sono solo due elementi: ciò che emerge dai calcoli e quello che dispone Lui.»

L'ultima parola causò un sensibile abbassamento della temperatura della conversazione. Il ragazzo distolse lo sguardo dal volto della vecchia, come avesse ricevuto uno schiaffo, e arrossì fissandosi le scarpe. La donna stessa, come se si fosse lasciata prendere troppo la mano, cincischiò con alcuni documenti che aveva davanti.

Dopo una lunga pausa, Rudy mormorò: «E quindi Lui sa di tutto questo. Mi permetto perché... insomma, ne ha parlato lei stessa, no? E siccome conosco i calcoli, e c'è un'area che farebbe propendere per l'assenza di intervento, o per la limitazione dello stesso a… a me, in pratica vuol dire che Lui ha…».

La vecchia disse, con un tono dolcissimo: «Rudy, tu per noi sei speciale, lo sai. Sei nato qui, al Centro, e le tue facoltà sono state allineate con sapienza e grande cura. La funzione di interagire con la ragazza, in rapporto soprattutto a questa crisi, che come sai è cruciale per il futuro delle Mappe, non doveva necessariamente toccare a te. È stato un rischio enorme, la cui portata sfugge allo stesso calcolo. Secondo te, se Lui in persona non fosse intervenuto decidendo in questo senso, te lo avremmo lasciato fare?».

Il ragazzo arrossì ancora, stavolta per orgoglio, e sorridendo rispose: «È chiaro, direttore. È chiaro, e sono grato per questo. Ma mi chiedevo… So che Lui non ha schermi se non quello grande, e difficilmente segue questa parte della curva. Qualcuno, lei per esempio, lo informa? Glielo dice quello che facciamo? E se sì, Lui che ne pensa?».

Il volto della donna si accartocciò attorno allo sguardo azzurro, facendola sembrare il cartone animato della dolce nonna di Cappuccetto Rosso. «Certo che lo sa. Sa tutto. Ed è molto, molto orgoglioso di te.»

Il ragazzo sorrise di rimando e tirò un profondo respiro.

XXII

Il vicequestore Andreoli era un uomo di cinquant'anni spigoloso, azzimato e ben vestito. Aveva la fastidiosa abitudine di divagare di continuo e di rispondere guardando qualcun altro rispetto a chi gli aveva fatto la domanda, il che disorientava alquanto l'interlocutore.

Il padre adottivo di Brazo, un facoltoso avvocato dell'alta società cittadina, aveva procurato rapidamente il contatto che il figlio gli aveva chiesto. Ogni volta che Marco o Lisi avevano provato ad approfondire che attività svolgesse con precisione il signor Moscati, Brazo era sempre stato molto evasivo; nel tempo il professore si era convinto che l'uomo si muovesse in una zona piuttosto grigia dal punto di vista della legalità, e che il figlio cercasse di tenersene il più possibile alla larga.

Stavolta però i tempi erano stretti, e un aiuto era stato necessario. Per cui, fingendo di appartenere a un'associazione di volontariato con finalità di solidarietà sociale, erano riusciti a incontrare proprio il funzionario che si occupava della morte del barbone.

Una volta nell'ufficio di Andreoli, al terzo piano della Questura, Marco disse: «Grazie per averci ricevuto, dottore. La nostra associazione fornisce assistenza e servizio mensa ai senzatetto, e pensiamo di aver ospitato l'uomo che è stato trovato morto in via del Giudice».

Andreoli rispose gentile, guardando Lisi: «S'immagini, per l'avvocato Moscati qualsiasi cosa, gli siamo sempre tanto grati e devoti, ci mancherebbe, e d'altronde non c'è niente di segreto, diciamo solo che non vogliamo alimentare la stampa».

Brazo arrossì e cercò di tornare sull'argomento: «Ci sa dire qualcosa di lui? In modo che possiamo rintracciare qualcuno della famiglia o...».

Andreoli scartabellò nel fascicolo che aveva sulla scrivania e rispose a Ingrid: «Dunque, teneva il documento cucito nel giaccone, si chiamava Stojanović Benjamin, nato a Novi Grad in Bosnia nel 1965. Cinquant'anni, ma dalle fotografie del cadavere ne dimostra una settantina... Che vita che fanno questi disgraziati, ma io poi lo dico a voi, che operate nel settore, chissà quante ne vedete dalla mattina alla sera».

Lisi friggeva letteralmente, e lo interruppe: «Si è capito com'è morto?».

Il vicequestore si strinse nelle spalle, rispondendo a Marco: «Una botta in testa dietro l'occipite, è morto sul colpo. Non è detto che qualcuno l'abbia colpito, in effetti è stato trovato a terra sdraiato sulla schiena, magari era ubriaco come ci risulta fosse quasi sempre ed è scivolato cadendo in maniera da...».

Ingrid, scambiandosi un'occhiata d'intesa con Lisi e avendo capito che bisognava porre un freno alla tendenza del poliziotto a divagare, chiese: «E dove avrebbe battuto la testa? Non avreste trovato tracce, eventualmente?».

L'uomo sorrise a Brazo, agitando una mano nell'aria. «Pioveva, e non è detto che sia successo là, a volte le persone spostano i corpi, chissà perché. Magari pensano che avranno troppa attenzione addosso, o troppe domande. Altre volte magari gli ambulanti mettono il banchetto proprio là, un'eventuale limitazione della zona potrebbe...»

Lisi intervenne, decisa: «Ma avrete pur chiesto a qualcuno se ha visto qualcosa, no? Se hanno sentito urlare, per esempio».

Il poliziotto si voltò verso Marco, che pensò si trattasse di un clamoroso, rarissimo caso di strabismo di tutto il corpo. «Ma cosa crede, signorina, che non sappiamo fare il nostro mestiere? Certo che abbiamo chiesto, e abbiamo saputo che l'uomo era noto nel quartiere ma che non era particolarmente molesto, a parte quando si ubriacava e cominciava a cantare a squarciagola canzoni del Paese suo in piena notte. Senza contare questo, gli volevano bene, anche perché dava una mano, sorrideva, insomma era uno simpatico, mica sono tutti così, una volta a Materdei due africani...»

Il professore, approfittando della irripetibile circostanza di avere gli occhi di Andreoli su di sé, chiese: «Ma al di là di quello che può essere accaduto, che idea vi siete fatti? Avrete, che so, una traccia, una pista...».

Immediatamente il vicequestore si voltò verso Ingrid, stringendosi nelle spalle. «E che vi posso dire, non si può escludere una lite, una contestazione, una discussione. Noi siamo molto attenti a queste cose, non sia mai che ci sia uno sfondo razzista, una qualche esecuzione, sono cose atroci, per carità. Interveniamo subito, in certi casi. Ma ci dev'essere una base d'indagine, un precedente, un motivo.»

Ingrid seguì la strada di Marco e chiese: «E invece in questo caso escludete l'ipotesi? Come mai?».

Andreoli si girò subito verso Brazo, annuendo ed enumerando sulle dita: «La escludiamo perché: primo, la vittima era conosciuta e perfino apprezzata dalla gente del luogo, in pratica abitava là da anni, le davano vestiti e da mangiare in cambio di piccoli lavoretti; secondo, l'uomo non aveva alcun contatto con droga o contrabbando di sigarette o altre attività illegali; terzo, da quelle parti non si registrano, né si sono mai registrati, episodi di intolleranza; quarto, quando succede, e a volte purtroppo succede, non gli danno certo una botta in testa e se ne vanno. Li riempiono di botte, e magari li appicciano pure. No, no, siamo sicuri, nessun razzismo o punizioni di stampo politico. Ripeto, secondo me è caduto e basta. Aspettiamo il referto del medico legale, ma già ci ha anticipato che a un primo esame non ha riscontrato altre lesioni, quindi non credo che la teoria verrà smentita. Certo, non posso escludere nulla: quella volta, quando lavoravo a Catanzaro, che successe…».

«E non ci sono notizie di liti recenti, qualche contrasto?»

Con sicurezza il vicequestore recepì la domanda di Brazo e rispose a Lisi: «No, anzi, risulta che lo Stojanović intervenisse a mettere pace se qualcuno, spesso ragazzi, litigava da quelle parti. Era noto per la risata, dicono fosse simpaticissimo. E francamente dubito che qualcuno dei residenti che si erano lamentati per le canzoni notturne possa aver commesso un crimine come questo. E poi avremmo trovato qualche elemento, il quartiere di notte non perde del tutto occhi e orecchie, qualcuno resta sempre sveglio. Ci fosse stata una colluttazione, un alterco, avrebbero sentito e lo avremmo saputo».

Lisi mandava lampi dagli occhi.

«E si sa dove dormiva, questo Stojanović? Aveva un posto, un luogo dove…»

L'uomo si voltò subito verso Marco, che si mise una mano sulla faccia: «Bah, ci dicono che andava un po' qua e un po' là. D'estate dormiva in strada, d'inverno si rifugiava in qualche androne, coprendosi con i cartoni».

Ingrid reagì sconfortata, e disse a Lisi: «Insomma, non si può risalire a nulla».

Sorprendendo tutti, Andreoli si voltò verso di lei. «Signora, noi facciamo il nostro mestiere. Le indagini, le assicuro, verranno seguite con scrupolo fino in fondo; ma se non c'è nulla da scoprire, non si scoprirà proprio niente. Non c'è di peggio che accanirsi su un caso quando il caso non c'è. Poi, naturalmente, dipenderà dal magistrato. Spetta a lui chiudere la cosa, non a noi.»

Còlta alla sprovvista dall'attenzione diretta che le era stata riservata, Ingrid disse: «Certo, se non si trovano elementi...».

E Marco annuì con convinzione: «Infatti. La gente muore in fondo, no?».

Inaspettatamente, però, Andreoli si rivolse a Lisi: «Una cosa un po' curiosa è emersa, in effetti. Niente che riguardi la dinamica degli eventi, sia chiaro; ma qualcosa di strano c'è».

«Cosa?» chiese Lisi, sul chi va là.

Stavolta il poliziotto restò con lo sguardo sulla ragazza, fissandola assorto. «Pare che nelle ultime settimane avesse trovato un posto segreto dove dormire. Ce l'ha raccontato il garzone del bar di fronte, che lo aveva visto uscire dall'angolo della chiesa, dove in teoria non esiste alcun riparo. Gli ha chiesto: "Uè, Beniami', da dove stai venendo?". E lui ha risposto: "Da viscere di terra". E si è messo a ridere. Curioso, no?»

XXIII

Stavolta nessuno ebbe dubbi su dove si stava avviando Lisi, all'uscita dalla Questura. Pur col suo irritante modo di portare avanti la conversazione e nelle sue continue divagazioni, Andreoli una notizia importante l'aveva data: c'era un posto dove Stojanović, il vagabondo trovato morto, si ritirava per la notte. Ma c'era anche un'altra notizia, forse secondaria ma interessante: la polizia riteneva quella morte accidentale o comunque priva di elementi da approfondire.

L'atmosfera in città era ormai decisamente natalizia. Andava scemando la fase della ricerca composta dell'oggetto più giusto da regalare o del prezzo migliore, e la folla si trasferiva desiderosa dalle vetrine all'interno dei negozi. La fila in alcuni casi si formava all'esterno, signore infreddolite e anziani con cappelli e sciarpe, a intralciare ulteriormente il fiume di turisti affamati di colore locale, di bancarelle e di pizze fritte da consumare all'impiedi in ogni ora del giorno. L'area antistante la chiesa della Pietrasanta, che si trovava proprio nel ventre oscuro della città, sospeso tra vicoli bui e mercati a cielo aperto, non faceva eccezione: per cui ci misero un po' a farsi strada, senza potersi scambiare nemmeno una parola in quella terribile confusione.

Lisi camminava decisa, la fronte aggrottata, gli occhi fissi davanti a sé, le mani immerse nelle tasche di un soprabito troppo leggero per il freddo umido e il vento che a folate gelava le orecchie. Dietro di lei, Brazo, che ogni tanto le lanciava occhiate preoccupate, un vago senso di colpa dipinto sul viso. Ingrid rifletté di sfuggita sull'evidente, inespresso sentimento di tenerezza che il giovane provava per Lisi, di cui probabilmente la ragazza nemmeno si era accorta o che aveva deciso di non ricambiare neppure con un minimo di attenzione; l'assistente del professore cercava di proteggerla, ma si capiva che non condivideva le sue teorie.

Quanto a Marco, che le camminava di fianco a testa bassa, succhiandosi pensoso i baffi, a parere di Ingrid stava piano piano cambiando atteggiamento. Da un chiaro disinteresse, condito da fastidio e disagio, adesso era passato a un'evidente apprensione. Non aveva mai creduto nell'indagine che Lisi testarda portava avanti da chissà quanto tempo, ma adesso la giornalista coglieva in lui una tensione diversa: temeva per l'incolumità della nipote, molto più di quanto gli importasse del prestigio accademico o dell'esito delle proprie ricerche.

Passarono davanti alla piazzetta sulla quale affacciava la

chiesa, ma Lisi non si fermò. Superò il campanile e, mentre Ingrid rilevava l'arco e i mattoni tipici delle costruzioni di epoca romana, la ragazza sparì alla vista; non fosse stato per la schiena di Brazo, che svoltava l'angolo, la giornalista si sarebbe trovata da sola in mezzo alla corrente ininterrotta di pedoni in transito verso la via dei pastori del presepe, non lontana.

Marco stesso aveva rallentato il passo, dando l'idea che da lì in poi non gli era chiarissimo dove andare. Così era. Lisi, nella stretta stradina laterale, si era fermata perplessa. Dava le spalle al muro di fronte e si concentrava sulla parete che fiancheggiava il campanile. Brazo invece osservava lei, il volto atteggiato a una dolente agitazione, come di fronte a una persona cara in piena crisi di follia.

Marco mormorò, e lo sentì solo Ingrid che gli era vicino: «Un accesso. Ma non può esserci un accesso da qui, se…».

Prima che terminasse il concetto, Lisi scattò in avanti e si infilò in un'intercapedine tra il campanile e il palazzo di fianco. Era poco più di un piccolo spazio tra le due costruzioni, e sembrava finire nel nulla; invece Lisi scomparve senza ritornare sui propri passi. Brazo lanciò a Ingrid e Marco un'occhiata perplessa, poi seguì la ragazza mettendosi di fianco e chinandosi perché l'apertura non gli consentiva un ingresso facile. Marco scattò nella medesima direzione e Ingrid fece lo stesso.

L'intercapedine si allargava in una specie di minuscolo andito, che sulla parete sinistra aveva una feritoia apparentemente adibita al deflusso dell'acqua piovana. Ingrid fece appena in tempo a intravedere Brazo che si calava all'interno e ad ascoltare l'imprecazione di Marco che, lanciato uno sguardo attorno, faceva altrettanto. La giornalista li seguì.

Uno scivolo di tufo dava su quattro gradini e su un pianerottolo. Lisi tirò fuori una torcia e illuminò attorno. Nello spazio ci stavano solo lei e Brazo, mentre Ingrid e Marco dovettero sostare sui gradini. Il raggio di luce illuminò una coperta e qualche pezzo di cartone, una gavetta e una forchetta, due scatole di tonno aperte e svuotate.

Lisi mormorò: «Benvenuti nella provvisoria dimora di Stojanović Benjamin, di Novi Grad, Bosnia».

L'imitazione del tono vago e pomposo di Andreoli sembrò carica di tristezza. La ragazza si abbassò e raccolse qualcosa, ponendo poi l'oggetto sotto la luce diretta della torcia. Era un sasso, un cubetto di porfido di quelli usati per pavimentare le strade. Uno spigolo del cubetto era sporco di una sostanza scura.

Lisi disse, e il suono della sua voce suonò ancora più lugubre nello spazio stretto: «Ed ecco a voi com'è morto. Direi nel sonno, perché non vedo tracce di lotta».

Il raggio di luce si mosse sicuro, sapendo in che direzione cercare. In basso, sulla parete opposta ai gradini, in parte coperta dai pezzi di cartone, c'era una feritoia simile a quella dalla quale erano entrati, ma decisamente più piccola.

Ingrid calcolò che da quel lato si doveva accedere alla

parte sottostante al campanile della chiesa di Santa Maria Maggiore alla Pietrasanta.

Si ritrovarono all'esterno, impolverati e sporchi di fanghiglia. Uscire era stato più facile che entrare, ma lo spazio era stretto comunque.

Brazo disse: «E adesso che facciamo? Avvertiamo Andreoli che Stojanović è morto ammazzato?».

Lisi lo fissò a occhi spalancati: «Ma sei pazzo? Al di là del fatto che sarebbe perfettamente inutile, perché penserebbero a una lotta fra vagabondi ubriachi che si disputavano un posto dove dormire, riveleremmo la conoscenza del luogo e li metteremmo sul chi va là. Ci renderebbero impossibili le altre ricerche».

Marco scattò: «Ma quali ricerche, Lisi! Non ti rendi conto del pericolo? Qui c'è un cadavere e c'è un delitto, è pericolosissimo, questa è gente fanatica e senza scrupoli. Ti prego, fermiamoci qui. Noi siamo studiosi, gente che lavora sui libri e al limite va a vedere scavi e musei, questa cosa da Indiana Jones non è per noi! Prepariamo il materiale e poi scriviamo un articolo, o un saggio, ma non posso pensare di mettere a rischio la tua pelle!».

La ragazza tacque, sorprendentemente, con gli occhi bassi sulla feritoia dalla quale erano appena usciti. Brazo e Ingrid si guardarono con imbarazzo. Era la prima volta che Marco ammetteva che esisteva qualcosa su cui indagare, e che c'era un pericolo concreto.

Alla fine Lisi parlò, quasi a se stessa: «Un buco nel

muro. Un semplice, innocuo buco nel muro come ce ne sono migliaia in questa città che ha un sotto uguale al sopra, però buio. Una città sotto la città. E qui, lo sai bene, c'erano le janare, il culto di Ecate e quello di Lilith, la magia nascosta che diventa nera solo perché contraria alla chiesa cristiana. Allora era innocente, ora invece non lo è più. Ora, dopo un millennio e mezzo di clandestinità, ammazzano la gente».

Sollevò lo sguardo, fissando fiera lo zio in volto.

«Io lo so che mi vuoi bene. Lo so che ti preoccupi per me. Ma mi conosci, e sai che non mi fermerò. In questa città si celebrano di nascosto culti con sacrifici umani, una volta ogni trent'anni succede qualcosa, e devo scoprirlo, che mette in contatto questi culti. Qualcosa di grosso, di enorme. E sta succedendo ora, e qui. Non nei tuoi libri, non negli scavi o nei musei. Queste religioni sono vive, e c'è qualcosa di ancora più grosso dietro. Io e i miei compagni in giro per il mondo capiremo il perché, e poi lo diremo a tutti. È necessario. Se vorrete aiutarmi, stare con me, io ne sarò felice… perché tu, zio, e pure tu, Brazo, avete conoscenze che mi sarebbero necessarie; e tu, Ingrid, potrai essere il megafono con cui urleremo la verità. Ma se non volete, io andrò avanti comunque. E questo è quanto.»

Il tono era stato piano e diretto, una semplice comunicazione alla fine della quale la ragazza si voltò e si avviò in senso contrario al flusso della folla. Gli altri si guardarono brevemente e si incamminarono dietro di lei.

Una piccola finestra dava sul vicolo, le imposte socchiuse. Dietro, nell'ombra, ci fu un lieve bagliore: un raggio di sole temerario si era avventurato nella via stretta tra gli alti palazzi e aveva incontrato gli occhiali da miope di una giovane donna che se ne stava in piedi, senza espressione.

Non si era persa un gesto o una parola.

XXIV

E ora la troviamo che percorre cunicolo dietro cunicolo, la giovane con gli occhiali da miope. Con assoluta consapevolezza, passo dopo passo; con la consuetudine di chi metro per metro, centimetro per centimetro, in epoche antiche e in tempi moderni, quelle distanze le ha misurate col cuore in gola per la felicità o per la disperazione, trascinando un corpo stanco e dolorante o con l'agile elasticità della riguadagnata gioventù, a pancia piena o coi morsi della fame. Sempre la stessa distanza. Sempre lo stesso percorso.

Con la stessa vaga paura. Ma forse mai così tanta.

La ragazza cammina da quasi due ore, e non rallenta. Teme di poter essere vista, anche se il buio è così fitto da sembrare solido. Immagina di essere osservata da creature incappucciate che si muovono sulle pareti o attraverso le alte volte, piccole e storte figure scimmiesche con tuniche dal colore indefinito, strani esseri a metà tra uomini e animali del buio, forse ragni giganteschi, o topi mutati dall'oscurità.

La ragazza ha qualcosa da riferire, qualcosa da confessare e qualcosa da temere. La ragazza è ragazza solo all'apparenza, ma è talmente antica da non avere nemmeno più ossa da venerare. La ragazza combatte con la voglia di fuggire e con la consapevolezza di non avere dove andare, eppure procede sicura, come il condannato che conosce la via del suo perenne patibolo.

Si ferma, la ragazza. Non vede nulla, però sa che tra poco anche i suoi occhi miopi vedranno. Ma non vorrebbe vedere. Vorrebbe che l'oscurità restasse oscura, che al di là di qualche remoto respiro non si sentisse e che si potesse almeno immaginare di essere soli. E invece, dopo pochi attimi da quando è giunta al punto stabilito, e si è seduta a terra sulle gambe e con le mani lungo le cosce come a ricevere un dono o una punizione, il riverbero di alcune luci soffuse mostra il luogo.

La ragazza ricorda quando quella stessa luce senza fuoco e senza fumo le sembrava un'orribile magia che le stringeva il cuore, e le faceva provare la voglia di scappare. Anche ora che conosce elettricità e neon, lampade alogene e faretti incastonati nelle controsoffittature, non è in grado di riconoscere la fonte della luminosità, ma almeno non sente la morsa del terrore. Sono pochi i sentimenti che riconosce, ormai. Oziosamente si chiede se anche gli altri, in ginocchio nella traslucida notte attorno a lei, cercano ogni giorno sentimenti che non hanno più; se anche loro ne hanno la struggente nostalgia.

L'uomo incappucciato si avvicina alla janara proprio un attimo prima che la folla inferocita le piombi addosso e la trascina in una fessura del muro che sembra cieca, e invece non lo è. Col cuore in gola, la janara sente i passi concitati di quelli che la inseguono coi forconi e le mazze, e si accorge che tiene ancora in mano le spezie che le servono per l'infuso da mettere sugli occhi.

Gli occhi. La janara deve prendersela coi suoi deboli, inutili occhi se non ha visto la lavandaia che avvicinatasi al fiume si è messa a osservarla da lontano mentre raccoglieva le erbe sacre recitando la preghiera alla Dea. E non ha visto la donna che, lasciate le pezze che doveva lavare sulla riva del torrente sacro, si è silenziosamente allontanata per andare a chiamare il prete e gli uomini che ora la vogliono ammazzare. La janara ha paura, sa che se la prendessero la colpirebbero e la colpirebbero ancora, e lei è vecchia e storta e le ossa sono doloranti e non potrebbe scappare, e poi la brucerebbero cantando inni al loro dio perfido che viene dall'Oriente.

Stretta nell'intercapedine, sente la solidità del corpo del personaggio incappucciato, rigido come il ferro. Non ne percepisce il respiro, e non vede nulla. I suoi occhi peggiorano di giorno in giorno. Stavolta non ce la farà.

Quando torna il silenzio, fa per uscire, ma una mano enorme e forte la trattiene nel buio. Non ha paura, la janara. È piuttosto incuriosita. Non conosce nessuno che la vorrebbe salvare, quindi è inutile temere.

Una voce bassa, raschiante, aspra. Una voce che viene da un altro mondo e forse dall'inferno.

La voce le dice della gioventù e della salvezza. Della fine dei dolori senza la morte, e degli occhi che torneranno a vedere. Di un compito da ricevere, che consiste in quello che dovrebbe fare per tutto il tempo che le sarà concesso, e cioè di vegliare sul tempio della Dea.

Fuori, in strada, si sentono di nuovo delle voci e Ippolita, l'ultima janara, si sente all'improvviso pesare addosso tutto il futuro che non avrà e il passato che non vedrà tornare. Nel buio, senza sapere se viene vista, annuisce senza parlare.

E così si compiono la sua salvezza e la sua condanna.

Gli altri. Una decina, forse una dozzina. Il giovane sottile, che qualche ora prima è già stato là per riferire, si chiede se siano aumentati o diminuiti. Quand'è arrivato laggiù, tante Illuminazioni prima, erano forse otto in tutto; i Luoghi sacri erano più al sicuro, allora.

Tiene gli occhi bassi, anche se ormai si sono abituati alla luminescenza e potrebbe tranquillamente girare attorno lo sguardo riconoscendo alcuni, ma sa che il Padre non gradisce.

L'attenzione deve essere assoluta, la disposizione dell'animo aperta, la mente sgombra.

Deve attendere. Tutti loro devono attendere.

Pensa alla morte, che gli è preclusa, e alla resurrezione che gli fa visita ogni trenta cicli del Sole. E la sua anima vola a quando ha sostenuto l'ultima Prova. Allora il suo nome era Chrestos.

Il giovane sottile di nome Chrestos osserva il Sacerdote Maggiore, riccamente vestito di bianco, con uno scettro in mano e una corona d'oro. Pensa a quanto farebbe miglior figura se fosse lui, Chrestos, a indossare la veste e a ricevere da Ierofante i nuovi iniziati al culto della Dea Nera, Iside la Possente, Iside allattatrice di Horus, Iside dalla lunga tunica.

Chrestos ha dedicato tutta la sua vita, venticinque anni, alla Dea. Il suo sogno è sempre stato quello di diventare Sacerdote Maggiore, e interrogare, come ora sta facendo quel dannato vecchio, le donne e i fanciulli, prima di guidarli attraverso la porta tagliata nella roccia e poi nel tempio sotterraneo, adorno di sfingi e stelle e fino alle sacre colonne, quelle della vita e della morte.

Il vecchio, che Chrestos guarda con malanimo da sotto il copricapo, non ha nemmeno più la forza di giacere con gli iniziati, come farebbe lui con pieno vigore e gioia, certo molto di più coi giovinetti come quello bruno dal ventre liscio e dal volto imberbe che gli sta sorridendo mentre ascolta la formula che introduce alle prove.

Il pozzo, la prima prova: la fila di statue con il corpo di uomo e la testa di animale, orrende per chi non è nei Misteri, e al termine la mummia di fronte allo scheletro; chi non scappava urlando, e ce n'erano stati, avrebbe dovuto introdursi carponi nel buco buio nel quale a stento si riusciva a entrare.

Chrestos ricorda il brivido nel cuore, l'assenza di timore e l'amore per la Dea mentre risuonavano rabbiose per sette volte le parole sacre: Qui periscono i pazzi che hanno desiderato scienza e potere. *Il vecchio non gli aveva certo dato una mano nel sostenere la prova. Forse aveva già intravisto in quel giovane il maggior pericolo per la sua carica.*

Il piccolo corteo entra nella sala sotterranea. I tre adepti subiranno la prova, e Chrestos da dove si trova sentirà le urla e forse li vedrà fuggire: ma non gli è concesso di entrare.

Si volta e si avvia all'esterno del tempio, accompagnato dal canto lugubre e ritmato dei fedeli. La notte calda e stellata accoglie la sua frustrazione.

Quando arriva in mezzo al campo che affianca il fiume, sente una presenza dietro di sé. Non ti voltare, *dice la presenza.* Non ti voltare.

La voce è quella dell'inferno, e Chrestos resta senza fiato. Pensa che verrà ucciso da uno dei criminali affamati che infestano il luogo non lontano dal porto, dove dondolano le barche affusolate dal fondo piatto e con le due vele arrotolate, pronte a partire per il sacro Egitto con le loro merci. Lo troveranno con un taglio nella schiena, e soffocato nel suo stesso sangue.

Non supplica, però. Non prega. Dice solo: Sono un sacerdote della Dea, non osare profanarla toccando me.

La voce dell'inferno mormora: So chi sei, Chrestos. E so quello che desideri, di prendere il posto del vecchio Sacerdote Maggiore. So che ti piacciono i ragazzini, e il vigore del tuo corpo che però non durerà a lungo.

Come lo sai?, *chiede Chrestos.* Che demonio sei?

Nessun demonio, *dice la voce.* Sono la tua fortuna. Sono il dono che la tua Dea ha inviato, perché vuole che tu stasera conosca la vera luce, e prenda il posto del vecchio.

Come? Come posso avere tutto questo?, *chiede.*

La voce dell'inferno si avvicina al suo orecchio, e Chrestos ne sente l'alieno calore.

Ascoltami, *dice la voce.* Ascoltami.

«Ascoltate la voce del Padre!» esclama qualcuno all'improvviso.

Nessun rumore. Una sospensione, piuttosto. Un silenzio ancora più fitto. In un arco, al centro del cerchio in cui sono inginocchiate le figure, si profila una sagoma enorme e tarchiata. La luminescenza che la avvolge rende i contorni indistinti, si intuirebbe una coperta con un cappuccio che copre larghissime spalle ma anche gambe tozze. Si intuirebbe: perché nessuno osa alzare gli occhi.

Un mormorio corale saluta in diverse lingue dimenticate il Padre.

La figura resta ferma nell'arco, poi comincia a parlare: «Sono molte Illuminazioni che non ci riuniamo tutti, forse undici. Da allora l'astro luminoso sotto il quale strisciate ha compiuto più di trecento cicli. Capite da soli l'importanza di questo incontro».

Non è una domanda, e tuttavia alcuni annuiscono e altri bilanciano il peso sulle gambe.

La figura continua: «Vi dico subito che siamo alle porte di gravi eventi. Non c'è un inizio, perché come sapete tutto è già iniziato: ma le Mappe dicono che siamo a un nodo, e sta a noi, i Guardiani, determinarne lo svolgimento».

Una donna si mette le mani sul volto.

«Quando sono venuto a cercarvi, nelle vostre singole ere, vi ho scelti. Avrei potuto prendere altri, e regalargli la vita e le forze che ho dato a voi. Ma ho scelto, e sono certo di aver fatto bene la mia scelta. I Luoghi sacri, quelli dei vostri templi, dei sacrari delle vostre superstizioni, sono stati sotto buona sorveglianza fino alla penultima illuminazione.»

Di nuovo serpeggia un lieve disagio tra gli inginocchiati.

«La consegna, come tutti voi ricordate, era semplice e semplice è rimasta. Ognuno di voi ha un solo obbligo, ha prestato un unico giuramento: fare in modo che l'Illuminazione avvenga senza testimoni. Senza alcuna presenza, senza che neanche si immagini che stia avvenendo. Per questo, avete giurato, sorveglierete il Luogo consentendo che vi si svolgano le umane attività ma che non ci sia nessuno se non voi stessi, da soli e senza presenze, la notte in cui avviene.»

Un uomo esclama: «Padre mio, sia grazie a te per la manifestazione divina che…».

La figura muove secca una mano nell'aria, spezzando la frase. «L'Illuminazione vi rende di nuovo come siete. Essa e non io vi regala la vita, il vigore del corpo. Attraverso di essa, come avete giurato, passate nel tempo alimentando i vizi della vostra natura. Vi è consentito, tutto vi è consentito, tranne rivelare la vostra identità e lasciare che qualcuno sia presente nei Luoghi sacri.»

La figura fa una pausa, e poi, cambiando il tono della

voce, dice: «Tutti voi avete conosciuto i quattro che nelle ere hanno omesso di mantenere il giuramento. Una ha portato un uomo nel Luogo, perché voleva donargli per amore la stessa gioventù. Due hanno temuto gendarmi e criminali e non sono stati presenti all'Illuminazione. Uno ha rivelato del Luogo a un'amante. Sono cose avvenute molti cicli or sono, ma lo ricordate».

Un brivido attraversa l'ambiente come un colpo di vento. Ricordano. Eccome, se ricordano. Il Padre veglia su ogni cosa, e conosce il dolore e il modo di portare al buio perenne, peggiore della morte.

«Ora però il tempo è cambiato e tutto è più difficile. Aristarchos, parla ai tuoi fratelli del custode del parcheggio.»

Sorpreso dal richiamo, l'uomo bruno che è stato sacerdote di Mithra sussulta. «Padre, io... Nessuno ha visto, e lui... Io non avrei potuto accedere, e quindi...»

La figura si rivolge impassibile alla donna con gli occhiali: «Ippolita, dimmi del vagabondo».

La janara indurisce lo sguardo e serra le labbra: «Dormiva nel vestibolo del tempio, chissà da quando aveva trovato il modo di calarsi là. Che avrei dovuto fare? Non avrei potuto accedere all'Illuminazione, ho atteso fino all'ultimo e...».

Un improvviso, un terribile suono riempie l'ambiente. È un suono innaturale, nello stesso tempo animale e divino, come l'urlo disperato di mille belve in punto di morte, come lo spaccarsi di una montagna che vomita lava, come l'esplosione di tutto il dolore del mondo. I Guardiani si piegano a terra, le mani sulle orecchie, i cuori che pompano sangue all'impazzata nei corpi di nuovo giovani, le anime spezzate.

Quando il tuono si ferma, trova il pianto sommesso e i gemiti di tutti.

«Voi siete morti da secoli, lo capite? Siete polvere! Siete nulla, di voi non esiste nemmeno il ricordo! Io vi ho dato vita e presente, di Illuminazione in Illuminazione, per custodire i Luoghi. Voi uccidete senza pietà, peggiori delle bestie perché meno di bestie siete! E adesso capite che sono sulle nostre tracce? Lo capite che questi morti racconteranno quello che voi vivete per nascondere? Lo capite?»

Mentre le pareti tremano, nessuno fiata. Alla fine la figura mormora: «Il momento senza ritorno si avvicina. Dovrete aumentare la guardia, e diventare Guardiani non solo dei Luoghi ma anche delle persone. Ci sono questi quattro, Ippolita, Aristarchos e Chrestos vi diranno. Non dovranno mai essere persi di vista. Non dovranno mai esserne sconosciuti i movimenti e le azioni. Vi darete il cambio, farete i turni. Non vi avvicinerete mai a loro, ma verrete a dirmi di ogni respiro, di ogni parola».

Ippolita sussurra: «Padre, ma se sono un rischio per le Illuminazioni, perché non...».

La figura fa un passo verso di lei. La donna si ritrae a ridosso della parete, gli occhiali sghembi sul volto distorto dal più animale dei terrori.

«Sono sacri. Ognuno lo è, lo sapete: però tra loro c'è la linea principale delle Mappe. Nessuno dovrà toccarli, a meno che non sia indispensabile; ma questo lo saprete da me. E a me verrà riportato.»

Il personaggio fa di nuovo un passo indietro. Ippolita si accascia, semisvenuta.

«Ora basta. Dopo che Aristarchos, Chrestos e Ippolita vi avranno detto, andate. Sarò io, più di sempre, il guardiano dei Guardiani.»

Un attimo dopo si è dileguato, come non fosse mai esistito.

XXV

Uno degli ultimi soli di dicembre è ormai calato, lasciando una luce discreta sulla città e sul golfo. La bambina sulla sedia a rotelle guarda il mare, e sembra stia contando le onde lievi ancora illuminate che vengono verso terra mentre le case si accendono, una lampada alla volta, un lampione dopo l'altro. L'ultima bava di sole si riflette sulla montatura degli occhiali.

La bambina mormora. Il suono della sua voce è sempre bassissimo, come se non parlasse attraverso i polmoni ma solo con l'aria che ospita in bocca. Eppure la donna, in ginocchio alle sue spalle sul tappeto ai piedi del letto intatto, mai più vicina di un metro, la sente perfettamente come se urlasse.

«La sera. La sera e l'alba. La lunghezza di queste fasi, la sospensione, l'incertezza. È tutto qua. Tutto dentro questa sospensione. Quando si mischiano, quando cambiano le percentuali di partecipazione. Quello che è stato difficile da capire, all'inizio, quando c'era quell'acqua e c'era la terra. Prima che capissimo che ci doveva essere anche il fuoco.»

La donna rimane in silenzio, il capo chino, le mani allungate sulle cosce, senza tradire alcun pensiero o sentimento. Passa il tempo e, quando la bambina parla di nuovo, è notte.

«Dimmi di ieri.»

La donna alza piano il capo. Gli occhi fissano la parete, adesso. Non si posano sulla bambina né sulle luci che punteggiano il buio dietro il vetro della finestra.

«Si sono riuniti. Non succedeva da tanto, Madre. Da tanto, naturalmente sulla scala degli avvenimenti, non della Mappa. Però si sono riuniti.»

Passa altro tempo. Sotto la coperta che va dal collo ai piedi della bambina si muove qualcosa, come una lieve onda. La donna incassa impercettibilmente la testa nelle spalle.

«Lo sanno, quindi. È evidente.»

La donna protesta debole: «Può essere un caso, Madre. Può essere solo una… conseguenza».

Una lieve increspatura sul labbro superiore della bambina, nel buio della stanza ferito solo dalle luci della città attraverso il vetro.

«Davvero, figlia mia? Una conseguenza? E dimmi, una conseguenza di che?» Il sussurro sembra pieno di divertita ironia, come se la bambina sia sul punto di scoppiare a ridere.

La donna si muove a disagio. «Voglio dire, Madre, che

c'è stato il vagabondo morto. E il custode del parcheggio. Tutte cose che sono contro la linea delle Mappe, e che non rientrano nelle modalità di… Insomma, c'era un motivo, no? È qualcosa di grave, due morti ammazzati che…»

La bambina resta impassibile, e le parole della donna si spengono in un mormorio indistinto. Sul fianco della coperta appare secca una protuberanza che rientra immediatamente. La donna trattiene il respiro.

Il sussurro risponde, ancora sarcastico: «Due morti ammazzati, dici. L'altra volta per interrompere la linea sbagliata della Mappa ce ne sono stati quasi settanta milioni. E non devo certo farti il conto dell'altro continente, quello verso l'alba, no? E tu mi vieni a raccontare di due morti ammazzati».

La donna ribatte, fiacca: «Madre, non è la stessa cosa. Ci sono i Luoghi, adesso. Direttamente coinvolti, e non era mai stato così. E il tempo è cambiato, adesso loro… È difficile fare in modo che i Luoghi siano sempre intatti, raggiungibili solo da chi… Lo sai, Madre, sono sempre animali, no? Solo animali».

La bambina muove lievemente il capo, con grazia. Come se non comprendesse bene le parole che ha ascoltato.

«Sono…? Ah, sì, animali, hai detto. Ma gli animali mica ammazzano per divertimento, no? Mica ammazzano solo perché un custode di parcheggio fa il suo lavoro, o perché un vagabondo si ritira in un posto al coperto per dormire. Ricordo male, o gli animali ammazzano per mangiare?»

«Ma io mi riferivo a... Loro proteggono un territorio, Madre. Sono i Guardiani. Almeno si sentono questo, e...»

La bambina muove qualcosa sotto la coperta, nel punto dove dovrebbe essere la caviglia sinistra. La punta della scarpetta, che sbuca dall'orlo inferiore, rimane però immobile.

«Sono animali, dici. Un po', sì, è vero. E un altro po' sono qualcos'altro, no? È come l'alba, come il tramonto. Si mescolano la notte e il giorno, in parti sempre diverse, e alla fine c'è l'uno o c'è l'altra. Ma il punto, figlia mia, è che nell'alba e nel tramonto il giorno e la notte non sono mai se stessi. Sono sempre qualcosa d'altro.»

«Madre, io non volevo...»

«E anche tu, figlia mia, hai un po' di notte dentro. E certe volte viene fuori, la notte. Tutto qui.»

La donna si piega, come se fosse stata picchiata sul capo: «Perdonami, Madre. Perdonami».

Il labbro superiore della bambina s'increspa di nuovo. «Dimmi di loro, adesso. Che stanno facendo?»

«Li sorvegliano. Non riusciamo a sapere cosa si siano detti là sotto, Madre, ma il ricalcolo della Mappa principale mostra la sorveglianza. Solo questo, per ora.»

La bambina tace. Sulle lenti degli occhiali scuri le luci della città si accendono e si spengono, intermittenti e incerte.

«Lui lo sa. Lo sento. Lo sa. E cercherà di evitare, per

quanto possibile. Proverà a non sporcarsi le mani, perché ha orrore della soluzione e ci proverà in tutti i modi a portarli altrove, a deviarne l'attenzione. Ma siccome lo sa, non riuscirà a trattenere fino in fondo la sua natura.»

La donna sussurra: «Madre, la Mappa mostra chiaramente che...».

La testa della bambina si muove con uno scatto laterale, restando dritta e non cambiando posizione. La cosa è talmente improvvisa che la donna rimane senza fiato, e la frase si interrompe in una specie di gemito.

«Lui della Mappa ha un lieve barlume. Come se io ti lasciassi guardare questa città da qui e ti chiedessi di darmi conto di quello che succederà domani, in ogni singola abitazione, dopo un solo sguardo. Non può operare sulle linee.» Il tono del sussurro è sereno e un po' stanco, come se dovesse dare una spiegazione a un'allieva tarda.

La donna dice: «Certo, Madre mia. Certo. E questo ci rassicura, no?».

Un sordo brontolio inizia e cessa, lasciando il dubbio che ci sia mai stato. La donna si porta le mani alla testa, ma subito le abbassa di nuovo sulle gambe.

«No, figlia. Non ci rassicura. Perché quando non vedi chiaramente, quando non hai il modo di capire bene, allora hai paura. E se hai paura, reagisci cancellando. Non conto gli esempi che ti potrei dare, su questo. Lui cercherà di dominare la notte, perché ha più giorno dentro di quanto immagini, ma alla fine non potrà fare altro che lasciar tagliare la linea.»

La donna, senza accorgersene, comincia a piangere. Lacrime calde le scorrono sulle guance, ma il tono della voce rimane sommesso.

«Ma possiamo proteggerli, no, Madre mia? Possiamo fare qualcosa, in fondo sappiamo chi li sorveglia, conosciamo le facce, soprattutto conosciamo i Luoghi perché è là che andranno, no, Madre mia? Se mi lasci provare, io posso…»

Di nuovo il brontolio, per una frazione di secondo in più.

Poi di nuovo il mormorio, che assomiglia alle onde che nove piani più sotto accarezzano le pietre.

«No, figlia. No. Se lui sa, se conosce, è molto peggio. E non possiamo consentire che tu ti lasci vedere. Aspettiamo, certo: ma comincia a studiare la Mappa per cercare di capire quale è l'alternativa più breve. Magari siamo fortunate, e si tratterà di un paio di migliaia di cicli del pianeta attorno alla stella; magari siamo meno fortunate, e il cammino dovrà essere più lungo. In quel caso bisognerà studiare perché non finisca tutto prima. Comincia, figlia mia. Continuiamo a guardare la ragazza, ma tu comincia.»

La donna si rannicchia sul tappeto. La bambina inizia a salmodiare una melodia monotona attraverso le labbra strette.

Oltre le lastre, la città con luci e rumori affronta la sera come fosse tutto il futuro che ha.

XXVI

Lisi aveva appena finito di relazionare a Rospo e Giampi, sui due schermi contrapposti, gli eventi della giornata.

Il ragazzo cileno stava mangiando un enorme sandwich e per una volta non aveva l'aria allegra.

«Non mi piace, *chica.* Non mi piace per niente. Certo, l'attività c'è un po' dovunque, Giappone, le Canarie, Martinica, ma lo sai che la maggior parte dei siti è disabitata e deserta, non è facile trovare segni, e comunque siamo in pochi, in rapporto ai luoghi. Ma lì, da voi...»

Giampi lo interruppe: «Qui le cose sono diverse, i luoghi sono troppi, è un casino. Un casino».

Lisi si voltò verso lo schermo occupato dal viso agitatissimo del ragazzo: «Senti, qui ognuno si può tirare fuori quando vuole, chiaro? Non abbiamo firmato un patto col sangue. Una volta che si tace, e non si dice niente a nessuno, si può anche smettere subito se si ha paura».

Rospo ridacchiò.

Giampi protestò vivacemente: «Ma che paura e paura!

Qui non si tratta di paura, ma di non capire quello che sta succedendo. Ci sono dei morti, lo capisci? Dei morti! Più di uno, insomma».

Rospo precisò masticando: «*Dos. Dos muertos.* Più di uno, effettivamente».

Dall'altro schermo, Giampi gli lanciò un'occhiata velenosa.

«Sì, sì, sfotti pure tu, dall'altra parte del mondo, intanto qui ci siamo io e Lisi, solo noi ci siamo. E se questi si mettono in testa che siamo un ostacolo, ci fanno fare la fine del clochard.»

Lisi cercò di gettare acqua sul fuoco della preoccupazione dell'amico: «Il custode del parcheggio, intanto, non è certo che sia stato ammazzato. E pure per il barbone non c'è niente di sicuro, può essere stato qualcuno che voleva il suo posto e basta».

Giampi puntò il dito sul display. «Ecco, adesso ti metti pure tu a minimizzare, lo sapevo. Allora facciamo così: sui posti, a vedere se ci sono segni, ci vai tu e io me ne sto qui, al sicuro a casa, a coordinare le notizie che arrivano dal mondo. Ok? E se ci sta da prendersi una botta in testa, te la pigli tu. Tanto mica è detto che sia una botta in testa, no? Magari è solo un pezzo di cornicione che si stacca.»

Lisi fece per rispondere ma nell'angolo dello schermo principale, quello nel quale Rospo continuava a mangiare il suo panino godendosi la conversazione dei due amici come fosse una sit-com, comparve un avviso lampeggiante. Immediatamente disse: «Ragazzi, ne parliamo più tardi, vi chiamo io. Continuate voi. Ora devo andare».

Mentre gli altri due protestavano, chiuse lo schermo del portatile sulla faccia di Giampi e digitò qualcosa sull'altra tastiera. Rospo sparì masticando e comparve il volto di Rudy. Alle sue spalle la finestra dava su una notte buia e senza stelle.

Lisi disse: «Ciao, Rudy! Che strano sentirti a quest'ora, non mi hai mai chiamato così tardi. Ti avrei raccontato domani, sai, ci sono novità che…».

Il ragazzo l'interruppe, secco. Lisi rilevò in quel momento che aveva i capelli spettinati, gli occhiali storti e il viso sconvolto. Lanciava continuamente occhiate di lato, come se si aspettasse l'arrivo di qualcuno da un momento all'altro. «Lisi, Lisi, ascoltami. La situazione sta cambiando. Devi… Non c'è più tempo. Non c'è quasi più tempo.»

La ragazza era disorientata: «Rudy, ma che dici? Che sta succedendo? Hai trovato altre notizie? Sai, sono stata alla Questura e ho sentito un poliziotto che…».

Il giovane si sporse in avanti. Lisi notò che era pallidissimo.

«Lascia perdere, quella è roba vecchia, non è niente. Qui la questione è ben più grossa, se sapessi… Non c'è più tempo, capisci? Non c'è più tempo!»

Lisi cominciò a preoccuparsi seriamente. «Cazzo, Rudy, perché continui a ripetere che non c'è più tempo? Più tempo per cosa?»

Si era abituata a dividere i suoi corrispondenti, tutti ragazzi un po' disadattati in cerca di brividi nella propria vita da nerd, tra quelli portati all'avventura e quelli che invece facevano da topi di biblioteca, scartabellando vecchi testi o siti alla ricerca di notizie utili. Rudy apparteneva decisamente alla seconda categoria, abilissimo nel reperimento dei dati. Era difficile figurarselo sul campo, fuori dalla sua confortevole stanzetta da qualche parte al Nord.

Ora però la ragazza leggeva chiare l'ansia e l'estrema agitazione sul suo viso, e soprattutto la sensazione dell'imminenza di un pericolo.

«Ascoltami, Lisi, stammi a sentire. Devi partire, subito. Te ne devi andare.»

Lisi scosse il capo: «Io non faccio niente se non capisco cosa sta succedendo. Quindi o mi spieghi o…».

Dal computer venne un rumore attutito, e Rudy sobbalzò visibilmente.

Lisi disse: «Che succede? Che cos'era quel…».

Rudy fece immediatamente cenno a Lisi di tacere, poi spense la luce sulla scrivania. Lisi restò in silenzio, intravedendo nel buio la sagoma di Rudy. Con la luce spenta, dalla finestra veniva una vaga luminescenza come di un lampione e radi fiocchi di neve che rigavano d'umido la lastra.

Passato qualche attimo, il ragazzo riaccese il lume e ricomparve nello schermo. Il viso era teso, le labbra strette, i capelli spiovevano disordinati sulla fronte.

Si riaggiustò gli occhiali sul naso e disse, a bassa voce:

«Non posso restare molto, e prima che tu me lo chieda, ti avviso che non posso dirti perché. Ascoltami bene: devi partire, e devi farlo il prima possibile. Io ti dirò dove andare, e che strade percorrere, che mezzi usare eccetera. Apparentemente sarà un viaggio senza senso, e alcuni pezzi dovrai percorrerli a piedi, o chiedendo passaggi o…».

Lisi lo interruppe: «Ma perché credi che dovrei fare quello che mi dici tu, me lo spieghi? Io a stento ti conosco via web, non ti ho mai visto dal vivo, non so chi cazzo sei o dove abiti o…».

Rudy abbassò gli occhi, frustrato. Poi li rialzò, e nello sguardo aveva una luce nuova, fredda e determinata.

«Parliamo di Gio, allora. Parliamone, ok?»

Lisi si sentì investita da una ventata gelida e aliena. Quel nome. Non aveva mai parlato a nessuno di loro di Gio, e mai l'avrebbe fatto. Gli occhi andarono alla foto di lei abbracciata al ragazzo alto, smilzo e coi ricci.

«Io non so che stai dicendo, e nemmeno m'interessa. Adesso chiudo questa dannata comunicazione e…»

Rudy continuò, chino in avanti verso lo schermo, sputando le parole come se gli costasse moltissimo: «Ti ricordi quello che ti disse quella mattina, no? Tu pensavi di rivederlo nel pomeriggio, in fondo usciva sempre a vela, e non c'era nemmeno vento. Non volesti andare con lui, c'era una conferenza sulla canefora di Demetra a San Gregorio Armeno. E lui ti salutò e uscì, senza tornare mai più. Ti ricordi?».

Se mi ricordo, pensò Lisi fissando lo schermo a bocca

spalancata. Se mi ricordo. Io non penso ad altro da allora. Da quando dopo due giorni di ricerche trovarono la barca arenata in un'insenatura di Posillipo, senza alcun segno di colluttazione, senza che mancasse nulla a bordo tranne lui. Certo che mi ricordo.

«Senti, adesso basta con questa storia. Non so dove tu abbia preso queste notizie, ma c'erano sui giornali e...»

Rudy la interruppe, come se recitasse una poesia: «"Va bene, polpetta. Ci vediamo dopo il tramonto. E buon vento a te." Così ti disse. Esattamente, con le stesse parole. Questo sul giornale non c'era, no?».

Lisi aprì la bocca e la richiuse. Due volte. Il mondo le girava attorno, si sentiva svenire. «Come... Chi sei, tu? Si può sapere chi accidenti sei?»

Rudy sussultò come se avesse sentito un altro rumore. Poi rispose: «Ascoltami, adesso. Ti arriverà sul cellulare un messaggio da un numero sconosciuto. Ogni volta farai come ti dice. Devi andare... Devi andare in un posto, e là ci incontreremo. Io ti porterò qui, dove sto io. E ti spiegherò tutto quello che so, te lo prometto. Tutto. Mi raccomando, devi partire subito. Ora devo andare».

Lo schermo si spense all'improvviso. Quasi nello stesso istante, Lisi sentì squillare il cellulare per l'arrivo di un messaggio. Allungò meccanicamente la mano per prenderlo, poi si accorse che c'era qualcuno nella stanza.

Sulla soglia della porta, in piedi e in silenzio, a piedi nudi, c'era sua madre.

XXVII

Lei non ha paura.

Eppure dovrebbe, ovviamente. Lo vede anche lei, no? Dovrebbe proprio avere una paura enorme. Invece non ce l'ha. Si guardi dentro, consideri la cosa: se mai avesse potuto immaginare un contesto, una situazione in cui aver paura, l'avrebbe disegnata così, no? Questo posto. I suoni, le facce. Il modo in cui ci si arriva, l'atmosfera.

E io stesso. Il mio aspetto, diciamo così. E il contrasto tra il mio aspetto e le cose che dico, forse. Come le dico.

Invece non ha paura, no. Non è una domanda, è una constatazione. Io lo so che non ha paura.

Questo dipende dal fatto che lei è speciale, si dice così, no? "Speciale", da "specie". Affascinante il percorso di formazione delle parole, in certe lingue. Si distingue, non è affatto come gli altri, e d'altronde non sarebbe qui se così non fosse. Ma questo, ahimè, è un discorso troppo lungo e non voglio certo tediarla.

Non ha paura, concentriamoci su questo. Non c'è paura,

sa perché? Perché c'è qualcos'altro. E qui nasce proprio quello che le volevo dire.

La paura, vede, fin dall'inizio si è contrapposta al suo contrario, che non è il coraggio, la temerarietà o magari la follia. Il contrario della paura è la curiosità.

Fin dall'inizio gli Architetti, man mano che eseguivano gli esperimenti, avevano ben presente di dover mescolare questi due elementi. Entrambi necessari, sia chiaro, sia nel breve sia nel medio come nel lunghissimo termine. La paura serviva a sopravvivere. Senza la paura non ci si conserva, non ci si protegge. La paura è necessaria, non si sarebbe andati oltre pochissime generazioni senza. Ma la curiosità, la curiosità è il motore. La curiosità è la vera forza, quella che spinge avanti.

Naturalmente le parti non potevano essere uguali, perché la conoscenza, che si costruisce immaginando e mettendo al lavoro gli strumenti a disposizione, all'inizio era inesistente. Quindi la paura serviva, era fondamentale. Anzi, le dirò che gli Architetti hanno dovuto terminare alcuni esperimenti, di cui voi non siete nemmeno in grado di immaginare l'antichità, proprio perché la paura ha cominciato a calare troppo presto. Perché poi, in ogni singola cellula, l'andamento dello sviluppo di paura e curiosità non è sempre lo stesso.

La curiosità morde il freno. Spinge sull'orlo, per guardare di sotto o oltre. La curiosità, come recita il vostro simpatico proverbio, uccise il gatto. E il gatto ha pur sempre nove vite.

Quindi sono stati istituiti, diciamo, alcuni freni esterni per bilanciare la curiosità e non far estinguere troppo presto la paura. A che sarebbe servita, mi dica, la curiosità per un aborigeno australiano senza radiotelescopi, seduto di notte in mezzo al deserto a guardare le stelle? A cosa sarebbe servita, se non a procurare una frustrazione disperata e quindi la morte d'inedia? No. Serviva ancora la paura, in attesa della conoscenza che voleva i suoi tempi.

Certo, c'era il rischio che la paura limitasse il processo di formazione della conoscenza. Ma il tempo, capisce bene, non è un problema. Il tempo c'è, entro certi limiti.

Qualche incentivo alla paura, per ammortizzare quello necessario. La religione, per esempio: un modo poetico di guardare le stelle, in fondo, fabbricandosi la paura necessaria.

Lo so, la faccio sussultare. In fondo la sua intera vita, capisco bene, è basata sulla ricerca delle antiche religioni. Eppure, se cambia radicalmente il punto di vista e lo ribalta, si rende conto che nei singoli momenti della storia proprio la religione ha fatto da necessario contrappeso. Certo, ci sono stati effetti collaterali anche spiacevoli, non dico di no: ma la curiosità è stata tenuta a bada, mentre si camminava verso la conoscenza. Tutto calcolato, insomma. Tutto calcolato.

Quindi, in quest'ottica, non è un gran vantaggio il non avere paura. Anzi, se vogliamo, si tratta di una pericolosa anomalia, di un rischio inconsapevole. Anche solo cinquant'anni fa, la sua attuale condizione avrebbe fatto di lei qualcosa di inutilizzabile. Ma non siamo cinquant'anni fa. Siamo adesso.

Per cui la curiosità che vince sulla paura, anzi che stravince senza avversario, diventa un'opportunità. E mi consente di stare qui a discutere con lei, il che, come potrà immaginare, per il sottoscritto rappresenta una piacevole quanto rarissima novità.

Peccato che non possa durare a lungo, però.

Un vero peccato, a pensarci.

XXVIII

A un certo punto anche i ragazzi avevano finalmente smesso di godersi la notte che precedeva la grande festa ed erano andati a casa, lasciando per strada il solito corredo di bottiglie vuote e vaschette di patatine fritte. Faceva freddo, si era alzato un vento umido e incostante fatto di folate gelide e improvvise.

La piazzetta antistante la chiesa della Pietrasanta era fiocamente illuminata da un paio di lampioni e dall'insegna lampeggiante di un caffè. Ogni tanto passava qualcuno, ma si teneva lungo il muro e camminava svelto. Il quartiere si prendeva la sua breve pausa, scrollandosi di dosso la morsa della folla incessante in cerca del centro del colore natalizio locale. Questione di due, tre ore al massimo prima del rumore delle saracinesche che si sarebbero aperte sul giorno precedente alla grande festa.

Marco se ne stava seduto su un muretto e fissava la facciata della chiesa. Il vento gli scompigliava i capelli, portandoglieli sulla fronte e a volte sugli occhi, ma il professore non sembrava nemmeno accorgersene. Il bavero del soprabito alzato gli copriva mezza faccia, le mani incrociate sulle ginocchia si stringevano e si allentavano ritmicamente. Di tanto in tanto sospirava, emettendo una nuvoletta di vapore nel freddo della notte.

A un certo punto una voce al suo fianco lo fece sobbalzare.

«Non penserai che io ti stia seguendo, spero.»

Ingrid si era accomodata al suo fianco, qualche centimetro indietro per la rientranza del muro, perciò Marco non l'aveva vista arrivare. Diede un'occhiata all'orologio.

«Be', devo dire che il sospetto ti viene, alle due e trentacinque del mattino in un posto qualsiasi del centro storico, con un paio di gradi sottozero.»

La donna ridacchiò. «Ma che esagerazione, come si vede che sei meridionale! Ci saranno tre o quattro gradi, dalle mie parti con questa temperatura andiamo in giro in mezze maniche. E poi questo non è mica "un posto qualsiasi del centro storico", no? Mi pare che abbia assunto qualche rilevanza, di recente.»

Marco non aveva distolto lo sguardo dalla facciata della chiesa. «Restano le due e trentacinque del mattino, però.»

Ingrid annuì lentamente. «Sì. E la giornata è stata anche movimentata, se è per questo. Ma, chissà perché, non riuscivo a dormire. Mi sono rigirata nel letto per un'ora e poi mi sono rassegnata. Tu, invece, che ci fai qui?»

Marco tacque a lungo, come cercando le parole giuste per rispondere. «È colpa mia. Tutto questo casino, in realtà, è colpa mia. Cerco una via d'uscita, un modo per giustificarmi, ma non riesco a trovarlo.»

Ingrid si voltò verso di lui.

«Come sarebbe, colpa tua? Che vuoi dire?»

Di nuovo Marco rimase in silenzio. Quando Ingrid si era quasi rassegnata al fatto che non avrebbe parlato, finalmente disse: «Lisi. La sua ossessione, questa indagine folle, la strampalata teoria della sopravvivenza clandestina dei culti antichi e del collegamento dei sacerdoti, dei sacrifici umani, delle morti e delle profanazioni notturne. Tutta colpa mia».

Ingrid mormorò: «Non mi pare proprio strampalata, la teoria. In fondo abbiamo visto i segni, no? E i due cadaveri…».

Marco l'interruppe, vivacemente: «Ma dài, non ti ci mettere anche tu! Un povero custode ha un infarto, un barbone prende una botta in testa in una città dove capita ogni giorno di morire per strada, qualche idiota fa un disegno con un pennello su un muro di tufo, ed eccoci scivolati nel complotto internazionale. È mai possibile che l'unico con un po' di equilibrio sia io? Eppure, se chiedi a quel genio di Fusco o a qualche collega, sarei il prototipo dello squilibrato, invece.»

Ingrid rispose, calma: «Forse il problema è proprio questo, non ci hai pensato? Sei passato da una teoria brillante ma non abbastanza confortata dalle ricerche, con elementi insufficienti, al negazionismo totale. Da un'esagerazione all'altra».

Marco la guardò velenoso.

«Sì, eh? Sai tutto, tu. Hai letto qualche pagina, magari capendoci lo stretto necessario, e hai già chiaro il quadro psicologico di Marco Di Giacomo, professore in disgrazia e antropologo diffamato. Complimenti. Mi chiedo solo che cazzo ci fai qui, anzi lo so: trovare il modo di scrivere un bell'articolo sull'eccentrico, folle ricercatore che insegue i fantasmi.»

La ragazza strinse le labbra, tentata di rispondergli a tono; poi ci ripensò e rispose, calma: «No. Non è così, e mi dispiace per te, perché ti farebbe comodo. Io sono qui, e te l'ho già spiegato, perché sono realmente e sinceramente interessata al tuo lavoro. E perché, dopo aver letto quello che hai scritto in passato, mi sono detta: è impossibile che abbia mollato. È impossibile che non abbia ricominciato a cercare argomenti».

Marco sbuffò, tornando a guardare la chiesa. «Di fatto, l'unica cosa in cui sono riuscito è far impazzire mia nipote. La sola persona che conti davvero per me.»

Ingrid disse: «Guarda che è adulta, sai. Sceglie da sola, e tu non puoi certo...».

Il professore la interruppe con un gesto della mano. «So quello che dico. La colpa è mia. Solo mia.»

«Ti va di raccontarmi perché?»

Un cane randagio passò dall'altra parte della strada, alzò la zampa vicino al lampione e se ne andò.

Marco disse: «Sai che il padre, Lisi non l'ha mai avuto. Mia sorella, Alba... è sempre stata un po' strana, è maggiore di me di quattro anni. Molto bella, all'università le ronzava attorno una marea di ragazzi, ma lei niente. Studiava filosofia, soprattutto orientale. I nostri genitori morirono presto, lasciandoci qualcosa, un paio di appartamenti. Un giorno lei parte, dice che fa un viaggio, a quell'epoca era di moda trovare se stessi con uno zaino in spalla. E invece torna dopo sei anni, con Lisi che ne ha già due».

Ingrid chiese: «E non ti ha detto di chi…».

Marco scosse il capo. «No. Ma era serena, felice. Quando le chiedevo di raccontarmi, sorrideva e scuoteva il capo. Passava ore a meditare, progressivamente parlò sempre meno. Anche con Lisi non era troppo presente. Diciamo che, per il grosso, ci ho pensato io a lei. E man mano che cresceva, ha preso… le mie stesse passioni. Sono stato io, insomma. Lei, sai, lei… è geniale. Intuitiva, brillantissima. Brava, più di ogni studente che abbia mai incontrato.»

Ingrid sorrise. «Dovresti vederti quando parli di lei senza difenderti. Ti illumini.»

Marco non sorrise, invece. «È mia figlia, da tutti i punti di vista. Mi sento responsabile, mi preoccupo, non ci dormo. Posso sopportare qualunque cosa su me stesso, che ridano di me, dei miei studi e del mio abbigliamento, ma non di lei. È per lei che sono rimasto in istituto, che ho tenuto la cattedra, che subisco quelle umiliazioni. Per lei. E in cambio, che fa? Rinuncia a una carriera accademica fantastica per infilarsi in questa immane assurdità dell'associazione segreta dei sacerdoti antichi.»

La donna si alzò.

«Ero venuta per dare un'altra occhiata a quell'intercapedine. Secondo te come ha saputo Lisi del vagabondo ucciso?»

Marco si strinse nelle spalle: «Non lo so, è stata evasiva quando gliel'ho chiesto. Sui giornali non era ancora uscita la notizia, ho controllato. Forse è stato uno dei sorveglianti foruncolosi e segaioli di cui si circonda, magari vestito da Uomo Ragno o da Babbo Natale».

Ingrid, suo malgrado, scoppiò a ridere. «Domani glielo chiedo io, magari con me si apre. Vieni, professore. Accompagnami a dare un'occhiata al vicolo.»

L'uomo si alzò e la seguì per qualche metro. Quasi tra sé disse: «La Pietrasanta. La portavo qui da piccola, e le raccontavo della lapide nascosta che guariva da tutti i mali e assolveva da tutti i peccati. E le raccontavo delle janare, di come non fossero affatto streghe ma una specie di fate. Cercavo di annullare i pregiudizi. Mi ascoltava come… avresti dovuto vederla».

«Sai, mi pare che lei… Io la conosco solo da due giorni, sia chiaro; e non sono così presuntuosa da illudermi di capire la gente con uno sguardo e due chiacchiere. Ma Lisi mi sembra che porti dentro qualcosa, una ferita. Pensavo fosse la mancanza del padre mai conosciuto, ma adesso che mi hai raccontato del vostro rapporto… Mio padre è stato assai meno presente nella mia vita di quanto tu sei stato nella sua. Allora, mi chiedevo se… se ci sia qualcos'altro.»

Marco si fermò e la guardò in viso con un'espressione nuova, di curiosità e anche di ammirazione.

«Tre anni fa. Lisi era... aveva un ragazzo. Stavano insieme da un paio d'anni. Lui studiava ingegneria, si chiamava Giorgio, poco più grande di lei. Tutto diverso da Lisi, uno pratico, divertente. Mi piaceva molto, era una specie di figlio anche lui. Un giorno uscì in barca, andava a vela, ma non tornò. Il mare era calmissimo, il vento quasi assente. Trovarono la barca, arenata, ma di lui nessuna traccia. Scomparso nell'aria, così.»

Nella luce del lampione, a un passo dall'intercapedine nella quale si erano infilati poche ore prima e dove era morto il vagabondo, a Ingrid l'espressione di Marco sembrò dolcissima. Portava dolore, smarrimento, responsabilità e malinconia. Un uomo, pensò la ragazza, abituato a provare sentimenti e a nasconderli.

D'impulso lo baciò. Lui fu sorpreso, ma poi le mise una mano tremante dietro la nuca. Durò un secondo o un minuto, o forse fu un sogno.

Dietro la finestra buia, a tre metri di distanza, i due occhi dietro le lenti da miope di una ragazza che non aveva mai smesso di essere una janara li fissavano con odio.

XXIX

La luce della luna entra indiscreta nella stanza all'ultimo piano dell'albergo lussuoso del lungomare. C'è silenzio, forse: ma a ben sentire, concentrandosi molto, si potrebbe ascoltare come un vago sibilo ritmico. Come se qualcuno, da qualche parte, lasciasse andare a mezza gola una melodia monotona.

La sedia sulla quale è sistemata la bambina è di fronte al panorama. C'è la luna, e il viale bianco che dipinge sulla massa nera del mare, in perenne movimento e sempre fermo. Più in là, verso est, le luci della città immersa nel sonno profondo della notte lampeggiano ritmiche e senza vita. Il semaforo, giù in strada, diventa inutilmente verde.

La porta si apre, dopo qualche giro di chiave. E si richiude silenziosa. Nel buio, una sagoma scura si avvicina furtiva alla sedia e si ferma a un metro di distanza, rannicchiandosi in ginocchio.

Dopo qualche attimo il sibilo si ferma e la voce della bambina sussurra: «Sento qualcosa, figlia. Qualcosa di strano, come una sospensione. Che mi devi dire?».

Dalla sagoma scura nel buio viene una voce di donna: «Madre, madre mia. La ragazza è partita, secondo un movimento che non ha apparente spiegazione. Il calcolo, la Mappa, non è stata alterata da questo movimento. Non me lo spiego, Madre mia».

La testa della bambina, imbacuccata nella coperta, si solleva di due, tre, cinque centimetri e si muove lateralmente. Ha uno scatto improvviso, ruotando di centottanta gradi, e la donna si piega al suolo picchiando con violenza la fronte sul tappeto con un suono sordo. La bambina torna in posizione, con un fulmineo avvitamento da rettile. Si sente un breve rumore, come di nacchere o di sonagli, che si conclude all'improvviso così come era cominciato.

Poi la bambina parla. «Tu non devi spiegarti nulla. Tu devi seguire le linee della Mappa, e me ne devi rendere conto, se te lo chiedo. Tutto qui.»

La donna resta con la fronte appoggiata al suolo, e tace.

Qualche istante dopo, la bambina riprende: «Forse, come vedi, non sarà necessaria un'alternativa. Non sospendere il calcolo, però; è probabile che la perdiamo comunque, le variabili sono ancora a sfavore della realizzazione dell'obiettivo. E questo, figlia mia, non è né un bene né un male, come sai. È soltanto tempo. Una cosa che non vale molto, il tempo, no? Se ce n'è tanto, non vale molto. Come dicono, là fuori? Una questione di domanda e di offerta. Solo questo».

Un altro breve suono di nacchere. Poi: «Ritirati, figlia. Lasciami guardare la luna, stasera. Ci sono nuvole nuove, voglio vedere come si muovono. E che tinta buia danno al mare».

Nel momento in cui tace, il semaforo diventa rosso. Inondando la strada deserta di sangue.

XXX

Marco e Ingrid arrivarono all'università quasi contemporaneamente. Il professore aveva appena appeso il soprabito al gancio, e chiesto a Brazo se ci fossero novità, quando la giornalista entrò a sua volta, sorridente e con le guance arrossate dalla corsa e dal vento. Marco pensò che era bellissima, e il pensiero gli procurò una punta di malessere, come se quella bellezza fosse un peso da dover sopportare.

Brazo disse, subito: «Qualcuno ha sentito Lisi? Eravamo d'accordo di trovarci qui alle otto, ma sono già le otto e mezzo. In genere è puntualissima».

Marco chiese: «Hai provato al cellulare?».

Brazo scosse il capo. «No, ancora no. Pensavo di aspettare voi.»

Ingrid si sedette. «Magari, per una volta, ha dormito un po' di più. Non che abbia torto, sono giornate un po'… particolari, queste.»

Il tono era sorridente, lievemente allusivo. Brazo la scrutò, curioso. Marco cambiò velocemente argomento.

«Adesso provo a chiamarla io.» Armeggiò col cellulare, ripetendo il tentativo un paio di volte. «Niente. Non prende, dice che non è raggiungibile.»

Brazo prese subito il suo telefono e provò a fare il numero. «No. Il messaggio è immediato. Fa così quando è proprio staccato. Ma perché tiene spento a quest'ora? Non è da lei.»

Ingrid lasciò andare lo sguardo dall'uno all'altro, incuriosita. «Ma non vi pare di esagerare, con la preoccupazione? Sono le otto e mezzo, una ragazza avrà anche il diritto di dormire un po' di più, no?»

Marco stava già indossando di nuovo il soprabito, e anche il suo assistente si era precipitosamente alzato dalla sedia.

Il professore disse: «Non la conosci. Io ero sicuro che Brazo l'avesse trovata già seduta sulle scale dell'ingresso alle sette, quando è arrivato. Lisi aspettava questo momento, un qualche evento che confermasse le sue teorie strampalate, da anni. È successo qualcosa, te lo dico io.»

Brazo annuì, deciso. Era diventato pallidissimo: «Lo sapevo. Lo sapevo. Avrei dovuto chiamarla, ieri sera. Avranno di sicuro fatto qualche fesseria, lei e quei quattro sfigati di amici di chat che ha».

Si avviarono veloci e in silenzio alla macchina dell'assistente, che attraversò con insolita fretta il traffico del mattino, reso più rado dal giorno di festa.

La palazzina dove si trovava l'appartamento in cui abitavano Lisi e la madre sorgeva in una zona residenziale, piuttosto appartata e tranquilla, dalla quale si godeva un bel panorama sul mare. Le nuvole si rincorrevano, spinte da un vento incostante, creando macchie di colore sull'azzurro.

Marco suonò ripetutamente al citofono, ma non ricevette risposta.

Armeggiò quindi nelle tasche alla ricerca di un mazzo di chiavi, aprì il portone e si lanciò per la rampa di scale seguito da Brazo e da Ingrid, che continuava a non comprendere il motivo di tanta frenesia.

Il professore non perse tempo a bussare alla porta sul pianerottolo al secondo piano, ma aprì subito con la chiave. Ingrid vide un corridoio immerso nella semioscurità che terminava con una porta chiusa, con un cartello che diceva OFF LIMITS: uno di quei segnali univoci del fatto che si trattava di una camera di adolescenti. Seguendo Marco e Brazo, che si diressero direttamente là, Ingrid non poté fare a meno di lanciare un'occhiata verso un'altra porta semiaperta dalla quale veniva il lieve suono di una melodia cantata sottovoce; si intravedeva una sezione della schiena, con un abito a fiori, di una persona seduta a terra.

La donna raggiunse i due amici nella stanza in fondo. Brazo si guardava attorno, smarrito. Marco era chino e frugava in una specie di cassapanca.

L'assistente disse, con la voce tremante: «Non ha dormito qui, il letto è intatto. A meno che non l'abbia messo a posto prima di uscire. E manca anche il portatile, mi pare. Dio mio, se l'hanno presa...».

Marco si sollevò, scuotendo il capo. Era spettinato e rosso in viso. «No, è andata via lei. Manca lo zaino, quello che usa sempre quando parte. Ma dove sarà diretta, mi chiedo? Senza avvertirmi, senza mandarmi nemmeno un messaggio...»

Ingrid cercò di interloquire: «Di là c'è una persona. La madre, no? Probabilmente lo sa lei, dov'è Lisi. Basta chiederglielo».

Di Giacomo e Moscati si scambiarono un'occhiata sfiduciata, ma il professore si avviò comunque verso la porta semiaperta in corridoio. Gli altri due lo seguirono.

Marco la spalancò ed entrò. La stanza era spoglia, c'era odore di incenso. Una donna era in ginocchio al centro, con gli avambracci posati lungo le cosce e il capo chino. Mormorava una monotona melodia, quattro note consecutive modulate a bocca chiusa, come se la mente l'accompagnasse con la musica di un ricordo. Davanti a lei, a un metro e mezzo di distanza, alcune pietre scure disposte a piramide.

Il professore le parlò, con tono di voce basso e gentile: «Alba. Alba, ascoltami, sono io, Marco. Alba... Stammi un attimo a sentire, vuoi? Per favore».

La donna prima smise di cantare a bocca chiusa, senza cambiare posizione. Poi lentamente sollevò il capo e si girò verso di loro. Ingrid pensò che aveva lineamenti bellissimi, dolci e sereni. Parlò, e la voce era bassa e tranquilla, come temesse di disturbare qualcuno.

«Oh, ciao, Marcolino. Che bello, sei venuto. Come stai?»

Lui sospirò, stringendo e allargando i pugni. «Bene, grazie, Alba. Anche tu, vedo. Sono contento. Ascoltami, sai...»

Alba sorrise a Brazo: «Oh, ciao, tesoro, sei qui pure tu. Come sei cresciuto! Mi sembra ieri che venivi qui a studiare con Lisi. Hai mangiato? Vuoi che ti prepari qualcosa?».

Brazo scosse il capo con un sorriso tirato: «No, signora, grazie. Volevamo sapere se, per caso, aveva idea di dove fosse Lisi. L'aspettavamo in istituto e...».

La donna corrugò la fronte, come se cercasse di ricordare qualcosa. «Lisi, Lisi... Non c'è, vero? No, non c'è. Non ci può essere, sai, perché è partita, per questo non c'è.»

Marco sembrava una pentola a pressione pronta a esplodere. Fece un passo avanti. «È partita, dici? Quando? E dov'è andata? Se sai che è partita l'hai vista, ci hai parlato e...»

Alba si rannicchiò, come fosse stata colpita da uno schiaffo improvviso: «Marcolino, Marcolino, ti prego, non essere ostile. Non qui, non in questa stanza. Ci ho messo tanto a fare ordine, a cancellare la guerra che c'è nell'aria, ti prego, dovrò lavorare di nuovo per ripulire tutto. Per favore».

Marco stava per rispondere bruscamente, ma Ingrid gli mise una mano sul braccio e si fece avanti: «Mi scusi, signora, è solo che Marco è… noi siamo in pensiero per Lisi, tutto qui. Solo preoccupati per lei».

Alba la fissò a lungo, come se scavasse nella propria memoria. Poi le sorrise e disse: «Ciao. Tu sei la ragazza di Marcolino, sì? Che bella che sei, sono contenta. Ma vedi, io non lo so dov'è andata. So solo che è partita, ieri sera tardi. Forse è andata a trovare qualcuno. Io ho sentito che era contenta di andare, e questo è importante, non credi? Era contenta. È tutto quello che serve, penso. Serve che sia contenta. Quindi, perché essere preoccupati?».

Marco si picchiò un pugno sul fianco, sfogando la frustrazione. Poi disse, come parlando a una bambina: «Hai ragione, Alba, non c'è nulla di cui preoccuparsi, stai tranquilla. Solo, se Lisi dovesse farsi viva in qualche modo, le puoi dire di chiamarmi subito? Ho delle notizie per lei. Te ne ricorderai, sì?».

La donna sorrise, annuendo: «Non ti preoccupare, Marco. Stai tranquillo, Lisi è andata a trovare qualcuno che le vuole bene. Altrimenti non sarebbe stata così contenta di partire».

Mentre i tre si avviavano verso l'uscita, aggiunse rivolgendosi a Ingrid: «Ciao, cara. Ci rivedremo ancora, lo sai, vero? Però sta' attenta, la gente corre molto in questa città. Sta' attenta a chi corre. Perché mi piacerebbe davvero rivederti».

Si rimise a cantare sottovoce, rivolta verso la piramide di sassi neri.

Ingrid la fissò, incerta di aver capito. Ma Marco e Brazo si erano già avviati, e allora li seguì.

XXXI

Lisi guardava l'alba dal finestrino della corriera. Si chiedeva se avesse fatto bene a partire.

Il riferimento di Rudy a Giorgio l'aveva sconvolta. Non ricordava nulla che l'avesse fatta rabbrividire così, come una febbre, come un trauma.

Non aveva mai dato molto peso ai suoi amici di schermo; per la maggior parte, doveva ammetterlo, corrispondevano a quello che diceva Marco per prenderla in giro: una serie di ragazzini che volevano dare un brivido alla loro vita piatta, senza però correre rischi reali. Affascinati dalla teoria che esistessero ancora religioni antiche e misteriosi personaggi che, degni delle serie tv, si riunivano nei sotterranei del mondo per celebrare i loro riti; ma fondamentalmente in cerca della prova che la realtà non fosse solo quella un po' squallida che li circondava.

Poi però c'era stata la frase di Rudy. E non solo: l'agitazione e la fretta che aveva percepito in lui; e quell'altra impressione strana, come imbarazzo, indecisione. Paura.

Inutile girarci attorno, pensò Lisi mentre il panorama spoglio della campagna d'inverno cominciava a farsi più netto alla luce del sole sorgente: il ragazzo era terrorizzato da qualcosa. Ma da cosa? Che rischi poteva correre, nella sua stanzetta?

Quando il collegamento si era interrotto, si era chiesta cosa sapesse in concreto di lui, e si era resa conto che i dati a sua disposizione erano minimi. Rudy partecipava pochissimo al loro network, in pratica manteneva i contatti solo con lei, gli altri avevano sentito parlare di lui ma non erano mai entrati in comunicazione diretta. Sapeva che stava al Nord, in mezzo alle montagne; un paio di volte si era lamentato della neve e del freddo, ma non avrebbe saputo indovinare la città e nemmeno la regione.

L'aveva contattata lui un paio d'anni prima, dicendole che spulciando nella rete aveva sentito parlare di lei e che avevano gli stessi interessi. Poteva avere una ventina d'anni. Era abilissimo nelle ricerche, trovava notizie incredibili reperendole anche dal passato remoto. Era gentile, sollecito, ma, come solo adesso rilevava, avevano sempre e unicamente parlato di religioni antiche e di fatti di cronaca connessi a certi luoghi di culto. Mai notizie personali. Aveva fratelli, genitori? Era universitario o lavorava? Impossibile dirlo.

E soprattutto Lisi non aveva idea di come sapesse di Giorgio, e di come conoscesse le parole che il fidanzato le aveva detto prima di sparire nel nulla, in mezzo al mare.

Guardò il display del telefonino e si chiese se fosse il

caso di accenderlo di nuovo; poi pensò che mancava un'ora all'arrivo della corriera e decise di aspettare ancora.

Le indicazioni di Rudy erano state chiare. Avrebbe ricevuto una serie di messaggi che le avrebbero indicato di volta in volta dove andare e quali mezzi prendere. Il primo era stato quello: una corriera che partiva dalla piazza della stazione verso il Molise. Un biglietto non prenotato, pagato a bordo e in contanti. Un messaggio da un numero anonimo, inviato dalla rete, tutto maiuscole. Posto, mezzo e orario di partenza: niente di più.

Una parte di lei si rammaricava per aver mollato le indagini. Per anni aveva previsto che prima o poi il collegamento tra i luoghi che aveva segnato sulla cartina sarebbe esploso. Per anni aveva immaginato una specie di sabba collettivo, un convegno tra i sacerdoti. Diana, Iside, Cerere, Dioniso, Mithra. Cristo, anche. I culti, i riti, le sovrapposizioni e le identità, le differenze e forse i conflitti. Rivide il segno rosso sulla parete, le corna e il Sole benefico; ripensò al giaciglio del vagabondo, all'ingresso segreto del tempio di Diana.

Rabbrividì, stringendosi nella giacca a vento. E se il tempo si fosse fermato? E se adesso, proprio adesso, si stesse verificando quell'evento geofisico che le teorie dello zio indicavano come possibile motivazione per il concentramento, nell'area della città, dei luoghi di culti così lontani fra loro, ma con elementi così vicini? E lei, in questo momento che poteva essere così fondamentale, sulla base di mezza frase mormorata dallo schermo di un computer chissà come e perché, era partita subito, con poche banconote in tasca e senza bagagli.

Non sapeva dove stava andando. Non sapeva perché. Non sapeva se correva rischi e, se sì, quali.

Ma non aveva paura.

Incredibilmente, non aveva alcuna paura.

XXXII

Marco si fermò nel piccolo androne della palazzina e si passò una mano sul viso. A un tratto si sentiva invaso da un'immensa paura.

Mormorò, disperato: «Ma dov'è andata? Senza un messaggio, un biglietto. Così, di corsa, in piena notte. Senza dirmi niente. Dove diavolo è andata?».

Ingrid rispose: «Ma la madre, tua sorella, mi sembrava tranquilla. Lei l'ha vista partire, no? Magari è ancora nei paraggi, magari la troviamo all'università tra poco...».

Brazo scosse il capo. Era ancora più pallido del solito, sembrava attanagliato dalla preoccupazione. «Alba, la madre, è una splendida persona, per carità. Ma è... L'hai vista, no? Non è molto presente a se stessa, diciamo. Non è la sua tranquillità che può farci stare sereni. È già tanto che si sia accorta che Lisi è uscita di casa.»

Il professore alzò gli occhi su di lui. «Forse però Ingrid non ha tutti i torti, no? Forse Lisi si aspetta che siamo in ufficio, e ci cerca là. E d'altra parte non abbiamo tracce, adesso. Torniamo all'università e aspettiamo. Non possiamo fare altro.»

Uscirono all'aperto in fila, avviandosi verso l'auto di Brazo che era parcheggiata dall'altro lato della strada. Non passava nessuno; la zona appartata, il freddo pungente e le feste avevano svuotato di traffico i dintorni. C'era un insolito silenzio e molta quiete.

All'improvviso, mentre Marco era circa a metà della carreggiata e Ingrid a pochi centimetri da lui, Brazo, che era sul marciapiede, alzò il cellulare con un urletto di sorpresa: «Ehi! Lisi è tornata raggiungibile!».

Da quel momento, la scena a Ingrid sembrò avanzare al rallentatore, e così l'avrebbe ricordata per tutto il tempo a venire.

Mentre si girava verso l'assistente, congelato in un sorriso ebete e col telefono alzato come un trofeo, percepì con la coda dell'occhio un movimento all'inizio della via, a una trentina di metri da loro: un'auto scura aveva infilato la curva a una velocità altissima, sbandando di coda e puntando dritta verso di loro. La ragazza, immobile, ne fissava il muso sempre più vicino; si sentì come quegli animali in mezzo all'autostrada, consapevoli del rischio rappresentato dai fari in arrivo e tuttavia incapaci di spostarsi per salvarsi la vita. L'immagine durò un lampo, come un'impressione.

Sentì un colpo fortissimo alla schiena e si vide catapultata verso Brazo che se ne stava col sorriso congelato sulla faccia, anche se gli occhi dietro le lenti avevano cambiato espressione e apparivano sconcertati. Cadde in avanti, con un improvviso dolore alle ginocchia e ai gomiti, protagonisti dell'impatto col suolo; e sentì sulla schiena il peso di quello di Marco, che per fortuna aveva reagito all'arrivo dell'auto impazzita in tutt'altra maniera.

Faccia a terra, udì il terribile schianto della macchina che svelleva un lampione di ferro dalla sua sede, terminando la corsa contro il muro di contenimento di un terrapieno che chiudeva la strada.

Fu a quel punto che cominciò a tremare, incontenibilmente.

XXXIII

Una volta scesa dalla corriera, nel parcheggio degli autobus, Lisi attese che i pochi passeggeri si avviassero stancamente ciascuno nella propria direzione. Si trattava di studenti, impiegati e agenti di commercio, raccattati dall'automezzo lungo il tragitto in posti che lei non ha mai neppure sentito nominare. Pur avendo difficoltà a pensare a se stessa come a una turista, si era resa conto di essere l'unica della comitiva che non stava tornando a casa per Natale; anzi, a voler essere precisi, era l'unica che per Natale si stava allontanando da casa.

Il pensiero andò a sua madre e a suo zio, con una punta di rimorso. Forse Alba, rapita dalla sua meditazione, perduta in un mondo che aveva sempre meno contatto con la realtà, non si sarebbe accorta della sua assenza; ma Marco, col suo ruvido modo di dimostrarle affetto e nonostante le costanti polemiche ideologiche circa le teorie che tuttavia li accomunavano, si sarebbe preoccupato non poco. D'altra parte Rudy era stato chiarissimo:

nessuno doveva sapere che era partita per raggiungerlo. Nessuno.

Pensò anche a Ingrid e a Brazo. La donna le piaceva, istintivamente ne sentiva la forza e la sincerità. Ed era sicura che piacesse anche a Marco, nonostante si comportassero come un vecchio cane diffidente e una giovane gatta aggressiva. Il ragazzo, lo sapeva, era da sempre innamorato di lei. Da quando ne seguiva gli studi, lui già assistente dello zio, portandole a casa i testi da consultare; e, con discrezione ma senza mai allontanarsi, era stato quello più vicino nei giorni dolorosi in cui si cercava il corpo di Giorgio, in mare e sulle coste, senza alcun esito. Gli voleva bene, e avrebbe forse potuto legarsi a lui, se non fosse stato così appiattito sul modo di Marco di vedere le cose. Forse, si diceva, era stata troppo dura con Brazo. Ora le avrebbe fatto piacere se fosse stato anche lui là, al suo fianco.

Invece era sola, avvolta nella giacca a vento, sul piazzale deserto di una città di provincia. Sola, e sempre meno sicura che quello che stava facendo fosse la cosa migliore.

Stancamente si strofinò gli occhi e poi accese il cellulare. Si augurò di trovare le ulteriori indicazioni di spostamento: non voleva passare la giornata in quel posto.

Il telefono cominciò a notificare messaggi su messaggi. Brazo, Marco, Brazo, ancora Brazo. Era cominciata l'agitazione per la sua assenza.

Tra gli sms trovò quello che aspettava: mittente anonimo, tutte maiuscole. Un treno, stavolta. Un interregionale.

Spense di nuovo il telefono e si guardò attorno in cerca della stazione. Non immaginava minimamente che attivando il cellulare in quel preciso istante, non un attimo prima né uno dopo, aveva salvato la vita dei suoi tre amici.

XXXIV

Sembrò tutto assurdo.

Il fatto che dopo uno schianto del genere, seguito dal rotolare lontano di un copriruota distorto, non ci fosse nessun rumore, nessun urlo, nessuna richiesta di aiuto. Che non si affacciasse nessuno, ma proprio nessuno dalle tre palazzine che davano sulla strada. Che il primo a riscuotersi non fosse Brazo, illeso sul marciapiede e ancora con un incongruo sorriso dipinto sulla faccia e il telefonino in mostra come una fiaccola, ma Marco, che scattò in piedi e dopo essersi assicurato che Ingrid stesse bene, si mise a correre verso l'auto semischiacciata contro il muro.

La donna si rialzò a fatica, indolenzita ma sana, e si avviò zoppicante dietro il professore. Dopo un attimo Brazo si riscosse e li raggiunse.

L'abitacolo era accartocciato quasi completamente. Gli airbag erano esplosi e pendevano dai loro alloggiamenti come tristi palloncini sgonfi: a quella velocità e senza la minima frenata, erano stati completamente inutili.

L'unica persona all'interno era una donna, al posto di guida, incastrata nei pochi centimetri rimasti tra il sedile e il piantone dello sterzo. Il parabrezza era esploso, inondando l'interno di frammenti luccicanti di vetro. Il volto della donna era una maschera di sangue, il torace sfondato, il braccio sinistro piegato in più punti in maniera del tutto innaturale. Marco fece per aprire lo sportello, ma Ingrid lo fermò: le lamiere erano piegate verso il corpo, e un'asse di metallo era conficcata nel fianco della guidatrice. Brazo, sopraggiunto senza fiato, approfittò del fatto di avere ancora il cellulare in mano per chiamare un'ambulanza.

Marco pensò che la donna non potesse essere sopravvissuta allo schianto, ma poi si accorse che sotto la massa sanguinolenta del naso fratturato, dal quale pendeva un paio di occhiali spaccati, la bocca cercava di articolare delle parole. Si avvicinò per ascoltare, proprio mentre Brazo finiva al telefono la sua richiesta di aiuto. Dopo un attimo richiamò l'attenzione del ragazzo e gli fece avvicinare il volto a quello della guidatrice.

Lo fissò interrogativo e chiese: «Ma che lingua è? Sembra greco antico, però senti la pronuncia».

Brazo accostò l'orecchio e annuì.

«Pare anche a me. Una dea. Sta parlando dell'anima e di una dea. Ma i suoni...» Poi, rivolto a lei: «Signora, per favore, stia calma. Adesso arriva un medico, e...».

Appena si sentì rivolgere la parola, quella aprì di scatto l'occhio sinistro coperto dal sangue. Il movimento fu così improvviso che Brazo fece un mezzo salto all'indietro.

L'attimo che seguì fu raccapricciante. Il volto, sfigurato sul lato destro e ridotto a un informe ammasso di pelle lacerata e sangue dal quale spuntavano frammenti bianchi di osso, ruotò verso di loro con un orribile scricchiolio. Poi la bocca si aprì in un sorriso, mettendo in mostra una chiostra di denti fratturati, e disse con chiarezza: «Io sono sopravvissuta ai Cacciatori, come avevo giurato alle mie sorelle. Tanto mi basta. La ragazza è stata presa, e il Padre prenderà anche voi. E vi inghiottirà, nelle viscere della terra».

Prima che i due uomini potessero anche solo scambiarsi uno sguardo, la donna alla quale innumerevoli secoli prima era stato dato il nome di Ippolita, l'ultima delle janare, si accasciò, finalmente morta.

XXXV

Era di nuovo sera, e il freddo era diventato terribile. Lisi aveva viaggiato per tutta la notte e il giorno seguente, incastrando improbabili coincidenze individuate e proposte dagli anonimi messaggi che le arrivavano sul telefono, insieme a quelli di Brazo e Marco, ogni volta che lo attivava per un attimo.

A metà giornata, valutando di non essere ancora nei paraggi della sua meta, perché l'istruzione era di prendere un treno da Campobasso a Venezia, aveva risposto con un laconico "Sto bene", per cercare di attenuare la pena dello zio e dell'amico. Sapeva che non sarebbe stato sufficiente a tranquillizzarli, ma perlomeno li avrebbe rassicurati circa le sue condizioni di salute.

In realtà non si sentiva particolarmente in forma. Aveva freddo, era stanca e aveva mangiato solo uno snack preso da un distributore, tra un segmento di viaggio e il successivo. Ora era pure scesa la notte, e il passaggio che aveva chiesto a una signora con due chiassose bambine in transito su un enorme e disordinato Suv tra una cittadina e un'altra delle Alpi svizzere l'aveva condotta alla destinazione indicata, una vecchia casa cantoniera in disuso a pochi metri dalla strada.

La donna si sporse dal finestrino e chiese, per l'ennesima volta: «Ma sei sicura di voler essere lasciata proprio qui, tesoro? Guarda che io conosco un po' la zona, e non c'è niente di niente. Un sentiero si arrampica là dietro, ma non mi ci sono mai avventurata. Non ti spaventi? È notte. Puoi dormire da me, sto a una ventina di minuti da qui, e domani ti ci riaccompagno io».

Lisi esitò per una frazione di secondo. Il vento gelido ululava nel buio. Poi disse: «No, no, signora, grazie. Il mio amico verrà a prendermi tra poco, dovrebbe essere già qui. Stia tranquilla».

Una delle bambine ricominciò a piangere, come del resto non aveva smesso di fare nell'ultima ora, e la donna doveva rassegnarsi e ripartire lasciandola sola.

Secondo le istruzioni ricevute, Lisi si incamminò nel buio verso l'ultimo tratto del suo misterioso viaggio.

Attesero l'ambulanza, e poi la polizia. Infine i vigili del fuoco, che dovettero ricorrere alla fiamma ossidrica per aprire l'automobile. Il medico non poté fare altro che constatare la morte della donna e autorizzare la rimozione del cadavere.

Non risultò avere documenti con sé.

Il poliziotto interrogò brevemente Marco, Brazo e Ingrid, unici testimoni dell'incidente. Nessuno dei tre parlò delle ultime frasi pronunciate dalla morta, che ancora avevano difficoltà ad ammettere con se stessi di aver veramente udito. Ci vollero alcune ore perché fossero liberati dalle incombenze burocratiche, durante le quali Brazo non smise di tentare di mettersi in contatto con Lisi, che ogni tanto tornava raggiungibile e poi spariva di nuovo dall'etere.

Avevano appena concluso, quando il cellulare di Marco cominciò a squillare imperioso, ma contrariamente a quanto sperava, non era Lisi a cercarlo.

Era Fusco, il direttore del dipartimento. Che gli urlò di rientrare subito in istituto, e di presentarsi da lui.

Certe giornate, pensò il professore, nascono male e continuano peggio.

Non sapeva che quella sarebbe finita malissimo.

XXXVI

L'università era pressoché deserta, e d'altra parte era la vigilia di Natale. Presi dagli eventi delle ultime ore, la scomparsa di Lisi e l'incidente dell'auto nera, Ingrid, Marco e Brazo non avevano tenuto presente la data.

Quando si ritrovarono nell'androne, si guardarono attorno un po' sconcertati, poi l'assistente mormorò: «Caspita. Per aver interrotto le vacanze di Natale, Fusco deve avere davvero qualcosa di importantissimo da dire».

Marco non aveva intenzione di lasciarsi distrarre. Più passavano le ore, maggiore era la sua preoccupazione per la nipote; e la tensione era stata acuita dalle misteriose parole pronunciate dalla donna che per poco non li aveva uccisi.

«Me ne frego di Fusco. Andiamo in fretta a sentire che vuole, poi ho bisogno di cercare il passo di un testo che dovremmo avere già in visione. Ho letto una cosa, di recente… Insomma, andiamo da questo deficiente e poi torniamo subito al lavoro.»

Brazo annuì, deciso. «Certo. Io proporrei che mentre noi sbrighiamo questa rogna, Ingrid vada in ufficio, nel caso Lisi si metta in contatto.»

Erano tutti d'accordo. La tedesca si avviò, e loro due si recarono nello studio di Fusco.

Il direttore camminava frenetico avanti e indietro, con una rivista in mano. Era vestito in maniera assurda, lui in genere così formale, e questo acuiva evidentemente il suo disagio dando nel contempo la chiara immagine dell'agitazione di cui era in preda. Portava un maglione rosso, con al centro ricamata una renna dalle ampie corna.

Brazo e Marco si guardarono sconcertati.

«Ah, eccovi, finalmente. Stavolta, Di Giacomo, hai chiuso per sempre. Questo è il colmo dei colmi, questo è davvero il punto d'arrivo. Io l'avevo detto che bisognava cacciarti allora, quando è venuta fuori la faccenda di questa ricerca inutile e controproducente che ti ostini a portare avanti, ma come un idiota mi sono fatto convincere che forse ti saresti in qualche maniera ricreduto, che avresti ripreso a fare il tuo lavoro senza insistere su quelle assurde teorie… Ma niente, chi nasce tondo non muore quadrato, se sei un pazzo, pazzo rimani.»

Marco aveva ascoltato a bocca aperta la tirata di Fusco. Quel nanerottolo vestito in maniera surreale che strillava stridulo saltellando e agitando la rivista gli pareva sempre di più una inutile perdita di tempo.

Fu Brazo a interrompere l'uomo, a bassa voce: «Direttore, possiamo chiederle che cosa è successo?».

Come vedendolo per la prima volta, Fusco si voltò dalla sua parte: «E anche tu, Moscati. Tu, che appartieni alla famiglia alla quale appartieni, che mi parevi un ragazzo solido, coi piedi per terra, destinato a una carriera decente ti fai influenzare da questo maniaco e ti rovini anche tu. Bravo, Moscati. Bravo».

Marco si riscosse: «Senti, Fusco, io ho cose importanti da sbrigare. Se tu pensi di potermi far perdere tempo con queste fesserie, io...».

Il direttore esplose letteralmente: «Fesserie? Fesserie? Ancora non ti rendi conto, allora! Tu sei rovinato, Di Giacomo! Sei ro-vi-na-to, capisci? Sei finito, sei sospeso a tempo indeterminato, io ti faccio fuori, appena rientra al lavoro qualcuno al ministero ti faccio revocare tutto: incarico, cattedra, titoli, tutto!».

Brazo insistette: «Direttore, se almeno ci dicesse cosa...».

L'ometto sbatté con violenza il giornale che aveva in mano sul ripiano della scrivania. «Ecco, che succede! Guardate voi stessi, giacché evidentemente vi fottono sotto i vostri occhi e nemmeno ve ne accorgete!»

Marco allungò la mano e prese il giornale, mentre Brazo si accostava per guardare. Era il "Kultur Zeitung", il giornale tedesco sul quale scriveva Ingrid. In copertina c'era il montaggio di una sfinge in mezzo a un vicolo della città, ai piedi della quale si vedevano alcune streghe impegnate in una specie di danza. Il titolo diceva, in tedesco: *Il crocevia dei misteri.*

Con le dita tremanti, Marco sfogliò il giornale fino alla pagina centrale. Neanche la scarsa conoscenza della lingua gli impedì di cogliere il tono pesantemente ironico. Si metteva in ridicolo l'attività di questo strano don Chisciotte che inseguiva strampalate teorie misteriche, sospeso tra riti antichi ed esorcismi, in una città votata alla superstizione. C'era perfino una sua vecchissima fotografia, con un sorriso ebete che confermava l'impressione di idiozia che veniva dal testo.

Il professore scorse alla ricerca della firma. Con un dolore simile a un attacco violento di gastrite lesse: "Ingrid Schultz".

Brazo, al suo fianco, disse: «Cazzarola...».

Fusco batté le mani, e la renna sul torace increspò il sorriso.

«Esatto: cazzarola. Proprio così, non avrei saputo dire meglio. Mi è arrivato a casa, mentre me ne stavo coi miei nipotini ad aspettare il Natale in santa pace, come credevo di meritare. E non vi dico come e quanto abbiano cominciato a chiamarmi tutti gli avvoltoi del mondo accademico del pianeta, all'improvviso desiderosi di farmi gli auguri. "Ciao, Fusco, come stai? Ma davvero nel tuo dipartimento si celebrano riti antichi? Ma davvero hai istituito un manipolo di cacciatori di fantasmi? Ma davvero faranno un film comico sui tuoi professori?"»

Man mano che riportava le frasi, diventava sempre più intonato al colore del maglione. Brazo pensò che stesse per avere un infarto.

«Direttore, ci dev'essere un equivoco, noi ci siamo messi a disposizione della signorina Schultz come lei stesso ci aveva ordinato e...»

«Io vi avevo ordinato di stare attenti, di dare una buona impressione, non di informare questa spia stronza delle vostre assurdità!»

Marco era impallidito mortalmente. Continuava ad annuire, come se tutto quadrasse nella sua mente. «Va bene. Va bene, so io cosa fare. Adesso ci parlo e...»

Fusco strillò: «Tu non devi fare niente! Devi solo prendere le tue carte e andartene a casa, e non mettere mai più piede qui dentro. Sei sospeso con effetto immediato, e se Moscati resta al suo posto, è solo perché provvisoriamente non posso lasciare la cattedra scoperta! Appena gli altri rientrano dalle feste, verrà sostituito anche lui. Avete messo la vergogna in faccia all'intero dipartimento, e vi posso assicurare che saranno tutti ben contenti di prendervi a calci nel culo! E ora, fuori di qui!».

Marco si girò, rigido, e uscì a passo svelto dalla stanza.

Brazo lo seguì, molto preoccupato. Ma prima si voltò a salutare Fusco: «Buon Natale, direttore. Bel maglione, complimenti».

XXXVII

Eppure non ha paura. Viene da un posto di mare e si ritrova a camminare nel vento e nella neve, di notte, su una strada che a stento si vede, senza avere la minima idea di dove stia andando, ma non ha paura. È vestita da città, come in un qualsiasi giorno con le solite cose da fare, unica concessione all'ipotesi del freddo gli anfibi e la giacca a vento, e comunque non ha paura.

Lisi si chiede se questa cosa di non aver paura non sia una specie di malattia, come quelli che non sentono mai dolore e muoiono senza nemmeno accorgersene.

Da lontano scorge una luce. Quindi Rudy non le ha mentito.

La figura incappucciata alza la testa. Il corpo vasto, rannicchiato a terra, nel buio sembra una roccia sferica appoggiata al centro della piazza di tufo. Dopo un tempo indefinito, anche un orecchio assai meno sensibile percepirebbe lo scalpiccio di una corsa, e poi i passi più distinti, e ancora dopo il respiro pesante di fatica, infine il fermarsi a debita distanza e il mettersi in ginocchio.

La figura mormora: «Dimmi di lei. Dimmi quello che sappiamo».

Una voce di uomo giovane: «È ancora in viaggio, Padre. L'ultimo pezzo del viaggio. Ancora non… È viva, Padre».

Silenzio. Poi un nuovo sussurro, ma col tuono dentro: «Che cos'altro, allora? Perché sento dell'altro».

Il giovane si muove, bilanciando il corpo sulle ginocchia.

«Ippolita, Padre. Ippolita ha… Lei ha fatto una cosa, ha preso un'iniziativa e… Lei, crediamo, voleva risolvere un problema. O forse non aveva più forza, o…»

Il tuono esplode all'improvviso, breve ed enorme, e lascia il rimbombo in petto al giovane, che non può fare a meno di urlare di rimando, le mani strette ai lati della testa a riparare le orecchie.

Quando finisce, contornata da un bagliore lieve, la figura enorme che incombe su di lui parla ancora: «La morte! Siete ossessionati dalla morte! Non riuscite nemmeno a vivere, tanta morte avete dentro!».

Il giovane comincia a piangere come un bambino disperato. Poi il Padre dice: «La tua mente è chiara come l'acqua di fonte. È solo per questo che non morirai anche tu. Riferiscimi immediatamente dell'arrivo di lei. E informa Amatia, la sacerdotessa di Cerere, che ha il compito di sorvegliare il tempio di Diana fino a quando determinerò a chi concedere questa funzione».

Il giovane si alza e ricomincia a correre veloce. La figura

incappucciata torna a essere una roccia sferica al centro della piazza di tufo.

La donna sussurra: «Ha visto la luce nella neve, Madre mia. È impressionante quanto il calcolo in lei corrisponda alla realtà, senza approssimazione».

La bambina tace a lungo. Poi, senza muovere nulla e restando concentrata sulla luna e sul mare, risponde: «Perché lei è un principio, figlia mia. Un principio che può abortire nel suo stesso sangue. Ma è un principio».

La donna annuisce, come se la bambina la stesse guardando, ed esce in fretta.

La bambina riprende a mugolare nel buio.

Rudy chiede: «E se dovessero seguirla, direttore? Se qualcuno dovesse passare di là, e vederla entrare?».

La vecchia sorride, incrementando il reticolo di rughe attorno agli occhi azzurri.

«No, no. Abbiamo organizzato tutto con estrema cura. Chiuderemo la strada dietro di lei, e d'altronde è notte fonda, questo ci aiuterà. Nessun timore.»

Il ragazzo continua a prepararsi, ma i gesti sono frenetici e gli cade una scarpa. La raccoglie, imprecando a mezza voce; poi dice: «Quello che non capisco è per quale motivo non possiamo farlo là. O perché non durante il viaggio, mandare qualcuno, sale d'aspetto in stazioni lontane, piazzali deserti a prima mattina, un sacco di occasioni, no? Perché farla arrivare fin qui, se poi…».

La vecchia sorride ancora, dolcissima. «Perché Lui la vuole vedere. Non sappiamo per quale motivo, ma la vuole vedere.»

Rudy strabuzza gli occhi. «Ma… ma come, la vuole vedere? E per dirle che cosa? Un tale privilegio, un onore così a una che… Che deve comunque…»

All'improvviso la voce del direttore si fa dura e tagliente: «Non approfittare della mia benevolenza, Rudy. Ricorda il tuo compito e non eccedere. Mai. Fa' quello che devi fare e fallo bene. Altrimenti Lui vorrà vedere anche te, da solo. E ti assicuro che non ti conviene. Neanche un po'».

Rudy tace, trattenendo un brivido. Poi riprende a prepararsi, in silenzio.

XXXVIII

Marco entrò in ufficio, col giornale in mano, seguito da Brazo preoccupatissimo dalla reazione del suo capo.

Ingrid gli si fece incontro, sorridendo: «Niente, Lisi non si è sentita. Ho chiesto al centralino se per caso avesse chiamato, ma…».

Marco sbatté il giornale sulla scrivania, aperto alla pagina dell'articolo. Non aveva tolto gli occhi dal volto di Ingrid.

La donna, interdetta dall'atteggiamento del professore, dopo aver rivolto un rapido sguardo interrogativo a Brazo, che subito abbassò il suo, prese il giornale.

Man mano che scorreva il testo, spalancò gli occhi e la bocca in un'equivocabile espressione di dolorosa meraviglia.

«Ma… ma che cos'è questa cosa? Io… io non ne so niente!»

Marco continuava a fissarla con un'espressione truce,

senza parlare. Ingrid teneva il giornale in mano come fosse un oggetto misterioso.

Si voltò verso Brazo.

«Come puoi... come potete pensare che io... Ci vorranno giorni, forse settimane perché io prepari il mio articolo! Non avrei nemmeno potuto...»

Marco le strappò la rivista di mano e picchiò col dito nel punto in cui compariva il nome dell'autore del pezzo.

«Mi pare che ci sia il tuo nome, qui. Hai una collega omonima o leggo male? Sai, il tedesco è una lingua complessa. Ci si può sbagliare. Si può essere traditi, dal tedesco. Pugnalati alle spalle.»

La donna arrossì violentemente. «Io non sono una traditrice, e non ho la minima idea di chi abbia scritto quest'articolo e come abbia fatto a pubblicarlo col mio nome! Pensi che se avessi fatto questa cosa, sarei rimasta qui ad aspettare che tu lo leggessi? E che senso avrebbe avuto restare con voi fino a ora, e soprattutto che senso avrebbe avuto...»

Al ricordo del momento di tenerezza della notte precedente, Marco si sentì montare il sangue in testa. La stanchezza, la preoccupazione per Lisi, la frustrazione, Fusco e la sospensione, ma più di ogni cosa l'idea di aver potuto cadere così scioccamente nella trappola di una donna dagli occhi azzurri lo sopraffecero.

Prima che potesse accorgersene, la mano si mosse e schiaffeggiò Ingrid. Un ceffone secco, forte e inatteso, che fece girare il viso alla giornalista, lasciandole una traccia rossa sulla guancia.

Brazo si mosse subito, cingendolo con le braccia per impedirgli altre idiozie, ma non ce n'era bisogno: nell'attimo stesso in cui l'aveva compiuto, Marco non riusciva a capire come avesse potuto fare un gesto del genere.

Ingrid si portò la mano al viso, incredula, gli occhi pieni di lacrime. Non poteva distogliere lo sguardo dal volto di Marco, impassibile tra le braccia di Brazo.

Poi prese la giacca e se ne andò, chiudendo dolcemente la porta dietro di sé.

Il professore e il suo assistente restarono così per parecchi istanti, fermi e imbambolati in quella strana posizione. C'era un innaturale silenzio nell'istituto deserto.

Lentamente Brazo allentò la presa e disse, a bassa voce: «Prof, io davvero a volte non ti capisco, sai. Ingrid… Ci è stata vicina in questi giorni, abbiamo condiviso una situazione assurda, non può essere davvero stata lei a scrivere quella cosa».

Marco lo fissò, assumendo di nuovo l'espressione dura: «Ma che, sei scemo anche tu? Hai visto che c'è il suo nome in fondo al pezzo, o so leggere solo io? Ci ha presi per i fondelli fin dall'inizio, ti dico. È evidente. E io fesso a cascarci, maledizione! Lo sapevo che c'era una fregatura, magari ha organizzato tutto quello stronzo di Fusco per toglierci di mezzo».

Brazo scosse la testa. «Stai diventando paranoico. Davvero non ti capisco più. Sei cambiato, non sei la persona che ho conosciuto dieci anni fa; eri entusiasta, fiducioso, aperto. Ora sei diventato diffidente, guardingo, credi che tutti vogliano fregarti. Ma pensi davvero che a qualcuno interessi così tanto quello che facciamo qui dentro? Guardati intorno. Abbiamo sempre meno studenti, l'esame viene evitato, ai seminari partecipano in pochissimi, avremo quattro tesisti e li trattiamo pure male, li seguiamo poco, a stento leggiamo i loro elaborati.»

Marco lo fissava a bocca aperta. Il suo assistente non gli aveva mai parlato così.

Brazo continuò: «Non so se Ingrid abbia veramente scritto quell'articolo, e nemmeno mi interessa. A me interessa di Lisi. Solo di Lisi. Voglio sapere, nell'ordine: se sta bene, se è in pericolo, se sarà in pericolo e quando torna. Poi, ma solo poi, vorrei capire dov'è andata e a fare che. Di un articolo su un giornale tedesco e dei riflessi dello stesso sulla nostra carriera universitaria, scusami, capo, ma in questo momento non me ne fotte niente. Proprio niente».

Aveva parlato con voce sommessa, tenendo le braccia incrociate strette al petto, ma lo sguardo miope sotto le lenti era deciso e duro. Marco si sentì colpito e mortificato dalla nettezza del ragionamento del suo assistente, e anche un po' commosso dall'enorme coinvolgimento affettivo di lui nei confronti della nipote.

Dopo qualche attimo di riflessione tirò un respiro profondo e disse: «Hai ragione. Scusami, amico mio: devo essere davvero diventato scemo. Hai ragione soprattutto sul fatto che Lisi sia la cosa più importante da tener presente, adesso. Solo, non sono d'accordo sulla sequenza delle cose da indagare; perché quello che è successo prima, l'incidente fuori casa di Lisi, non credo affatto sia stato casuale».

Brazo sbatté le palpebre. «Pensi a quello che ha detto la donna, vero? Ci ho riflettuto anch'io, ma proprio non vedo come possa aiutarci, e del resto non poteva certo sapere che noi saremmo usciti dal palazzo proprio in quel momento, ha fatto la curva a velocità altissima, e...»

Marco agitò la mano impaziente: «No, no, non è quello. È ciò che ha detto».

Brazo si strinse nelle spalle. «La ragazza, il Padre, le viscere della terra? A me sembrava delirasse, veramente.»

«No, non quello. Quando ha parlato prima, in greco. Almeno sembrava greco, no?»

Brazo annuì: «Sì, forse. Un po' strano, biascicava, e poi i suoni... Se era greco, era pronunciato veramente male».

Marco si picchiò una mano sull'altra: «Esatto, bravo! La pronuncia. Noi le studiamo queste cose, no? Pensaci bene. Hai presente le vecchie che recitano il rosario in latino nelle chiese? Pensa a quel latino, bastardo e quasi incomprensibile. Noi abbiamo capito un paio di parole a stento, no?».

Brazo era perplesso: «Capo, ma ti ricordi in che condizioni era quella donna? Sarà stata una professoressa, o qualcosa del genere... il trauma, stava morendo...».

Marco scosse il capo con forza: «No, no. Ti dico che quella era una formula, una preghiera. E la parola "dea" era chiara. E ti voglio dire un'altra cosa: io quella faccia, quella donna, l'ho già vista. Almeno credo di averla vista».

L'assistente si sporse in avanti, meravigliato.

«Come, l'hai già vista? E dove?»

Marco si fece vago: «La notte scorsa, io... Non riuscivo a dormire, sai, la preoccupazione, Lisi... E allora sono andato alla Pietrasanta. Così, per cercare di schiarirmi le idee. E a un certo punto, dietro a una finestra... Sai, proprio di fronte all'intercapedine dalla quale siamo entrati ieri...».

Brazo chiese: «Da una finestra? Di notte? Ma sei sicuro?».

«Sì, anche se è stato un attimo. Un riflesso di luce sugli occhiali, io stavo... Be', lasciamo perdere. Comunque sono abbastanza sicuro. E siccome sai che la Pietrasanta è stata costruita sul tempio di Diana...»

Brazo annuì: «Certo, la Dea della formula greca. E l'alterazione della pronuncia potrebbe essere una formula recitata tante volte da diventare quasi incomprensibile. Ci sta. O meglio, ci starebbe a voler dare ragione a Lisi circa la sopravvivenza dei culti. Insomma, alla fine stai accettando quello che dice lei, che esistono ancora delle sette segrete che...».

Marco sbuffò. «Ma ti pare il momento di parlare delle posizioni ideologiche mie e di Lisi? Mettiamoci al lavoro, invece, e cerchiamo di capire se questa formula esiste. Forse quella pazza è la chiave per arrivare a capire dov'è andata Lisi, e a fare che.»

Brazo scosse il capo, deciso: «No, prof. Non puoi certo star qui a fare ricerche, Fusco è stato chiaro. Se arriva a controllare, si mette a urlare come un ossesso e chiama la sicurezza. Tu dimmi solo cosa devo cercare e lo faccio io, vattene a casa. Anzi, vai a casa di Lisi e parla un po' più a fondo con tua sorella, perché ho avuto l'impressione che sapesse, o credesse di sapere, qualcosa di più di quello che ci ha detto».

Marco rifletté. «Sai, probabilmente hai ragione. Anche perché se quell'idiota di Fusco torna qui e me lo trovo di fronte, con quel maglione addosso – e poi parla delle mie cravatte! – mi sa che lo prendo a calci, per come sto oggi. E, a proposito, Brazo... Mi dispiace per averle dato uno schiaffo. Io non sono uno che alza le mani, lo sai, ma tra Lisi e questa storia...»

L'assistente sorrise, spingendolo verso la porta. «Tranquillo, capo. Ci sarà occasione per chiarirsi, lo sai. Adesso va', io mi metto a cercare nei libri sul culto di Diana. Ma stai attento, però. E tieni il cellulare acceso.»

XXXIX

Rabbrividendo nella notte gelida, Lisi si avvicina alla luce che si trova proprio nel punto che l'anonimo mittente le ha indicato nell'ultimo messaggio, a non più di cinque minuti di cammino dalla strada lungo il sentiero, tenendosi sul lato destro. La viuzza ha cumuli di neve da entrambi i lati, ma sembra sgomberata di recente.

La luce proviene dalla finestra di una specie di capanno, un casotto di legno dal tetto spiovente che pare un deposito di attrezzi. La ragazza si avvicina e bussa alla porta. Le sembra tutto un po' surreale, ma continua a non avere paura.

Quasi immediatamente la porta si apre, e si ritrova di fronte a Rudy. È più alto di come immaginava, e anche più adulto. Pensava fosse più giovane di lei, e invece adesso che se lo trova di fronte gli darebbe qualche anno in più.

Il ragazzo le sorride. «Ciao, finalmente! Sei riuscita ad arrivare. Entra, così ti scaldi un po'.»

Lei accetta l'invito e si lascia investire dal calore di una stufa elettrica che, insieme a un tavolino e a due sedie, esaurisce l'arredamento del capanno.

«Ma che cos'è questo posto? E vuoi spiegarmi il motivo per cui mi hai fatto viaggiare così, e il perché dei messaggi dal numero anonimo e di tutta questa segretezza? Cosa hai da nascondere?»

Rudy ha un'aria afflitta, e adesso assomiglia di più al ragazzo che Lisi ha visto nello schermo del computer prima di mettersi in viaggio.

«Ci sono cose che non ti posso dire, sai, Lisi. Cose più grosse di me e di te. Io stesso non ne so poi molto, di quello che sta succedendo. Ma ti assicuro che qualcuno ti dirà tutto, devi solo avere un altro po' di pazienza.»

Lisi corruga la fronte. «Eh no, caro. Io non mi muovo di qua se tu non mi dici adesso come facevi a sapere quello che mi ha detto il mio ragazzo prima di sparire. E poi devo avvertire mio zio, che sarà in pensiero per me…»

Rudy scuote la testa, spaventato. «Io non so niente, ti assicuro. Quella frase… mi è stata suggerita dalla persona che incontrerai, e che sarà sicuramente in grado di spiegarti meglio di me. E per quanto riguarda tuo zio, il tuo telefono non funziona più. Mi dispiace.»

Lisi toglie dalla tasca il cellulare e lo trova spento. Cerca di accenderlo, ma quello resta inanimato.

«Non mi piace questa storia, Rudy. Io sono venuta qui spontaneamente, e posso andarmene di nuovo. Sono libera, no?»

Il ragazzo indica la porta. «Certo. Conosci la strada.

Ma se non rimani non saprai più nulla. E anche io avrò problemi a rimettermi in contatto con te. Puoi scegliere.»

Lisi valuta le ipotesi. Continua a non avere paura, e Rudy, che è di fronte a lei, pare assolutamente inoffensivo.

«Perché il telefono non funziona?»

Il ragazzo si stringe nelle spalle: «Qui non funziona alcun apparato elettronico. Credo sia per la sicurezza. In realtà dobbiamo fare un altro pezzo di viaggio, con un automezzo che sta fuori. Viaggeremo fino all'alba, più o meno. Sei stanca? Te la senti o vuoi riposare?».

Lisi si guarda attorno. Il tempo non si spreca, pensa.

«Che intendi quando dici "cose più grosse di me e di te"? Se non mi dici almeno questo, non vengo.»

Rudy sospira. «Noi... Io devo accompagnarti in un posto della cui esistenza non sa nessuno. È un posto nascosto, una specie di luogo di osservazione. Non corri rischi, ci sono studiosi. Io abito là. Non ti posso dire altro.»

Lisi riflette. Studiosi. Nascosti.

Risponde a quello che ha sempre pensato: esistono ancora, celebrano i loro riti. E in qualche maniera sono in contatto fra loro.

Quello che non ha mai pensato è che potessero essere da qualche parte, riuniti permanentemente.

«No. Non sono stanca, non voglio riposare. Andiamo subito. Voglio sapere.»

XL

Non perse tempo a citofonare o a bussare alla porta, e d'altronde non lo faceva mai, nemmeno quando sapeva che Lisi era in casa.

Normalmente, infatti, la ragazza era rintanata in camera sua, magari con la musica ad alto volume o impegnata a chiacchierare di sabba e di riti al sole sorgente con i suoi amici virtuali in giro per il pianeta. Per quanto riguardava la sorella, be', Marco aveva da tempo immemore rinunciato a pretendere un collegamento di lei col resto del pianeta. Alba era sempre stata un po' strana, ma dopo il ritorno dall'Oriente si era completamente distaccata da tutto ciò che non fosse il suo mondo interiore.

Peccato perché, come ricordava benissimo facendo le scale con lentezza, Alba avrebbe potuto avere un'altra vita. Era bellissima; i suoi amici, per irritarlo, non perdevano occasione di fare apprezzamenti sulla sorella maggiore oggetto dei loro sogni erotici. Aveva una naturale eleganza che le consentiva di sembrare un'indossatrice anche quando vestiva di stracci, e il suo sorriso metteva una strana inquietudine, come se venisse da molto lontano. Era anche intelligente, almeno dimostrava di esserlo ogni qualvolta decideva di connettersi con quello che la circondava. Marco ricordava un andamento scolastico perfetto e una laurea in Filosofia presa senza alcuno sforzo col massimo dei voti, ma anche l'assoluta indifferenza verso qualsiasi forma di impiego successivo. Tantomeno l'insegnamento.

E indifferente era rimasta nei confronti degli esponenti dell'altro sesso, come del proprio aspetto fisico. I capelli, per esempio, erano ingrigiti durante la permanenza all'estero e così erano rimasti, lunghi e fluenti come prima ma di un altro colore. La donna appariva ormai dedicata solo alla meditazione, che Marco non era riuscito a ricondurre a nessuna delle numerose religioni orientali che lui stesso aveva studiato. D'altra parte, erano così tanti i santoni e gli sciamani incontrati dalla sorella che l'esercizio di ricerca sarebbe stato sostanzialmente vano.

Adesso però era necessario che Alba si svegliasse. Non sapeva se sarebbe riuscito a farle capire che Lisi poteva essere in grave pericolo, ma era venuto il momento di provarci. Marco era convinto che la donna alla guida dell'auto scura avesse tentato di ucciderli, e l'idea della sua amata nipote in giro per il mondo, inconsapevole di poter essere oggetto di una volontà criminale, lo agghiacciava.

Ormai si andava verso il precoce pomeriggio invernale e la casa era immersa nella penombra. Marco si chiuse la porta alle spalle e lasciò che gli occhi si abituassero alla poca luce, poi si avviò verso la porta a metà corridoio dalla quale veniva, al solito, la modulazione della monotona melodia cantata dalla sorella a bocca chiusa.

La donna era inginocchiata nella solita posizione, le braccia lungo le cosce, lo sguardo rivolto alla piccola piramide di pietre scure impilate davanti a lei. Marco era stanco e molto adirato, anche con se stesso per aver alzato la mano sul volto di Ingrid: non poteva davvero credere di averlo fatto. Era quindi poco incline a usare con la sorella la delicatezza che di solito le riservava, come si fa con qualcuno che è caro ma che ha perso sostanzialmente il senno.

«Alba. Alba, ti prego, ascoltami. È urgente.»

La sorella prima fermò la canzone ignota che stava cantando; poi lentamente, come emergendo a fatica da un sonno profondo, alzò la testa e sbatté le palpebre guardandosi attorno. Marco sospirò, frustrato.

«Alba, sono qui. Sono io, tuo fratello. Mi riconosci?»

La donna si illuminò, come se non lo vedesse da chissà quanto tempo. «Ah, ciao, Marcolino! Che bello che sei qui! Come stai?»

L'uomo sbuffò. «E dài, Alba, ci siamo visti stamattina, ricordi? Sono venuto con… C'era anche Brazo, con me. A cercare Lisi, e tu ci hai detto che è partita.»

Con un radioso sorriso, Alba annuì: «Ma certo che ricordo, il sole era sorto ormai da due ore e ventiquattro minuti, ricordo benissimo. E c'era anche la tua ragazza, la giornalista bionda, quant'è carina e dolce, davvero un'ottima scelta, bravo Marcolino».

Marco scosse il capo: «Ma come fai a sapere che è una giornalista? Vabbe', te l'avrà detto Lisi, è ovvio. E comunque non è affatto la mia ragazza, anzi, non è nemmeno un'amica».

L'espressione della donna divenne perplessa: «Ma come, ancora non te l'ha detto? Ma certo che è la tua ragazza. Magari te ne accorgerai anche tu. E poi ti serve una ragazza, no? Ti stai facendo grande, Marcolino, hai bisogno di qualcuno che si prenda cura di te».

Lui provò la solita vertigine di ogni volta che si trovava a parlare con la sorella. Una condizione di sospensione dalla realtà, in cui la conversazione prendeva sempre una piega incontrollabile.

«Alba, ti prego, non è la mia ragazza né mai lo diventerà, credimi. Non ci sono le premesse. Ma non sono qui per parlare di questo. Io devo sapere di Lisi. Può essere in grave, gravissimo pericolo, e dobbiamo assolutamente sapere in fretta dove si trova, a fare che e con chi è. Tu sei stata l'ultima di noi tutti a vederla, dici che ricordi di averla vista partire e forse le hai anche parlato, no? Vuoi raccontarmi, per favore? Concentrati, ti prego.»

Di nuovo Alba gli sorrise, soave: «Tesoro, ma io sono sempre concentrata, non lo sai? Proprio come te, e come tutti. Solo che mettiamo a fuoco le cose diversamente. Voi guardate vicino, le cose che sono attorno a voi. Io invece ho uno sguardo più ampio. Vedo le cose che sono più lontane. Tutto qui».

Marco provò con tutte le forze a mantenersi calmo.

«Alba, ti supplico, il tempo stringe. Puoi dirmi se hai un'idea di dove si trovi, adesso, Lisi? Almeno di come si è messa in viaggio, se con qualcuno, da sola, in treno, in aereo...»

La donna sembrava sinceramente stupita: «Ma davvero credi che sia importante il luogo? Ci sono solo tre luoghi, sai. Qui, il Sotto e il Sopra. Ci si può muovere su questi tre livelli, e solo questi movimenti sono rilevanti. Quelli orizzontali, all'interno del Qui, non sono importanti».

Marco rifletté seriamente sull'ipotesi di andarsene, mettendo fine a quell'inutile pantomima. Ma resistette e disse: «Per favore, ricordi qualcosa? Quello che ti ha detto, le parole esatte?».

«Certo che sì. Mi ha detto: "Mamma, ricordati di mangiare". Teme sempre che io me ne dimentichi. Che sciocchezza, eh?» E si mise a ridacchiare dietro la mano, come se avesse appena ascoltato la più simpatica delle barzellette.

Il fratello la fissò scuotendo il capo, e disse quasi a se stesso: «Ma è mai possibile che non ti preoccupi minimamente? Che tu non abbia paura che tua figlia si possa mettere nei guai?».

Alba non la finiva di ridacchiare: «No, e perché dovrei aver paura? E di che, poi?».

Marco rispose quasi con cattiveria. La risata della sorella gli dava sui nervi. «Guarda che proprio qui sotto, non più di qualche ora fa, abbiamo rischiato la pelle. Una donna con un'auto impazzita, che poi si è schiantata contro il muro, per un capello non ci ha ammazzati. E questo non ti fa preoccupare, no?»

Alba reagì come se le avessero posto un serio ma astratto problema filosofico. Corrugò la fronte, scosse il capo e guardò fuori dalla finestra. Il mare, lontano, sembrava fermo nell'aria plumbea del pomeriggio.

«Be', intanto non vi è successo niente, mi pare. Un capello è una distanza enorme, sai, dipende dalla scala che applichi. Poi Lisi non era con voi, quindi era decisamente più al sicuro che se fosse stata vicino a te, tanto per dire.»

A questa risposta, Marco allargò le braccia: «Va bene, mi arrendo, Alba. Torna a pregare, a meditare, a digerire o a qualsiasi cosa tu stia facendo. Vorrà dire che per la sorte di Lisi mi preoccuperò da solo».

Anche stavolta la donna considerò seriamente la risposta. Poi all'improvviso sorrise. «No, no, Marcolino. Non ti devi preoccupare neanche tu, credimi. Lisi è protetta, c'è chi pensa a lei. Lei è… è speciale, sai. Proprio speciale.»

«Ah, sì?» disse Marco. «E chi ci dovrebbe pensare, sentiamo? Chi è questo protettore che ci assicura che Lisi sta bene, e che non corre rischi?»

Alba rise, all'improvviso.

«Ma suo padre, è chiaro. Chi ci dovrebbe pensare, se non suo padre?»

Marco sentì un lungo brivido attraversargli la schiena. Aveva provato per più di due decenni a estorcere alla sorella, senza peraltro tirarle fuori una sola parola, informazioni sullo scellerato che l'aveva circuita e fatta diventare madre, ed ecco che all'improvviso e nel corso di una conversazione su tutt'altro argomento, la donna gli diceva, come fosse la cosa più ovvia e naturale dell'universo, che da qualche parte esisteva ancora il padre di Lisi e che addirittura si occupava della figlia.

Riuscì a richiudere la bocca aperta per lo stupore e chiese: «Ma… ma come, il padre di Lisi? E che ne sai, tu? Lo hai sentito, lo senti ancora? E lui, chiunque sia, sa dov'è Lisi?».

La sorella gli sorrise dolcemente. «Mamma mia, Marcolino, quante domande fai. E tutte inutili. Sta' tranquillo, ti dico. Vedrai che se avrà bisogno di te, Lisi chiamerà.» E indicò il telefono che giaceva a prendere polvere su una mensola nel corridoio.

Il bello fu che proprio in quel momento l'apparecchio cominciò a squillare.

XLI

La ragazza che è uscita dalla cripta in cui era entrata la vecchia sente il cuore martellarle in gola. È sicura che tutti, attorno a lei in ginocchio nel buio, chissà quanti metri di roccia e vuoto e ancora roccia sotto la superficie di strade e gente in festa, condividano quella orribile sensazione.

Si chiede, la ragazza, come sia possibile avere ancora paura. Dopo secoli, dopo tante vite vissute senza vivere, dopo aver fronteggiato la vecchiaia e la morte a intervalli regolari, dopo tanti volti passati e dissolti nella notte, ancora paura.

Nell'attesa dell'esplosione, la ragazza pensa che la paura sia una compagna occasionale. Come le volte che si concede il sesso, cambiando luogo e nome e perfino faccia, come fanno tutti quelli che adesso attorno a lei attendono nel buio con gli occhi a terra.

I primi giorni dopo il Cambiamento, pensa la ragazza, sono meravigliosi. Basterebbero quelli a dare un senso a ogni cosa, alla solitudine, alle rinunce, alla sterilità. I primi giorni della fioritura, quando il corpo è giovane e ha memoria della vecchiaia. Quando ancora c'è la cautela dei movimenti e delle articolazioni sofferenti, e invece tutto è elastico e gioioso. Quei giorni, in cui si ritorna a guardare al cibo e al piacere e al respiro profondo, e si schizza verso il mondo con la forza e l'incoscienza del sangue nuovo.

Per questo la ragazza non capisce e nemmeno accetta quello che sta succedendo. Per innumerevoli volte è bastato il vassallaggio al Mostro, come lo chiama tra sé e sé, come sempre lo ha chiamato nei pensieri e nei sogni agitati delle nuove vecchiaie, e la guardiania. Il disagio di un incontro, di un rapporto di routine, di una discesa in quel simulacro d'inferno. Un piccolo prezzo per una vita intera da vivere.

Con le adeguate cautele, si capisce. Nessuna amicizia, nessun amore. Niente convivenze e niente progetti. Nessuna condivisione, insomma. Ma se ci si concentra sul sangue e sulla pelle, sulla forza dei muscoli e sull'odore della carne, allora la ragazza rinnova la stessa scelta e accetta quello che le fu offerto tanti anni fa.

Quanti?

Nel buio, aspettando l'esplosione, la ragazza fa un breve calcolo. È sorprendente quante poche volte conti. Succede a tutti, per quel che sa degli altri: una delle regole non scritte e condivise è di mantenere al minimo i rapporti tra loro. Gli anni.

Millenovecentonovantuno.

Meno qualche giorno, in effetti. Da quando il Mostro,

che ora chiama Padre e ancora le pare una verità e un'ironia, le prese il braccio.

Mentre l'antico ricordo si sta formando nella mente, la voce si materializza nel buio e con essa, come sempre è avvenuto, il chiarore che rende distinguibili i contorni delle cose e delle persone.

«Figli miei, mai è accaduto quanto accade ora. Mai il pericolo è stato così grande, mai la vostra stessa esistenza è stata tanto in discussione. I Luoghi che sorvegliate, tutto quello che di sacro ha animato la vostra lunga vita, possono essere violati.»

Non è stata un'esplosione di rabbia, come la ragazza si aspettava. Non è stato il tuono orribile, naturale e innaturale nello stesso tempo, che ti strappa il senno dall'anima e ti riduce a un tremolante ammasso di lacrime e terrore. Il tono è piatto e consapevole, come se dicesse di un dolore privato e riservato.

Nessuno fiata.

La voce riprende, come sempre gutturale e profonda: «Ippolita, sacerdotessa di Diana e devota alla Dea Terra, conoscitrice di spezie e janara, non è più tra noi. È morta».

Il concetto stesso è aberrante, rivoltante, distruttivo. È capitato altre volte, incidenti, omicidi, casualità; ma nulla negli ultimi due secoli, e non all'indomani della Rinascita. La ragazza avverte un lungo brivido. Ricorda la janara, una donna un po' tarchiata, con gli occhiali, schiva. Come tutti loro, forse.

Una voce maschile alla sua sinistra mormora: «Com'è stato, Padre? Di sua stessa mano, o...».

Il fantasma del suicidio, pensa la ragazza. Come talora è accaduto, nel remoto passato. L'immortalità è un peso enorme da portare.

«No, Chrestos. È morta nello stolto, folle tentativo di alterare la linea della Mappa. Peraltro una linea principale. Tentativo che, come potete ben capire, non ha alcuna possibilità di riuscita ma è solo una feroce, bestiale prevalenza della paura sull'anima stessa.»

Le parole sono oscure, pensa la ragazza, ma quello che conta è l'assurdità del gesto.

La voce sorda continua, come leggendole nel pensiero: «Mi accorgo di essere stato forse poco chiaro nell'espressione, figli miei, nel nostro precedente incontro; e la morte di Ippolita mi ha indotto a ricordarvelo, come mai in passato è accaduto. Devo parlarvi di questi quattro esseri mortali che, come risulta chiaro ormai, costituiscono la più grave delle minacce per i Guardiani».

Secoli interi in cui i comandi sono stati limitati a due, tre parole al massimo, e ora addirittura una conferenza. Ha visto comminare terribili punizioni senza aver sentito nulla, quindi capisce che anche solo il pensiero può essere pericoloso. La ragazza inizia a recitare tra sé le formule dei Misteri Eleusini, e il contenuto del Canestro: la pigna, il serpente e l'uovo. La pigna, il serpente e l'uovo. La pigna, il serpente e...

Il Padre ricomincia, e di nuovo le sue parole sembrano

pietre pesanti che rotolano sul legno: «Se volete arrivare al prossimo Rinnovamento, dovrete fare in modo che nulla, nulla dei movimenti e delle iniziative dei quattro esseri mortali in prossimità dei Luoghi di vostra guardiania possa avvenire senza che ve ne accorgiate. Nulla. Nel raggio di cento piedi dai Luoghi, e se possibile anche di più, dovrete conoscerne le mosse».

Di nuovo una voce maschile, stavolta alla destra della ragazza: «Padre mio, solo quando sono insieme? Talvolta si separano...». La voce tace, sciogliendosi nel terrore di aver troppo osato.

Il Padre invece risponde con lo stesso tono: «Anche separatamente, nulla dovrà sfuggire. Stando a quanto mi è stato comunicato, in questo momento la ragazza più giovane non è in città. Gli altri invece, secondo i calcoli, potrebbero tentare di avvicinare uno o più Luoghi. E principalmente il Luogo sacro sin qui guardato da Ippolita, che quindi dovrà essere subito sostituita».

Poi, all'improvviso, la massa oscura incappucciata e incoronata dal lieve bagliore si muove. Si contano sulle dita di una mano sola le volte che è accaduto in passato; normalmente le luci si palesano quando lui è già sul punto da cui parlerà, e scompaiono quando ha finito. Anche se tutti, singolarmente, ne hanno fin troppo chiara la memoria, insieme non ne hanno quasi mai percepito il movimento.

Stavolta si sposta, con fluida agilità nonostante il vasto volume, e si ferma proprio vicino alla ragazza. Il cuore le si ferma, e solo la lunghissima abitudine al controllo di sé le consente di non balzare in piedi e darsi a un'inutile, vertiginosa fuga verso l'ignoto alla ricerca di aria e di cielo.

Il Padre allunga un braccio, o quello che è. La ragazza si sente sfiorare la testa con un tocco delicatissimo e nel contempo ruvido. Nonostante la carezza, lei percepisce un'immane forza trattenuta. I polmoni dolorosamente reclamano aria, che tuttavia non ha il permesso di entrare. Non ancora.

Il silenzio che segue è carico di tensione. Poi: «Amatia, sacerdotessa di Cerere Attica, Pura e Consacrata, Depositaria dei Misteri: sarai tu a vegliare, oltre che sul tuo Luogo, su quello di Ippolita. Lo conosci, vero?».

La ragazza mormora, calma: «Sì, Padre mio. Lo conosco».

«Bene. Nel frattempo valuterò se destinare un altro al tuo posto o lasciare a te la custodia di entrambi.»

Alla ragazza, di nome Amatia, il cuore batte più forte. Maggiore l'importanza della funzione, più forte la garanzia della sopravvivenza. Ma più alto, enormemente più alto, il rischio.

Nel silenzio del proprio cuore, Amatia si pone la medesima domanda che, ne è certa, si stanno ponendo tutti quelli in ginocchio nella semioscurità: se il rischio è così enorme, non avrebbero fatto meglio a organizzare lo stesso piano della janara, ma che svolto insieme avrebbe avuto la certezza di una riuscita? Non sarebbe stato preferibile uccidere i quattro esseri?

Il Padre annuncia: «Ora andate. E riferite con immediatezza ogni evento, anche quello che sembra meno importante. Ricordate che tutto quello che avverrà, e anche tutto quello che finora è avvenuto, dipenderà dalla vostra capacità di fronteggiare questa situazione».

XLII

Marco fissò la sorella, a bocca aperta. Sembrava che fosse stata lei, indicandolo, a far squillare il telefono. Poiché lei continuava a sorridere serafica, senza accennare a voler rispondere, fu lui ad avviarsi verso la mensola in corridoio, mantenendo l'espressione perplessa.

Alba aveva detto che Lisi si sarebbe fatta viva solo se assolutamente necessario. Era in quel momento che si stava verificando qualcosa di terribile? Marco, nonostante avesse studiato religioni, culti e riti per tutta la vita, o forse proprio per questo, non aveva il conforto di una fede; ma credeva ciecamente alle giornate storte, e quella si candidava a essere la più storta di sempre.

Fu per questo che alzò il ricevitore con la sensazione che le cose sarebbero ulteriormente peggiorate.

La voce femminile dall'altra parte del filo parve confermarglielo.

«Pronto? Sono io.»

Ingrid, ovvio.

Sentì la rabbia montargli dentro, unita alla frustrazione e a un vago senso di colpa. L'aveva baciata, si era fidato, lei l'aveva tradito e alla fine lui l'aveva colpita. Gli sembrava una gamma di situazioni sufficiente, per quel giorno.

«Senti, non so come tu abbia avuto questo numero, ma non sei gradita. Quindi io ora metto giù e…»

«No, ti prego! Non riattaccare! Ho delle cose importanti da dirti, e…»

«Guarda, non c'è niente che tu possa dirmi che mi interessi. Ho sbagliato a fidarmi di te, ecco tutto. Hai fatto quello che avevi in mente, sei stata brava e io fesso. Ora però vorrei essere lasciato in pace.»

«No, ti dico! Smettila, e accordami un minuto! Credo di avere il diritto di spiegare, no? Almeno questo. Il numero me l'ha dato Brazo, al quale ho già detto quello che ho scoperto. È stato lui a consigliarmi di chiamarti, dato che il tuo cellulare risulta spento.»

Marco tirò fuori il telefono dalla tasca e si accorse che si era scaricato completamente. Sospirò e disse: «Brazo mi sentirà, stanne certa. Allora, si può sapere che vuoi?».

«L'articolo non l'ho scritto io. È arrivato al giornale dal mio indirizzo email, ma non l'ho scritto io. Devo ammettere che è inquietante l'imitazione del mio stile, ma in pratica riprende pari pari una stroncatura che qualche tempo fa ho fatto del saggio di un sedicente scienziato giapponese. Il caporedattore in questo momento si sta prendendo una bella lavata di capo dal direttore.»

«Guarda, va bene che sono stato fesso, ma trattarmi

ancora da tale non te lo consento. Sii contenta, sei riuscita in quello che volevi...»

«Sì, hai ragione. Sei un fesso. Mi chiedo come tu ti possa ritenere uno scienziato se sei così schiavo dei pregiudizi. D'altra parte, non c'è da aspettarsi di meglio da uno che schiaffeggia una donna, nella peggiore tradizione della sottocultura italiana.»

Marco perse la pazienza, anche perché Alba era rimasta appoggiata allo stipite della porta e lo fissava sorridendo compiaciuta. La cosa lo irritava oltremodo.

«Oh, senti, io ti chiedo scusa perché ho perso la pazienza, ma ero giustificato, ti pare? Comunque, adesso dimmi quello che mi devi dire, poi sparisci dalla mia vita, per cortesia.»

La voce di Ingrid tremò un po'. Marco non avrebbe saputo dire se era irritazione o commozione. Una parte di lui sperò irrazionalmente che fosse la seconda.

«Io sparisco se voglio sparire, sia chiaro. Non sarà un maschilista manesco a dirmi quello che devo fare. E se sono qui a parlare con te, ricordalo, è per Lisi; perché corre davvero un grave pericolo. Ti saluto.»

Stavolta fu Marco a urlare: «No, aspetta, accidenti! Che vuoi dire? Che cos'hai scoperto?».

Lanciò uno sguardo verso Alba, accorgendosi di aver usato un tono che poteva metterla in agitazione; la donna però non aveva cambiato espressione e continuava a sorridere. Marco pensò che forse se n'era tornata nel suo mondo dei sogni, e che era meglio così.

Ingrid rispose, sostenuta: «Ho fatto quello che so fare,

cioè il mio mestiere. Ho messo in moto tutti i miei contatti internazionali e sto aspettando risposte circa il viaggio di Lisi. Probabilmente saprò qualcosa in serata. Quello che invece ho già saputo, e devo dire che la scoperta mi ha messo addosso una certa agitazione, riguarda l'incidente di stamattina. Se vogliamo chiamarlo così».

«Che vuoi dire?»

Ingrid elencò, come leggendo: «Dunque, numero uno: la macchina. L'auto risulta rubata non più di un'ora prima del fatto; il proprietario non se n'era nemmeno accorto, l'ha avvisato la polizia. Abita a meno di un chilometro da casa di tua sorella».

«E questo come l'hai saputo?»

Ingrid sospirò.

«Te l'ho detto, ho attivato dei contatti. Ma la cosa più interessante è un'altra: la donna. In pratica, non esiste.»

«Come sarebbe, non esiste?»

«Non esiste. Niente documenti, e lo sapevamo; ma anche le impronte, i vestiti, tutto quello che indossava. Nessun dato che possa rimandare a un'identità qualsiasi. Ignota. Non che sia rarissimo, intendiamoci, succede. Ma stavolta mi pare indicativo, no? Una ruba un'auto e cerca di uccidere tre persone, perché noi che c'eravamo lo sappiamo che aveva puntato decisa contro di noi, e non porta addosso niente di niente, non lascia una notizia, un biglietto. E noi non l'avevamo mai vista.»

Marco tacque. Ingrid ripeté, incerta: «Perché noi non l'avevamo mai vista, no?».

Il professore disse: «Va bene, ho capito. Senti, raggiungimi qui, da mia sorella. Chiama Brazo, fallo venire con te. Digli di portarmi quel testo che gli ho chiesto: lo prenda in prestito, lo rubi, faccia quello che vuole ma me lo porti. E tu, nel frattempo, cerca di capire dove cavolo è andata mia nipote. Sto cominciando a preoccuparmi davvero, adesso».

XLIII

Il viaggio di Lisi con Rudy dura tutto il resto della notte.

È un viaggio strano, su un mezzo silenzioso a metà tra un'auto e un gatto delle nevi, con un unico faro al centro, che si muove a velocità incostante, a volte spedita e a volte quasi a passo d'uomo. Anche se conoscesse bene la zona, Lisi non sarebbe in grado di capire da che parte stanno andando, a causa delle numerose deviazioni.

Rudy se ne sta in silenzio, concentrato sulla guida, le labbra serrate, il busto un po' sporto in avanti. Lisi è stanchissima e si assopisce, senza nemmeno accorgersene; nel sonno sogna, e nel sogno chiacchiera con sua madre che stranamente, invece di starsene in ginocchio nella sua stanza a cantare a bocca chiusa, sta seduta vicino al suo letto e le accarezza piano la fronte. La rassicura, più col sorriso che con le parole, come a dirle: sei tranquilla, tesoro, lo so che sei tranquilla. E sorridi, mi raccomando. Così lo sapranno anche loro, che sei tranquilla.

Lisi cerca di chiederle chi sono “loro”, ma la madre continua ad accarezzarla e non risponde.

Si sveglia di soprassalto, forse per una buca, senza capire quanto sia durato il sogno.

Rudy, senza voltarsi verso di lei, dice: «Non manca tanto, siamo quasi arrivati. Forse sentirai la testa un po’ leggera, siamo molto in alto. Ma non ti preoccupare: quando saremo dentro, la pressione si stabilizzerà e sarà tutto di nuovo normale».

Lisi, senza molte speranze di ricevere una risposta, chiede: «Ma dentro dove, si può sapere? Dove stiamo andando?».

Rudy guarda veloce il polso con l’orologio, come se la possibilità di risponderle dipendesse dall’ora. Ed evidentemente così è, perché annuisce e le spiega: «Qualcosa adesso te la posso dire, in effetti. Il posto noi lo chiamiamo “il Centro”. In realtà non è che lo nominiamo spesso, perché non ce n’è bisogno. Ma quando ne parliamo, per noi è il Centro».

Lisi sbatte le palpebre. «Il Centro? Ma il Centro di che?»

Rudy si stringe nelle spalle: «Il Centro e basta. Esiste da molto tempo, sai. Credo da più di un secolo e mezzo. Certo, all’inizio non era così, anche perché non c’era bisogno di… Era visibile all’esterno, insomma. Ora invece è integralmente sottoterra, e continua ad allargarsi, lo sanno in pochissimi quanto sia grosso davvero. Io ne conosco solo una parte».

La ragazza chiede: «Ma tu ci lavori da molto?».

Rudy sorride. «Io ci sono nato. E sono uscito pochissime volte. È da là dentro che comunico con te.»

Lisi dice, sorpresa: «Ma... ma non hai detto che è sottoterra? Tu hai una finestra, io vedo la neve cadere...».

Il ragazzo scuote piano la testa. «Ci sono molti aspetti che... Qualche volta, per dare l'idea di essere da un'altra parte... quelli di noi che comunicano con l'esterno mostrano degli scenari alle loro spalle, per rassicurare gli interlocutori.»

Lisi tace, perplessa. Le pare che sia tutta un'enorme menzogna. Continua a non aver paura, ma non le piace essere presa in giro. Poi domanda: «E le cose che dici, anche quelle sono bugie?».

Rudy le lancia un rapido sguardo. «No. È proprio il contrario, è per confermare la verità delle notizie che uno esprime uno scenario rassicurante. Che avresti pensato, se ti avessi parlato da una specie di bunker militare?»

«È questo che è, il tuo Centro? Un bunker militare?»

Rudy ride, inaspettatamente: «No, no! Proprio il contrario! È un'istituzione scientifica, segreta proprio per sfuggire agli interessi governativi. È un'associazione di scienziati di diverso tipo, che studiano, costruiscono, inventano cose. È così che ci manteniamo, proprio vendendo le invenzioni che di volta in volta i nostri scoprono, collateralmente alla ricerca principale. Sai come funziona, no? Mentre tu fai un lavoro, scopri cose che non cercavi. Un altro reparto le perfeziona, poi con molta attenzione si immettono sul mercato attraverso qualche società commerciale. Tutto assolutamente innocente».

A Lisi sembra di stare ancora sognando. «Scusa ma continuo a non capire. Perché il segreto? E cos'è questa che chiami "la ricerca principale"? E soprattutto, che c'entro io e come fai a sapere quello che mi ha detto Gio' prima di sparire?»

Rudy scuote la testa: «Le risposte, ti ripeto, te le darà qualcun altro. Io ti posso dire solo questo. E ti assicuro che ti dico la verità, al cento per cento: il Centro è un'associazione di scienziati, coperti da un segreto assoluto. Siamo pacifici, non teniamo armi, non dipendiamo da nessun governo né da istituzioni internazionali di alcun genere, che ci costringerebbero a lavorare a progetti militari contrari ai nostri principi. Tutto qui».

Lisi ribatte, incerta: «Scusa ma non mi quadra. Se l'associazione e il Centro stesso sono segreti, perché mi stai portando là? Non temete che io, quando esco, spifferi ai quattro venti la vostra esistenza? Oppure…». Si volta verso di lui, gli occhi spalancati. «Non avete intenzione di farmi uscire, vero? Mi terrete rinchiusa per sempre. O peggio ancora… Volete…»

Rudy scoppia a ridere. «Ma sei pazza? Guarda che noi siamo scienziati, mica ammazziamo la gente. Non abbiamo nemmeno un servizio di sicurezza! Nel Centro non è mai entrata un'arma, figurati. È vero, non vi accede spesso gente estranea, per carità: ma mi dici chi ti crederebbe, se tu raccontassi una cosa del genere? E poi, sapresti indicare la strada? Stiamo viaggiando da quasi quattro ore in mezzo alla neve, tenendo un percorso in direzioni diverse, siamo a tremila metri sottoterra e invisibili dall'alto. Come pensi che ci possano rintracciare, se anche riuscissi a farti credere?»

Lisi tace, colpita, guardando dal finestrino l'esterno immerso nel buio più profondo. È vero, non ha idea di dove siano; non saprebbe dire nemmeno in quale nazione: Francia, Svizzera, Italia.

Si volta di nuovo verso Rudy. «E chi mi darà le risposte che voglio?»

Lui stringe la mascella, come se la domanda non fosse ovvia ma molto, molto difficile. Alla fine dice: «Il direttore. Credo che sarà il direttore a risponderti».

XLIV

Marco aveva messo il telefono in carica sperando che non gli fossero arrivate chiamate da Lisi semplicemente perché gli si era spento, ma non era così. Peraltro il cellulare della ragazza continuava a risultare irraggiungibile.

Alba non era tornata alla meditazione, ma si era seduta tranquilla in poltrona continuando a canticchiare e a sorridere; la cosa metteva il professore in agitazione, quindi aveva trascorso il tempo cercando in camera della nipote qualcosa che potesse fargli trovare tracce della destinazione del misterioso viaggio. Pessima scelta, perché il risultato era stato quello di acuire malinconia e preoccupazione per l'enorme tenerezza paterna che aveva provato guardando le cose della ragazza: fotografie, oggetti, libri, appunti.

Marco si era confrontato coi passaggi della vita di Lisi, da stinti pupazzi di peluche a diari scolastici, da testi universitari sottolineati ed evidenziati a grandi quaderni riempiti dalla sua rotonda calligrafia. Era evidente il cambiamento dalla data della scomparsa di Giorgio in poi. Lisi si era gettata nella ricerca, che era diventato l'unico vero interesse. Gli amici di prima erano scomparsi a poco a poco, ed erano rimasti quelli virtuali i cui nickname comparivano su foglietti in cui c'erano notizie e informazioni varie. Rospo, Sparviero, Gru: chissà chi erano in realtà. Marco si fece l'idea che si trovassero in Cile, in Giappone e in Indonesia, perché i riferimenti a quei Paesi erano ricorrenti.

La cosa gli diede un brivido, e per due motivi: se Lisi si era messa in viaggio per raggiungere uno di questi posti, allora sarebbe stato quasi impossibile trovarla; inoltre si trattava di zone vulcaniche, il che intrecciava la ricerca di Lisi con la sua: la permanenza di antichi culti e la dipendenza geofisica delle religioni arcaiche.

L'unico nome che sembrava non avere precisa localizzazione era quello di un certo Rudy, che dagli appunti risultava solo uno che dava a Lisi e agli altri notizie su eventi passati, presi per lo più da giornali d'epoca. A ognuno la sua funzione, evidentemente.

Ingrid e Brazo arrivarono insieme un paio d'ore dopo. La tensione, quando la giornalista e Marco si trovarono di fronte, si tagliava con il coltello, e solo Alba sembrava non accorgersene.

Marco disse, sbrigativo e guardando altrove: «Ho dato un'occhiata alla stanza di Lisi mentre aspettavo, e non ho trovato niente di rilevante. La rete dei suoi amici è sparsa per il mondo, se si è messa in testa di raggiungere uno di loro, potrebbe essere ovunque. Peraltro ho verificato che operano tutti in zone vulcaniche, che io conosco bene per via delle mie ricerche, per la maggior parte posti desertici e periferici, anche pericolosi».

Brazo mise un paio di volumi sul tavolo e scosse il capo: «No, prof, senti le notizie che porta Ingrid. Qualcosa ce l'abbiamo».

La ragazza, pallida e tirata, teneva lo sguardo duro di fronte a sé. Marco pensò che in qualche modo adesso sembrava più tedesca di prima.

«Allora, io ho un'amica. Molto, molto stretta, abbiamo studiato insieme, ci conosciamo da sempre e mi fido di lei completamente. Quest'amica lavora in… diciamo in un'istituzione intergovernativa di polizia, la cui esistenza non è nota.»

Marco disse, sprezzante: «Eccoci qua. Pure i Servizi segreti, adesso. Lo sapevo».

Inaspettatamente fu Brazo, il tranquillo pacifico Brazo, a scattare con violenza: «E cazzo, Marco, adesso basta fare il bambino offeso! Qui si tratta della sicurezza di Lisi! Io, pure se si trattasse di Belzebù in persona, gli offrirei la cena, se avesse notizie da darmi. Non ti pare il momento di pensare a tua nipote, invece che a te stesso?».

La tirata cadde in un sorpreso silenzio. Tutti fissarono il ragazzo, rosso in volto e spettinato; nessuno fino a quel momento aveva avuto una sensazione così netta della preoccupazione che stringeva il cuore del ragazzo.

Marco rispose, lento: «Hai ragione, Brazo. Scusami. Scusatemi tutti, soprattutto tu, Ingrid. E grazie per quello che hai fatto o che farai per aiutarmi a trovare mia nipote. Dicci, per favore».

La giornalista annuì, seria, e riprese: «La mia amica ha accesso in tempo reale a strumenti che nessuna polizia del mondo possiede, a parte forse i Servizi israeliani, di cui peraltro si sa pochissimo. Ho dato il nome e i dati completi di Lisi, e dopo due ore ho ricevuto la risposta. È tutto verbale, naturalmente, perché non si può ottenere niente di scritto. Il sistema al quale la mia amica può accedere mette insieme tutta la rete delle videosorveglianze, traccia i pagamenti, incrocia gli scanner facciali e una serie di altre diavolerie di cui non sospettiamo nemmeno l'esistenza. Serve per l'antiterrorismo, sostanzialmente».

Marco era impressionato, ma non riuscì a trattenersi: «Certo che con questi mezzi anche il mestiere del giornalista diventa più facile…».

Brazo lo guardò storto. Ingrid arrossì.

«Io non mi servo mai, mai della mia amica per il giornale. Non le chiederei niente per un articolo, e comunque lei non mi darebbe nessuna notizia per motivi futili come il lavoro. Le ho dovuto dire… Le ho fatto capire quanto contasse per me quest'informazione. Non è stato semplice convincerla, ti assicuro.»

La voce le tremava, adesso. Marco, suo malgrado, si sentì stringere il cuore. E di nuovo quella parte ribelle ed egoista che aveva dentro esultò per l'evidente permanenza del coinvolgimento di Ingrid nei suoi confronti.

Brazo disse, secco: «Digli che cosa hai saputo».

La donna obbedì: «Dunque, il viaggio di Lisi è strano, molto strano. Alcuni tratti peraltro non risultano tracciati, come se avesse percorso pezzi di strada per conto suo, forse chiedendo passaggi. Né possiamo pensare a soste per incontrare qualcuno, perché i tempi di permanenza nei luoghi di cambio di mezzo risultano troppo brevi, a volte pochi minuti».

Marco chiese: «Sì, ma si può sapere dove è andata?».

Ingrid continuò, con lo stesso tono: «Viaggia da sola. Non compare mai nessuno con lei, nelle riprese delle telecamere di sorveglianza. Fa i biglietti da sola, aspetta da sola. Secondo quello che mi dice la mia amica, sembra assolutamente tranquilla nelle immagini». Fece una pausa, poi aggiunse: «L'ultima traccia è un arrivo a Como, a tarda sera. Da lì non si sa più niente».

Marco tacque, succhiandosi i baffi perplesso. Poi guardò Brazo. «Como? E che c'è a Como? Non mi pare che… Forse qualche culto celtico, precristiano…»

Brazo scosse la testa: «Credo sia solo una tappa. Se no qualcuno sarebbe andato a prenderla. Si sarà mossa con altri mezzi, da lì. Però mi rassicura il fatto che non era agitata, e se voleva poteva tranquillamente chiamare. Non si sente in pericolo».

Marco rispose: «Il che non vuol dire che non lo sia».

Alba intervenne a bassa voce, ma siccome nessuno si aspettava che parlasse, tutti sussultarono: «Non è in pericolo, ve l'ho detto. Anzi, credo che non sia mai stata così al sicuro come adesso».

Marco scattò: «Tu mi devi spiegare come accidenti lo sai, allora. Parla, altrimenti sarai responsabile del mio infarto!».

La sorella gli sorrise, serafica, e ricominciò a canticchiare a bassa voce.

Marco allargò le braccia, frustrato. «E va bene. Adesso non ci resta che metterci a cercare nei testi che hai portato, Brazo. Voglio capire esattamente il senso di quello che ha detto la guidatrice suicida prima di morire, e se abbiamo la conferma che cerchiamo, torniamo alla chiesa della Pietrasanta per vedere cosa c'è dietro quella finestra dove mi pare di averla vista prima dell'incidente.»

L'assistente annuì: «Sì, ho raccontato a Ingrid che hai avuto l'impressione di vederla».

La ragazza disse, lievemente ironica: «Sono contenta che tu abbia avuto un grado sufficiente di attenzione per guardarti attorno, in quel momento».

Marco arrossì. «È stato un riflesso di luce, solo un attimo. Ma forse mi sbagliavo, chissà. Forse mi sbagliavo su un sacco di cose, in quel momento.»

Ingrid aggiunse, piano: «C'è un'altra cosa, e riguarda l'articolo».

Marco fece un cenno di fastidio con la mano. «Senti, non mi pare assolutamente il caso di parlarne ancora. Brazo ha ragione, non pensiamo ad altro che a Lisi e al suo...»

Ingrid lo interruppe, secca: «Guarda che io sto parlando proprio di questo. Ho chiesto alla mia amica di verificare come qualcuno sia entrato nella mia posta elettronica, e dove sia situato il server dal quale poi hanno inviato l'articolo al giornale. È un hackeraggio in piena regola, hanno dovuto forzare diversi sistemi di sicurezza informatica e individuare almeno quattro password segrete. Non una cosa da poco».

«Be'? E che c'entra questo col viaggio di Lisi?»

Brazo disse, piano: «Zurigo. Il server dal quale è stato inviato il falso articolo di Ingrid si trova a Zurigo».

XLV

Lisi si guarda attorno. È curiosa, molto. Il suo occhio abituato ai luoghi antichi registra qualcosa che non ha mai visto né immaginato.

Perché è evidente che il posto non è affatto recente, almeno in questa prima serie di locali che hanno attraversato nel percorso, anzi. La manifattura degli oggetti, le pareti, le scarse suppellettili risalgono senza dubbio a più di un secolo fa; ma la concezione, la funzionalità, i materiali utilizzati sono modernissimi, in qualche caso addirittura più avanzati di quanto la ragazza riesca a immaginare.

L'automezzo si è fermato all'improvviso, in mezzo al nulla, e lei ha creduto che ci fosse un guasto. Rudy ha tolto le mani dal volante e ha incrociato le braccia, disponendosi in attesa. Dopo qualche attimo, e senza che apparentemente il ragazzo si fosse messo in contatto con qualcuno, la macchina ha cominciato a sprofondare lentamente, come inghiottita dalla neve, fino a scomparire sottoterra. Quando è terminata la discesa, Rudy ha fatto segno a Lisi di uscire dall'abitacolo e hanno iniziato a camminare. Un lungo corridoio scarsamente illuminato, una, due anticamere, un ascensore velocissimo e silenzioso, un altro corridoio. A un certo punto hanno incrociato due uomini in camice bianco, che nemmeno si sono voltati a guardarli, continuando a conversare fra loro in una lingua slava che Lisi non ha compreso.

Finalmente, dopo avere attraversato una specie di tunnel con alcune porte sui lati e una vetrata affacciata su una specie di laboratorio di fisica con macchinari in funzione, giungono a un altro ascensore. Rudy imprime il dito su una specie di lettore di impronte e la cabina parte ad altissima velocità verso il basso.

Il tragitto dura comunque molto. Una musica soffusa rende l'atmosfera ovattata. Rudy guarda fisso davanti a sé, ogni tanto si gira verso Lisi e le rivolge un sorriso nervoso. La ragazza continua a sentirsi invece stranamente calma, con qualcosa di più che non riesce a individuare, un sentimento di vaga aspettativa, come si sentiva da bambina la notte prima della Befana.

La cabina rallenta e poi si ferma. Escono in un'anticamera vuota, con una sola porta. Rudy si avvicina e picchietta con la mano, aprendo senza aspettare risposta. Si fa da parte e lascia passare la ragazza.

All'interno, in piedi davanti a una scrivania, una vecchietta in camice bianco. Lisi rimane sconcertata: l'età della donna è indefinibile, ma sicuramente sopra i novant'anni. La pelle rugosa e piena di macchie, i capelli bianchissimi raccolti in una crocchia, la schiena curva; ma due occhi azzurri, limpidi, intelligenti e freddi e un sorriso teso suggeriscono immediatamente alla ragazza di non fidarsi.

«Ciao, Lisi. Finalmente ti vedo. Sono molto, molto contenta che tu sia qui.»

Le due si squadrano. Poi Lisi chiede a Rudy: «La signora sa chi sono io, evidentemente. Posso mettermi in pari?».

Il ragazzo tossisce, nervoso. «Lei è… puoi chiamarla direttore. Così la chiamo io.»

La vecchia non ha distolto gli occhi gelidi dal volto di Lisi, e il sorriso non ha perso un millimetro.

«Sì, direi che direttore va bene. È tanto di quel tempo che nessuno mi chiama per nome che nemmeno me lo ricordo più. Hai fatto buon viaggio? Sei stanca?»

Lisi fa cenno di no con la testa. Chissà perché non ha voglia di convenevoli con quella donna. «Sto benissimo. Ho alcune domande, sono qui per questo. A quanto pare Rudy non ha le risposte, o non me le vuol dare. Vorrei sapere, e poi tornarmene a casa, se possibile.»

Il sorriso si appanna un po'. Poi la vecchia fa un cenno alla sedia e dice: «Prego, siediti pure. Vediamo se riesco a farti contenta, almeno per quanto posso. Rudy però deve lasciarci, vero? Ha molte cose da fare, gli si è accumulato un po' di lavoro in queste ore».

Lui lancia un'occhiata alla ragazza. «Ma… direttore, io posso rimanere, se Lisi…»

La donna si ferma mentre con passo lento sta navigando attorno alla scrivania per raggiungere la sedia a schienale alto, e fissa inespressiva il giovane.

«Certo, se lei desidera che tu rimanga, puoi restare. Quello che dirò dovrà però rimanere all'interno del tuo livello di conoscenza, naturalmente. Lasciamo a lei la scelta, vuoi?»

Lisi fa una smorfia di indifferenza, seguita da un cenno deciso della vecchia. Rudy stringe le labbra, evidentemente contrariato, ed esce senza salutare. La vecchia sorride, accomodandosi sulla sedia.

«Rudy è un carissimo ragazzo, sai. È nato qui, in un certo senso, ed è molto utile soprattutto per la... comunicazione esterna, ma a volte è difficile fargli capire qual è il suo ruolo. Crescerà.»

Lisi dice, secca: «Mi spiega che cos'è questo posto, in realtà? Che cosa fate qui dentro?».

La donna annuisce, gentile: «Ma certo, anche se qualcosa te l'ha già detta Rudy, lo so perché eravamo in collegamento audio e video con voi per seguire il viaggio. Io aggiungerò che una delle nostre principali funzioni è mettere in collegamento le informazioni. Tutte le informazioni, dalle notizie minime a quelle importantissime. È per questo che il nostro archivio dispone di quei dati riferiti al passato che di volta in volta Rudy ti ha fornito, quando ti servivano. Noi seguiamo... seguiamo la Storia, man mano che si compone. L'analizziamo, ne tiriamo fuori le componenti secondo alcuni princìpi, che sarebbe troppo complicato spiegare».

Lisi corruga la fronte. «E a che serve, quest'analisi? Mi pare che facciate anche altro, però. Ho visto alcuni laboratori di fisica e chimica, c'erano persone che lavoravano a quello che mi è sembrato un acceleratore di particelle.»

La donna sorride, solo con la bocca. «Complimenti per lo spirito d'osservazione. Mi pare di capire che sia meglio che io ti racconti una storia, allora. Ti va di sentirla?»

«Senta, signora, io sono qui per capire. Rudy mi ha detto, in una videochiamata di ieri... no, ieri l'altro, comincio a confondere il tempo... mi ha detto una frase di... una frase che non poteva conoscere, non so se lei ne è al corrente. Voglio sapere come ne è al corrente. Se non mi crede, può mandarlo a chiamare e...»

La vecchina stringe gli occhi, come cercando di ricordare. Poi ripete: «"Va bene, polpetta. Ci vediamo dopo il tramonto. E buon vento a te"».

Lisi prova una vertigine, proprio come quando ha ascoltato quella frase da Rudy. Poi una rabbia cieca monta dentro di lei.

«Senti, vecchia: io non so chi tu sia, né che facciate qui dentro. Ma so che quella frase la conoscevamo in due, io e Giorgio, e che lui è scomparso subito dopo averla detta e non l'ho visto mai più. Ora mi dici come cacchio la sai, e perché me la ripetete come fosse una formula chimica.»

La donna spalanca gli occhi, fingendo meraviglia. «Oh oh, il cucciolo tira fuori le unghie. Mi piace che siano finiti i convenevoli. Allora, ragazzina, ascoltami bene: qui dentro le regole le faccio io, non tu. Saprai le cose che vogliamo che tu sappia e credimi, non sono affatto poche. La volontà di portarti fin qui non è mia, almeno non solo mia; ma per farti capire bene come stanno le cose, c'è un antefatto e devi avere la pazienza di ascoltare. D'accordo?»

Lisi la fissa di rimando, dura. «Ho capito. Quindi sono stata rapita. Attirata da una frase carpita chissà come e chissà da chi, e intrappolata qui per chissà quale motivo oscuro da una banda di psicopatici che credono di essere la Spectre. Non capisco però perché proprio io, e che volete da me.»

La vecchia sorride, di nuovo senza gli occhi. «Tu, mia cara, sei infinitamente più importante di quanto immagini. Infinitamente. E lo sono le tue ricerche che, avrai piacere di saperlo, sono molto meno assurde di quanto ti dicano. Solo che sei arrivata a un punto, insieme a quella sgangherata compagnia, pericoloso per te e per loro, tanto che ti informo che hanno appena tentato di farli fuori, tutti e tre.»

Lisi balza in piedi. «Chi? Mio zio? E Brazo, Ingrid... Ma com'è successo? E stanno bene?»

La vecchia annuisce, quieta: «Stanno bene, è stato un tentativo maldestro, per fortuna. Un'iniziativa individuale, diciamo. Ma il pericolo c'è, ed è grave. Noi... non potevamo correre il rischio per te, ecco il motivo per cui si è scelto di farti venire qui».

Lisi si lascia cadere di nuovo sulla sedia. Si sente mancare. «Ma... ma che vuol dire? Prevedete il futuro, qui? E come potevate sapere che...»

La vecchia scuote il capo leggermente. «No. Purtroppo

non prevediamo il futuro. Facciamo però delle ipotesi con buona approssimazione, e spesso indoviniamo. La verità è che, brancolando e non pianificando, avete toccato una specie di nervo scoperto, cara. E avete messo a rischio l'esistenza di… gente strana, un po' particolare, la cui reazione non sempre è prevedibile. Tutto qui. Ora, noi al Centro crediamo di essere riusciti a definire questo rischio e di poterlo fronteggiare. Ma per riuscirci è necessario che tu sappia cosa fare e come muoverti. Allora, ci stai ad ascoltarmi?»

Lisi annuisce: «Sì. Ma prima devo sentire mio zio. Devo sapere che sta bene. Altrimenti non se ne parla».

Il direttore resta a fissarla per un lungo minuto, i piccoli occhi azzurri senza espressione in quelli neri e appassionati della ragazza che però sostiene fiera lo sguardo. Poi dice: «Va bene. Farai la tua telefonata. Dopo mi ascolterai, e alla fine incontrerai… una persona. Siamo d'accordo».

XLVI

Quando arrivarono alla Pietrasanta, il Natale era ormai esploso in tutta la sua ridondante, traboccante frenesia. La folla aveva perso la componente locale, impegnata a scartare regali e a provare a digerire la cena per poter accogliere il pranzo del giorno dopo, ed era costituita da decine di migliaia di turisti in cerca di brandelli di colore locale da fotografare, filmare o ricordare.

La piazzetta non faceva eccezione, anche se il flusso di gente subiva una strozzatura e quindi un rallentamento per l'insolita presenza di una volante della polizia all'imbocco del vicoletto che costeggiava la chiesa. Marco, Brazo e Ingrid se ne accorsero da un centinaio di metri, quando dovettero farsi strada nella marea di gente con maggiore decisione.

Non che si fossero parlati molto durante la strada per giungere alla meta. Marco aveva dato una rapida occhiata ai testi che Brazo gli aveva portato dall'università; li conosceva, sapeva dove cercare. C'era una formula, un'iscrizione trovata in Grecia su quello che si presumeva essere un frammento di una statua dedicata ad Artemide, il nome greco della dea Diana, che aveva un suono simile, anche se non uguale, all'invocazione che gli sembrava di aver udito dalle labbra della donna morente al volante dell'auto.

Ciò di fatto confermava il labile filo che univa il vagabondo morto, il culto delle janare, l'immagine che Marco stesso pensava di aver colto alla finestra la notte precedente e l'improvvisa partenza di Lisi. Tutto portava alla Pietrasanta, o meglio a quella strana piccola entrata laterale che conduceva nel ventre della terra sotto la chiesa.

Non c'era quindi stato bisogno nemmeno di dirsi dove stavano andando. Erano determinati a partire da quella finestra per cercare ulteriori informazioni sulla donna e reperire qualche dato per capire meglio dove fosse andata Lisi, ammesso e non concesso che le cose fossero in relazione. Brancolavano nel buio, come aveva detto Brazo con un po' di sconforto, ma non avevano altro.

Quello che Ingrid aveva riportato dalla sua misteriosa amica non comportava alcuna conoscenza sulla donna che aveva cercato di investirli, priva di documenti e di dati identificativi; furono perciò abbastanza sorpresi di trovare la polizia proprio sotto la finestra dalla quale Marco aveva intravisto, ma non ne era più tanto sicuro, quel volto.

Mentre si stavano chiedendo come fare a carpire qualche informazione, si sentirono chiamare.

«Ah, Moscati! Lei è il figlio del caro avvocato Moscati, no? Sono piuttosto fisionomista, io. Come stanno la mamma e il papà? Me li ha salutati come le avevo chiesto, vero?»

I tre riconobbero immediatamente il vicequestore Andreoli, anche dal fatto che aveva rivolto il sorridente saluto a Ingrid e non a Brazo, quello che aveva in realtà inteso salutare e che comunque gli rispose affabile, cogliendo la palla al balzo: «Dottor Andreoli, che piacere! Buon Natale! Come mai da queste parti, in un giorno di festa?».

L'uomo si girò verso Marco, sorridendo e rispondendo a Brazo: «Eh, che vuole, amico mio, per uno che si è dedicato a questo disgraziato mestiere non esistono feste comandate. Sono di turno, e quindi devo seguire tutto quello che succede di strano in città. Pensi che una donna ha scelto proprio il Natale per impazzire, una cosa che peraltro succede spesso. Quando ero in servizio a Catanzaro, per esempio...».

Ingrid, ormai perfettamente a conoscenza dei rischi che comportava la conversazione con quell'uomo, intervenne subito: «Una donna, dice? Perché, che è successo?».

Andreoli rispose a Brazo: «Ah, guardi, una cosa stranissima. Ha rubato una macchina e si è buttata in faccia a un palo della luce a Posillipo, morendo sul colpo. Il bello è che non si riesce a capire chi diavolo sia, questa signora. Niente, non un documento né una corrispondenza delle impronte. Non era malata, ho fatto condurre un esame urgente al medico legale che stava a casa a cena, non le dico le male parole che mi sono preso, e d'altronde se c'è da fare c'è da fare, è il nostro lavoro. Un amico medico mi racconta che una volta, a Milano...».

Marco chiese, in fretta: «E come mai, allora, se non avevate dati, siete qui? Se l'incidente è avvenuto a Posillipo...».

Il poliziotto si voltò verso Ingrid, con aria soddisfatta: «Eh, amici miei, è il nostro mestiere fare deduzioni. Io non ne potrei parlare, ma siccome so chi siete e penso che, data l'amicizia fraterna, e sottolineo fraterna, che mi unisce all'avvocato Moscati, che peraltro vi prego di salutarmi affettuosamente e magari ricordargli che aspetto sempre quella risposta sulla richiesta di avanzamento che sa lui, insomma penso di poter condividere le informazioni riservate... anche perché voi operate nel sociale, è vero? Quindi magari potete mettere l'orecchio in giro, per vedere se sentite qualcosa pure di questa misteriosa signora».

Brazo sospirò: «Ma certo, lo dico a mio padre, vedrà che si interesserà senz'altro. E insomma, cosa avete scoperto della signora?».

Con una mezza piroetta, il vicequestore si voltò verso Marco: «Ah, un piccolo ma interessante mistero. L'unica cosa che abbiamo trovato addosso alla morta non era addosso a lei, se mi permettete lo scherzetto di parole. Era attaccata alla suola della scarpa, sapete quei pezzi di carta che rimangono appiccicati perché c'è una chewing gum o peggio, non vorrei dire cose che magari alla signora qui facciano schifo, e insomma c'era questo foglietto di carta, e il caso ha voluto che fosse un brandello di questi volantini pubblicitari, sapete, col menu e tutto, di quel bar là di fronte, vedete, a cinque euro panino, bibita e caffè, ho visto il volantino nella versione completa, che mi chiedo poi come facciano a starci dentro, se solo una birra la tengono a due euro e cinquanta, i costi sono…».

Marco avrebbe volentieri dato una testata nel muro. «E dal bar poi come siete arrivati alla donna?»

Andreoli sorrise a Ingrid. «Ah, questa è la parte deduttiva, che modestamente mi compete: siamo andati dalla cassiera del bar e le abbiamo mostrato una foto del cadavere. Be', non era proprio una bella vista, la signora ha perfino vomitato, non vi dico, abbiamo fatto i numeri al lotto. Però l'ha riconosciuta. Ha raccontato che da qualche giorno abitava qua al posto della zia o della nonna, una vecchietta che le assomigliava assai, che diceva di fare piccoli servizi di sartoria in casa. Gente molto, molto riservata, eh. Nessuno sapeva niente, pare che la vecchia sia tornata a casa sua, gente di fuori, un paesino da qualche parte che non avevano mai nominato. La barista sapeva praticamente solo che abitavano in queste due stanze nel vicolo, con la finestra che dà su questo lato del campanile.»

Brazo chiese: «E allora?».

Il poliziotto rispose a Marco: «E allora siamo entrati, ovviamente. E qua viene il curioso. Non ci sta niente, in casa».

Il professore disse, disorientato: «Come, niente?».

«Niente» ripeté Andreoli a Ingrid. «Sono due stanzette e un bagno piccolo. In una ci stanno una branda, una cassapanca con quattro pezze dentro, vestiti da vecchia, che devono essere della famosa zia. Nell'altra ci sono un mucchietto di pietre e un tappetino.»

«Un mucchietto di pietre?»

«Sì, di pietre. Nere e tonde, tipo ciottoli di pietra lavica, io ne ho una uguale che presi sul Vesuvio in un'escursione, la tengo sulla libreria a casa, non in questura sennò se la fottono, voi non avete idea di quanto siano ladri i poliziotti.»

E cominciò a ridere, con uno strano verso che aveva qualcosa di equino.

A un certo punto si fermò, si asciugò gli occhi con un fazzoletto e scosse il capo.

«Magari le raccoglieva, chissà. O era tutta roba della zia, una vecchietta eccentrica che, a quanto mi dice la barista, se ne stava sempre in casa, la spesa se la faceva da sola, dice che in tutti questi anni non è mai entrata nel bar neppure per un caffè. Dice che le ricordava la Befana. Magari in altri tempi la pigliavano per una strega e la bruciavano.»

Marco chiese, disperato: «Ma ora che farete per determinare l'identità di questa donna? Sa, noi ci occupiamo della gente senza fissa dimora e...».

Andreoli rispose a Brazo: «Ah, ma questa la dimora ce l'aveva, anche se scarsa di arredamento. Il problema è che non ci stanno documenti nemmeno in casa. Stiamo ancora cercando, magari esce fuori qualcosa, ma non credo, secondo me era una paranoica che a un certo punto ha perso del tutto la brocca, ha rubato la macchina e si è suicidata.

E voi, piuttosto, come mai siete qui? Poi non c'era un'altra persona con voi, una bella ragazza?».

Brazo disse, evasivo: «Sì, sì, ma è impegnata nella distribuzione del pranzo di Natale, adesso. Non ha altro, vero, dottore, sulla donna? Mi piacerebbe raccontare a papà come siete bravi, voi, a reperire le giuste informazioni».

Mentre si voltava verso Ingrid, ad Andreoli brillavano gli occhi. «Eh, allora gli può dire che il vicequestore Andreoli Andrea non è bravo, ma bravissimo. La signora, quando ha preso il posto della zia, è stata fermata dalla cassiera, che per fortuna è assai poco incline alla privacy, come si dice mo, e le ha chiesto il nome. Il cognome per la verità non lo ha detto, ma da queste parti, si sa, basta il nome, il vicolo è tutto una famiglia e…»

Marco alzò la voce, al colmo dell'esasperazione: «Il nome, qual era il nome?».

Il poliziotto si voltò verso di lui, un po' offeso: «Diana. Ha detto di chiamarsi Diana. Magari però era un nome falso».

XLVII

«Per capire dove ti trovi, e soprattutto per capire bene chi incontrerai tra poco e quello che probabilmente ti dirà, devi per forza sapere alcune cose.

«Io, lo vedi, sono vecchia. Molto vecchia. Anche più vecchia di quanto tu possa immaginare, e penso che tu mi ritenga abbastanza anziana. Eppure sono giovane, molto giovane su altre scale.

«Questo concetto delle altre scale, tesoro, è fondamentale. Perché una delle ragioni per cui noi da un certo punto di vista andiamo avanti e da un altro non riusciamo a leggere gli eventi messi insieme, è proprio in questa specie di miopia: vediamo solo quello che abbiamo sotto il naso. Alla tua età vent'anni sono un tempo enorme, alla mia solo un altro po' di vita; invece non sono niente.

Ora, ti chiedo uno sforzo. Immagina un uomo. Un uomo intelligente, dalla mentalità molto aperta per la sua epoca. Un viaggiatore, uno scienziato. Che seguiva la propria voglia di conoscenza, rincorrendo con immensa curiosità cose nuove. La chiave è questa, sai: non cercare solo conferme alle proprie teorie, portandosi dietro pregiudizi e schemi fissi, ma innovazioni. Con strumenti sempre più raffinati, ma con la stessa ingenua curiosità di un bambino.

«Quest'uomo era molto ricco. Una ricchezza antica, familiare, che non aveva paura di impiegare in nuovi progetti. Studiava la natura, studiava le stelle. Ma non aveva timore di guardare in faccia lo spirito, e tutte le sfaccettature che poteva avere, le profondità che poteva raggiungere.

«Un giorno, all'orecchio di quest'uomo arrivò una diceria che sembrava una leggenda, ma che gli accese la fantasia. Non era granché, anzi era quasi niente: ma c'era qualcosa, una… divergenza, un'incoerenza che rendeva la leggenda irresistibile. Allora si mise in viaggio. Un lungo, lunghissimo viaggio che durò parecchi mesi. L'ultimo tratto di questo viaggio, sulle tracce di una favola, fu una scalata. Una scalata che nessuno aveva mai compiuto. L'uomo si preparò a lungo, quando fu ai piedi della grande montagna. Il tempo che passò a prepararsi lo dedicò in parte a capire dalla gente del luogo qualcosa in più della leggenda che stava rincorrendo. Dovette apprendere la lingua, e non fu semplice, perché quella lingua era antica, molto antica. Fu ospitato in un monastero, imparò a pensare in quella lingua, che era l'unico modo per comprendere la vera portata della favola.

«Questo mi porta a dirti una cosa importante, che magari adesso ti sembrerà stupida ma che forse prima o poi ricorderai, e che riguarda proprio la materia alla quale ti sei dedicata per tutti questi anni: nelle religioni, in ogni singola religione o culto, c'è un frammento di verità. È il nucleo, il centro attorno al quale è stato elaborato tutto il resto. È stato... predisposto così. Tu hai avuto una bella intuizione, e un'altra bella intuizione l'ha avuta tuo zio, ma il quadro generale è decisamente più complesso. Diventerà chiaro, un giorno, ma adesso non può esserlo. Non ancora.

«Insomma, l'uomo dedicò tempo ed energie allo studio della leggenda che inseguiva. I fatti avrebbero dimostrato che aveva ragione, ma allora sembrò pazzo a chiunque, familiari e amici compresi. Le difficoltà di trasmissione della corrispondenza a un certo punto fecero credere che fosse addirittura morto, o che si fosse convertito a quella strana religione della montagna: ma le sue lettere ripresero ad arrivare, e tutti si tranquillizzarono, o si rassegnarono, se avevano delle mire sul suo sconfinato patrimonio. Alla fine si ritirò per trenta giorni in meditazione, e cancellò le parti della leggenda che erano frutto della fantasia popolare. Quello che restò valeva la pena, decise. E organizzò la spedizione.

«Furono poche le guide che accettarono di mettersi in marcia con lui; la metà di quelle che sarebbero state necessarie. Certe favole fanno molta paura. La scalata fu dura, la stagione non era la più propizia; alcune guide scapparono e tornarono al villaggio, altre morirono. Non esistevano mappe o carte geografiche, non esistevano GPS o rilevazioni aeree. C'era la salita, e c'erano le nuvole che circondavano e nascondevano il cammino.

«Arrivarono a un crepaccio, e le pochissime guide rimaste si rifiutarono di proseguire. Pregarono l'uomo di tornare indietro con loro, di rinunciare a quell'assurda ricerca; fu lui a rifiutarsi. Lo abbracciarono piangendo, gli voltarono le spalle sicuri che sarebbe morto, che le sue ossa sarebbero state inghiottite dalla neve e dal ghiaccio perenne, e che anche lui, l'uomo, sarebbe diventato una favola. Ma non fu così.

«Non fu così.

«Dai tuoi occhi capisco che sei impaziente, mia cara. Che ti stai chiedendo se queste parole siano solo le farneticazioni di una vecchia pazza, e a che serva questo racconto in relazione alle verità che cerchi. Be', sappi che nemmeno una parola, una sola è di troppo. Anzi, ce ne sono molte che non è utile farti ascoltare, e che invece ti farebbero capire di più. Magari ci sarà chi te le dirà tra poco, o magari no. Non lo so e non ho elementi per prevederlo. Ti dico solo quello che mi è consentito, e ti garantisco, che tu mi creda o no, che è tutto vero. Tutto, fino all'ultima virgola.

«L'uomo rimase solo, davanti al crepaccio, con le nuvole sopra e le nuvole sotto. Senza le guide non avrebbe potuto scendere, e non aveva gli strumenti per salire ancora. Non aveva paura, altrimenti non sarebbe arrivato fin là, ma nemmeno sapeva cosa gli sarebbe successo.

«Si rannicchiò nella pelle di un animale morto chissà quanto tempo prima, della quale si era vestito sperando di tornare indietro. Il rumore del vento incessante, il freddo senza limiti lo cullarono in un sonno che poteva assomigliare a un passaggio tra un mondo e un altro. Ricordò le parole dei monaci coi quali aveva vissuto, e si convinse che aveva fatto bene ad andare là. Che quella scalata dava senso a tutta la sua vita, più del benessere e delle ricchezze e delle donne che aveva avuto.

«Si preparò a morire. Senza rimpianti e senza gioia, con l'anima leggera. Si può morire cercando una favola. Si può morire cercando la verità.

«Fu allora che dalle nuvole sopra di lui arrivò qualcuno.

«Qualcuno che è il motivo per il quale questo posto esiste, per il quale tu sei stata portata qui.

«Qualcuno per il quale, forse, l'umanità per come la conosciamo io e te ha ancora una speranza.

«Forse.»

XLVIII

Si rifugiarono nello stesso caffè della volta precedente, e la mancanza di Lisi fu ancora più acuta per tutti. Sembrava passata una vita, e non solo qualche giorno. Evitarono di guardare la sedia vuota e ordinarono tre caffè.

Fu Ingrid a spezzare il silenzio: «Mi pare chiaro, a questo punto, che c'è un legame forte tra le parti della vicenda: il vagabondo, l'incidente, la donna, il tempio di Diana, la scelta del nome, la scomparsa di Lisi».

Marco scosse lentamente il capo. «Non è ancora detto, il vagabondo non...»

Brazo allungò la mano sul tavolino e la mise sul braccio del professore. «Marco, non combatterci più, ti prego. Basta. È tutto molto chiaro, lo capisci bene anche tu. Ogni ulteriore esitazione da parte nostra aumenterebbe il pericolo per Lisi. O vogliamo davvero credere che sia andata a trovare un amico per Natale, e che qui non stia succedendo niente? Ci sono due morti ammazzati, lo capisci?»

Ingrid soggiunse, a mezza voce e controllandosi intorno: «Senza contare l'arresto cardiaco del custode del parcheggio, che a questo punto tenderei a considerare come un possibile omicidio. E, scusatemi se ci aggiungo pure questo, il tentativo di separarci attraverso la pubblicazione del falso articolo. Marco, penso anch'io che la situazione si stia facendo grave. Dobbiamo decidere la prossima mossa, e in fretta».

L'uomo alzò gli occhi su di lei. Lo sguardo era addolorato, iniettato di sangue per la stanchezza, smarrito. Ingrid provò un moto di invincibile tenerezza.

«Non è facile, per me. Pensare che Lisi, che in fondo è poco più di una bambina, possa essere nelle mani di... di qualcuno capace di tutto questo, mi stringe il cuore in una morsa. Ma immagino che abbiate ragione, non si può più nascondere la testa sotto la sabbia. E allora, che si fa? Partiamo per la Svizzera?»

Brazo fece una smorfia. «Capo, se avessimo un solo riferimento, sarei già partito io, credimi. Ma non abbiamo dati sufficienti.»

Ingrid annuì. «Brazo ha ragione. In effetti non siamo neppure certi che sia andata in Svizzera. Il fatto che il server fosse a Zurigo non significa niente, l'hacker può essersi collegato da qualsiasi posto. E Lisi ha fatto perdere le proprie tracce quando era ancora in Italia. Paradossalmente potrebbe essere tornata indietro e trovarsi in un posto qualsiasi.»

Brazo confermò. «E comunque la Svizzera non è piccola, e ha molte zone difficilmente raggiungibili. Se qualcuno è andata a prenderla, come è lecito ipotizzare, può averla portata dovunque. No, penso che partire sia inutile.»

Marco era restio a mollare l'idea: «Ma potrebbe essere in pericolo, no? Prigioniera di qualcuno».

Ingrid scosse la testa: «Niente lascia pensare che si sia mossa contro la sua volontà, però. Su questo la mia amica dei Servizi è stata chiara, non sembrava preoccupata nei filmati delle videocamere. E sua madre è comunque assolutamente tranquilla».

L'uomo agitò una mano con fastidio: «Lascia perdere mia sorella, è andata con la testa. La mia paura è che Lisi sia stata attirata in una trappola, non hai idea di quanto sia curiosa e di quanto sia incosciente...».

Brazo mormorò: «Be', questo è vero, in effetti».

«E quindi magari ora vorrebbe tornare o scappare e non può liberarsi.»

Ingrid era incerta: «Ma non abbiamo motivi per credere questo, secondo me la stai facendo più tragica di quello che è. Forse sta solo incontrando uno dei suoi "amici" che ha notizie per lei. Vedrai, sii ottimista per una volta».

Marco si sporse sul tavolino, spiritato. Attorno a loro, nel bar e fuori, il Natale imperversava.

«Non vuoi capire, allora. Quello che è successo, che sta succedendo, dimostra una cosa, se ammettiamo che tutti gli eventi siano collegati. Sai che cosa? Che Lisi ha ragione. Ha completamente ragione. La sua teoria, quella che ho osteggiato e limitato, per la quale l'ho presa in giro e che ho sempre ritenuto assurda, in realtà è vera. E quindi non solo esiste, una dannata associazione segreta dei sacerdoti dei culti scomparsi, ma per qualche sconosciuto motivo è diventata virulenta e assassina, determinata e pronta a tutto. E non è limitata a questa città, ma è attiva altrove nel mondo, e quindi è potentissima e consolidata. Ed esiste una sola persona che se n'è resa conto: Lisi. Perciò, per continuare a operare con tranquillità, devono eliminarla.»

Marco aveva quasi gridato. Un uomo con gli occhiali, seduto a un vicino tavolino con un giornale in mano, si voltò verso di loro, infastidito.

Il professore abbassò la voce: «Questa cosa... questa associazione di sacerdoti, può essere antica o può essere un gruppo di fanatici che si sono messi in testa chissà quale obiettivo. In entrambi i casi è molto, molto pericolosa: il tentativo di toglierci di mezzo investendoci lo dimostra. E io dovrei starmene qui, tranquillo, mentre mia nipote, la persona più cara che ho, è forse in mano a un gruppo di assassini maniaci religiosi?».

Brazo disse: «Non possiamo fare altro. Magari ci mettiamo a vagare senza meta per la Svizzera quando Lisi è a pochi chilometri, magari è tornata e corre sicuramente più rischi qui che altrove».

«Peraltro qualche elemento per indagare qui ce l'abbiamo, ormai» intervenne decisa Ingrid. «Possiamo lavorare proprio su quello che Lisi ha indicato, se riusciamo a mettere le mani su uno di questi sacerdoti, può darci notizie su dove si trovi. E nel frattempo, magari, lei stessa si metterà in contatto con noi.»

Marco scosse il capo, sfiduciato. «No. Se avesse potuto chiamare, l'avrebbe già fatto. Di questo sono più che certo. Le impediscono di farsi sentire, ve lo dico io.»

Esattamente in quell'istante il telefono di Marco suonò. Sembrò così assurda la coincidenza, che tutti e tre si guardarono incerti, come se fosse una specie di scherzo.

Il professore tirò fuori il cellulare dalla tasca, guardò il display e li fissò sconvolto. «Anonimo. Dice: "anonimo".»

«E rispondi, no? Rispondi subito! Ma prima registra la telefonata. Sai come si fa, vero?»

Marco annuì e col dito tremante rispose premendo il tasto di registrazione. «Pronto?»

La linea era disturbata, un ronzio forte dal quale emerse una voce: «Zio? Zio, mi senti?».

Marco riuscì a dire, tremante: «Lisi? Lisi, sei tu, amore? Mi senti? Dove sei?».

Brazo e Ingrid si accostarono, tesi.

«Zio, ascoltami. Sto bene, benissimo. Non vi dovete preoccupare.»

Il disturbo sulla linea e la confusione nel bar rendevano quasi impossibile sentire bene quello che diceva la ragazza. Marco si mise una mano sull'altro orecchio e urlò: «Ma dove sei? Dove sei andata? Quando torni, maledizione? Qui sta succedendo...».

Lisi lo interruppe: «Torno, stai sereno. Torno presto. Sono venuta qui per sapere, e finalmente saprò tutto quello che volevo. Voi state bene?».

«Sì sì, ma le cose sono cambiate, Lisi. Avevi ragione,

capisci? Hai ragione. Quindi adesso puoi tornare, così lavoreremo insieme, te lo promet...»

La ragazza lo interruppe ancora: «Appena possibile, tornerò. Ma tu, zio, tu devi aprire la mente. Lo puoi fare. Cerca il cielo, guarda il cielo. Anche sottoterra si può guardare il cielo, e...».

Gli parve di sentire una voce, o forse era un disturbo della linea.

La comunicazione cadde, e restò il silenzio.

Marco si passò una mano sulla faccia, mentre Ingrid prendeva il telefono per ascoltare la registrazione.

A pochi metri, una bella ragazza dai capelli ricci si allontanò silenziosa.

XLIX

Mai. Mai l'hanno visto così, in tutto l'enorme tempo, in tutto il corso immenso delle epoche che hanno attraversato.

Ovviamente non sono quelli dell'inizio. È accaduto che ci siano stati dei morti, e delle sostituzioni; ma per la maggior parte si è trattato di volti in penombra, di movimenti a stento intuiti nel buio, di voci che sussurrano nel tufo. E forse di incroci per strada, di sopra, sotto il cielo, un pensiero folle occhi negli occhi per un attimo, chissà se sei tu, ma se sei tu meglio non dirsi nulla, meglio non far domande, non sapere. Perché se sei tu, quello che abbiamo in comune è troppo assurdo e pesante per essere condiviso e perché la prima regola è non immaginare nemmeno di poter fare un pezzo di strada insieme.

I Guardiani non sanno molto. La loro sopravvivenza a tutto, alle persone, all'amore, all'esistenza, dipende da questo. Non sapere molto. Quasi niente. E non avere contatti tra loro, e col resto della gente, quella che passa, quella che muore, rapporti solo occasionali. I Guardiani hanno un compito. I Guardiani devono salvaguardare i Luoghi.

E il Padre, pensa Amatia mentre osserva in piedi, lei che è sempre stata in ginocchio, quello che mai ha visto, gli ha dato il compito. E la vita perenne.

Ha appena riferito quello che sa, Amatia. Il Padre le ha chiesto di parlare a tutti. L'ha collocata al suo fianco, in piedi, in una prospettiva che né lei né altri, a sua antica memoria, hanno mai avuto. Ha fatto andare gli occhi attorno, gli archi scavati nel tufo da artigli di bestie la cui specie è estinta, nicchie in ognuna delle quali adesso c'è una figura in ginocchio di cui si intravede la sagoma.

Quando ha finito di raccontare, con voce ferma e calma, il Padre ha avanzato fino al centro dello spazio che tra sé Amatia chiama "la Piazza". È rimasto in silenzio, le braccia coperte dal suo largo saio e aperte a croce, il cappuccio ampio a dare ombra al volto. Qualcuno, a disagio, si assesta meglio; la maggior parte dei Guardiani tace ripiegata sulle ginocchia, nel timore dell'esplosione del ruggito che spacca i timpani e l'anima.

Poi il Padre comincia: «Figli miei, devo dirvi di questo momento. Ho sperato di non dovervene parlare, di lasciarvi alla pace della vostra sorveglianza e all'attesa del nuovo ciclo; ma non posso. Avete avuto notizie di Ippolita, della sua assurda follia, e della sua morte. Avete ascoltato Amatia, il racconto di ciò che ha sentito. Voi sapete che i Luoghi ai quali siete preposti sono sacri: in essi avviene il Rinnovamento, che vi dà una nuova vita; ma la vita è solo un aspetto, il minore, dell'importanza immensa dell'emissione che avviene dopo trenta rivoluzioni di questo pianeta attorno alla sua stella. Per voi, figli miei, è la conferma di quanto credete, del vostro ormai antico sacerdozio, e in un certo senso è proprio così. E come vi avevo anticipato, in occasione dell'ultimo Rinnovamento prima di questo dei giorni scorsi, i tempi sono profondamente più rischiosi. È stato facile finora salvaguardare i Luoghi, per intere ere il rischio maggiore è stato che un pastore si rifugiasse con le sue pecore al riparo di un tempio in rovina, o che un ladro in fuga si nascondesse proprio là dove avviene il Rinnovamento: ma adesso la città ha altre densità, altre profondità, e la possibilità di invasioni è ben maggiore, e io capisco che l'istinto e la consapevolezza dell'importanza della vostra guardiania vi suggeriscono l'opzione della violenza e della morte».

Dalla sua posizione, Amatia si rende conto che il Padre sta facendo un enorme sforzo per simulare calma nel proprio sermone. Ne percepisce la vibrazione, il tuono che rotola lontano in quell'immenso torace. In qualche strana maniera, la cosa la terrorizza ancora di più. Vorrebbe inginocchiarsi ma non ne ha il permesso.

Il Padre continua: «Noi non uccidiamo. Sarebbe la via più facile, me ne rendo conto; ma noi non uccidiamo. L'alterazione delle linee delle Mappe sarebbe, come più volte vi ho detto, un evento potenzialmente più grave di qualsiasi eventuale beneficio derivato dalla rimozione violenta di una minaccia. Per questo la fine di Ippolita è forse il male minore, rispetto a quanto stava per provocare la sua follia. Voi, figli miei, siete sterili, come sapete. Siete un vicolo cieco delle Mappe, un'appendice inutile a quei fini. Ma siete necessari per il compito che vi è stato assegnato. L'unico motivo per il quale sopravvivete, vi alimentate del Rinnovamento e non avete malattie di alcun genere è la sorveglianza dei Luoghi sacri».

Mentre parla comincia a camminare, ingobbito, le lunghe braccia in avanti quasi a sfiorare il suolo. Cammina veloce, sempre più veloce. Amatia, con un lungo brivido, sente su di sé il soffio dell'aria smossa.

Correndo agile e pesante, il Padre prosegue: «Questa è la vostra funzione, certo. Ma ancora più di salvaguardarli dalla violazione fisica, dall'ingresso inconsapevole di qualche inutile vagabondo, è importante difendere la conoscenza di cosa siano i Luoghi, di quello che a ogni Rinnovamento avviene là dentro, e perché. Questo segreto è messo a rischio dagli atti di violenza, che attirano indagini e sopralluoghi, esami scientifici e analisi. Ecco cosa più di tutto è da evitare».

Si ferma di botto, proprio dall'altra parte rispetto a dove Amatia sta in piedi a osservare. Solleva un braccio e con un ampio gesto gli fa compiere un arco corrispondente a un semicerchio. Dall'ombra inginocchiata nella nicchia si stacca una sfera che rotola in mezzo allo spazio, senza rumore.

Un urlo trattenuto parte da qualcuno. Tutti si piegano riducendo la propria ombra. Amatia non resiste e cade in ginocchio.

Con lo stesso tono di prima, ora il Padre parla rivolto al corpo decapitato davanti a lui: «Aristarchos. Aristarchos, figli miei, ha ucciso, provocandone l'arresto del cuore, il custode del parcheggio che accoglie il suo Luogo sacro. Ho già provveduto ad assegnarne la sorveglianza a un altro dei miei figli. Noi non uccidiamo, ma voi siete dei vicoli ciechi delle Mappe. Siete sterili. E così, proprio voi che siete resi immortali dal Rinnovamento potete morire senza conseguenze. Ricordate questo paradosso, quando vi viene in mente di prendere iniziative come quelle assunte da Ippolita o da Aristarchos».

Poi torna al centro della Piazza, spostando col piede la testa di Aristarchos.

«Il prossimo Rinnovamento, tra trenta rivoluzioni, sarà decisivo. Da esso dipenderà la sorte dell'intero genere umano. Da esso e da quanto sarete, saremo capaci di tenere nascosta la natura dei Luoghi sacri. Da oggi, da questo istante, il vostro compito sarà più importante di quanto sia sempre stato. Cercate e trovate la ragazza. Seguite l'uomo, il giovane e la donna. Difendete in ogni modo i Luoghi, e la conoscenza. Riferite costantemente ad Amatia, in deroga immediata alla regola di non incontrarvi e di non parlarvi. Sarai tu, sacerdotessa di Cerere, a riferire a me.»

E se ne va, nell'aria di nuovo ferma.

Amatia sente l'anima pesante per il nuovo compito.

L

Lisi ascolta il fruscio elettrico che le è rimasto nel telefono. Osserva la mano rattrappita della vecchia, che ha premuto un tasto su uno strumento fissato al tavolo. Gli occhi della direttrice non hanno rimproveri per aver detto troppo, ma in compenso hanno la determinazione a non consentirle altro.

Allora Lisi le chiede, secca: «Riformulo la domanda che ho fatto a Rudy, ma stavolta vorrei una risposta soddisfacente: che cos'è questo posto? A che serve?».

La vecchia la fissa col suo sguardo inquietante, giovane in un viso decrepito. «Qui lavorano molti scienziati. Hanno fatto, abbiamo fatto, una scelta difficile ed enorme: quella di sacrificare la vita alla conoscenza. E alla salvezza della specie. Siamo... sacerdoti, in un certo senso. Certo, abbiamo i nostri benefici. Le nostre ricompense. E qui siamo veramente tutti uguali, come ha prescritto il nostro fondatore.»

«Ma come vi mantenete? E come riuscite a tenere il segreto su… questo?» La ragazza fa un gesto con la mano, indicando attorno.

La vecchia sorride, raddolcendo un po' l'espressione. «Il nostro lavoro ha risultati collaterali. Effetti secondari, come ti ha già accennato Rudy. Noi, vedi, possiamo attingere a… a una conoscenza molto, molto vasta. Antica, antichissima per certi versi, ma anche avanzatissima. Sono idee, certo. Nuclei, princìpi che poi sta a noi sviluppare. Ma su questa base, portiamo avanti tante cose. Per quanto riguarda il segreto, finora non è stato poi così difficile. Chi è dentro non ha interesse che si sappia nulla, chi è fuori non ci cerca. Basta così.»

A Lisi pare tutto troppo semplice; e c'è qualcosa che le sembra leggermente fuori fuoco: la vecchia, Rudy, i laboratori, il viaggio che le hanno fatto fare. Come se esistesse una direzione, la regia di qualcuno.

Decide di tornare alla storia che il direttore le ha raccontato poco prima. «Che c'entra il viaggiatore sulla montagna con tutto questo? Che è successo, quando l'hanno salvato?»

Il viso della donna si raggrinzisce ancora.

«Si parlarono, l'uomo e chi lo aveva salvato. Si parlarono a lungo, nel luogo riparato sopra le nuvole dove fu condotto. L'uomo si spiegò la leggenda, e ogni cosa che aveva immaginato e che lo aveva portato lassù a offrire la vita solo nell'ipotesi, nella sottilissima speranza che quello che aveva intuito dai racconti dei monaci della montagna potesse essere in parte vero. Si parlarono e l'uomo scoprì che non sapeva niente. Che né lui né il resto dell'umanità sapeva niente. Che nessuno aveva mai saputo niente.»

Lisi sbatte le palpebre. «Che vuoi dire? Che significa?»

La vecchia continua, come se stesse solo ricordando: «Il... personaggio che aveva salvato l'uomo, Lisi. Lui... lui sapeva. Sapeva tutto quello che c'era da sapere. Una domanda e una risposta, cento domande e cento risposte. Con semplicità, direttamente, senza dubbi e senza esitazioni. Ci pensi? Un uomo, un semplice uomo. Io e te siamo studiose, e conosciamo il peso della curiosità struggente, la frustrazione di non avere certezze, di non poter accedere alla verità. E lui, quell'uomo che aveva tanto lavorato ad aprire la mente, a sopprimere ogni pregiudizio, ad abbandonare la propria epoca, si trovava davanti alla conoscenza perfetta. Dio, per quanti anni ne ho odiato la fortuna...».

La ragazza le crede. Per chissà quale inspiegabile motivo le crede. «E come fece l'uomo a non avere dubbi? A capire che tutto quello che gli veniva detto era la verità? Che non erano teorie, banali menzogne o...»

La vecchia scuote la testa: «Tutto era conseguente. Ogni cosa spiegava la precedente, senza equivoci, ed era improvvisamente semplice. E poi il... il personaggio sapeva tutto ciò che non avrebbe potuto sapere. Tutto qui».

«Ma come tutto qui? E dopo che è successo? E che c'entra questo posto, e che c'entro io?»

La vecchia tace. Forse per un attimo, assurdamente,

Lisi legge in quegli occhi azzurri infossati nelle rughe un barlume di materna pietà.

Ma è solo un attimo.

«Ne parlarono a lungo e alla fine decisero. Scesero a valle, da un versante che solo il personaggio conosceva ed era ignoto a tutti. L'uomo organizzò col suo potere e con le sue ricchezze un viaggio, lungo e molto, molto riservato, a bordo di un carro chiuso. Vennero qui. Le conoscenze del personaggio e le immense ricchezze dell'uomo furono utilizzate per costruire l'ingresso e i primi locali di questo Centro. Il resto è stato fatto nei secoli successivi.»

Lisi prova un lieve senso di nausea. «Secoli? Che significa "secoli"? Quando è... quando sarebbe successo, tutto questo?»

La vecchia sospira, sorridendo: «Te l'ho detto che devi aprire la mente, Lisi. Che devi liberarti da ogni preconcetto. Altrimenti niente di quello che hai visto o che vedrai, che ti è stato detto o ti sarà detto avrà un senso per te».

Poi la porta si apre ed entra Rudy, che resta in piedi nei pressi dell'entrata. E a mezza voce, la direttrice continua: «Sei. Sei secoli. E quindici anni, dall'arrivo in questo luogo. Dall'inizio del nostro lavoro».

Lisi le crede. È tutto così enorme, così assurdo che le crede.

Inghiotte saliva, lancia un'occhiata in tralice a Rudy e domanda ancora: «E io? Che c'entro io, in questa follia?».

«Ti spiegherà tutto. Io credo che ti spiegherà tutto. A me ha detto che l'avrebbe fatto, e mi ha riferito cosa dovevo dirti. Ora ho finito, e andrai da lui.»

Lisi si alza. Il cuore cerca di sfondarle il petto. «Ma lui chi? Chi è che mi deve parlare? Chi è che mi ha fatta venire qui?»

La vecchia resta a fissarla, senza dire più niente. A Lisi all'improvviso sembra già morta da decenni, mummificata e piazzata dietro quella scrivania come un maledetto simulacro, una statua all'indifferenza.

Rudy fa un passo avanti: «Vieni, Lisi. Ti accompagno io. Ma dovrai entrare da sola. A me questo immenso privilegio non è concesso».

LI

Marco si era alzato dal tavolino, dopo aver visto il proprio smarrimento anche negli occhi degli altri due, che si erano passati il telefono con l'audio della breve conversazione con la nipote, e si era avviato deciso.

Brazo era quello che si era riscosso per primo, e arrancando nella folla lo aveva raggiunto. «Dove vai adesso, prof? Che facciamo?»

Anche Ingrid era arrivata porgendogli il telefono: «Be', almeno sappiamo che sta bene, no? Ha detto che torna presto, quindi ti puoi tranquillizzare».

L'uomo camminava svelto, gli occhi fissi davanti a sé. «No. Tutt'altro. È nelle mani di qualcuno, e ora lo so per certo.» Lanciò uno sguardo attorno, la ressa era enorme. All'improvviso Marco sembrava aver paura di chiunque.

Brazo chiese, incerto: «Ma… ma come fai a saperlo, scusa? L'hai sentita, era lei, ne sono sicuro».

Marco si fermò e si voltò verso di lui. Ingrid gli andò perfino a sbattere addosso.

«Se io ti parlassi per metafore, se facessi riferimento a qualcosa che sappiamo solo noi due, adesso, qui, che cosa penseresti? Per esempio di me e di lei?» e indicò la giornalista.

Brazo fece una faccia perplessa: «Be', penserei che... che c'è un significato diverso da... Che non vuoi far capire a Ingrid quello che mi stai dicendo, ma che hai urgenza che... lo sappia io». Le ultime parole le aveva pronunciate in un soffio di improvvisa comprensione. Marco si era voltato e aveva ricominciato a fendere la folla con decisione.

Ingrid chiese: «Ma dove stiamo andando, si può sapere? Che hai deciso di fare?».

Marco rispose intervallando brevi frasi a sguardi circospetti: «Non è sicuro. Non è più sicuro parlare all'aperto, in luoghi pubblici, in mezzo alla gente... Non è sicuro per Lisi, e nemmeno per tutti noi. Corriamo rischi, siamo in pericolo... Adesso è chiaro, e se non fossi stato un deficiente ottuso, se non mi fossi messo il prosciutto davanti agli occhi, lo avrei capito da tempo. Ma avevi ragione, Ingrid, e di nuovo ti chiedo scusa. Non ha senso partire, non ha senso andare da nessuna parte».

Arrivarono alla macchina di Brazo, e Marco fece cenno di entrare. Una volta dentro, chiuse i finestrini e riprese a parlare: «Adesso siamo al riparo, credo. Ci hanno sempre tenuto d'occhio, anticipano le nostre mosse... Perché ci sorvegliano».

Brazo sussurrò: «Capo, adesso mi fai paura. Se ci spieghi, per favore...».

«Il cielo. Lisi ha detto: *apri la mente e guarda il cielo*. È una vecchia cosa, una specie di scherzo di quando era più piccola e già studiava le religioni. Io le dicevo: "Alla fine, tutto è sotto il cielo. Guardano tutti al cielo: Iside, Mithra, Odino. Se vuoi trovare quello che hanno in comune, trova quello che guarda più in alto e vai un po' più su". È, diciamo, un metodo, un modo di appropriarsi degli strumenti per considerare le cose scientificamente.»

Ingrid scosse il capo: «Non ti seguo. Scusami ma non ti seguo. Che c'entra questo con Lisi, e perché dovrebbe far capire che si trova sotto sorveglianza?».

Marco fece un sorriso amaro e gli occhi gli si riempirono di lacrime. Era profondamente commosso e la sua emozione si trasferì agli altri due.

«Ha detto sottoterra. Il cielo, ma sottoterra. I Luoghi sacri, quelli che indaga sempre, quelli di cui sostiene che i sacerdoti esistano ancora, sono tutti sottoterra. Nessuno di essi è rimasto all'aperto, nessuno ha il cielo sopra. È così brava, sapete. È così… intelligente.»

Brazo si portò una mano alla bocca: «Vuoi dire che…?».

«Voglio dire che se per trovare gli elementi comuni dei culti bisogna andare più su, per trovare quello che hanno in comune i riti e i luoghi di culto antichi, bisogna andare più giù. Bisogna trovare una mappa, una struttura tra essi, e andare sotto, più sotto ancora. Perché il cielo esiste, ma mi riferisco al cielo sottoterra. L'elemento comune è solo qui, in questa città: il che rende inutile partire, cercarla altrove.»

Ingrid spostò lo sguardo dall'uno all'altro, spaventata. «Così mi mettete paura, accidenti. Volete spiegarmi che cosa è successo? Dov'è Lisi, e come facciamo noi a cercarla? È sottoterra, qui in città? Come ci è arrivata, chi ce l'ha portata?»

Marco scosse il capo. «Questo non lo so. Non lo so. Ma so quello che lei, Lisi, vuole che facciamo. Dobbiamo aprire la mente, non farci fregare dai pregiudizi.»

Brazo annuì, aggiungendo sottovoce: «Aprire la mente, quindi forse, nel caso nostro, unire le due teorie scientifiche, superando gli attriti e le barriere. Perché Lisi ci ha sempre rimproverati di questo, di non voler vedere i collegamenti, no? Quindi dobbiamo legare quello che sostiene lei, che ci sia una stretta e attuale relazione tra i culti delle antiche religioni, con la teoria che studiamo di nascosto da quando...». Si fermò, imbarazzato.

Marco concluse per lui, con un sorriso amaro: «Da quando ho pubblicato il mio articolo, subendo l'ostracismo e il ridicolo della comunità scientifica. Sì, ormai è inutile nasconderlo a Ingrid. Abbiamo continuato, io e Brazo, a raccogliere elementi e dati. Il cielo sottoterra esiste, ed esiste solo qui. Dobbiamo avvicinarci al cielo, nel punto giusto».

Ingrid chiese: «Ma... quale sarebbe, questo punto giusto? E come facciamo a trovarlo?».

Marco disse a Brazo: «Metti in moto. Dobbiamo andare in camera di Lisi, è là che lo capiremo».

Poi dal sedile davanti si voltò indietro verso Ingrid

mentre la macchina partiva con un sobbalzo: «Il cielo sottoterra è quello che c'è qui: il magma. Il vulcano che unisce i Campi Flegrei al Vesuvio, un unico mare di lava che aspetta il momento di esplodere. Quello stesso cielo che dà energia e forza, come il sole le dà alla terra. È uno specchio, capisci? Un mondo rovesciato. Troviamo i luoghi che Lisi ha individuato come ancora attivi, ne tiriamo fuori il centro. E ci andiamo. Solo che dobbiamo scendere più giù. Dobbiamo scendere ancora».

Ingrid, sentendosi stringere in gola, si chiese se non fossero tutti pazzi. Lei inclusa.

LII

La donna si è accorta che la bambina, invece di tenere gli occhi sul mare e sulla cesura tra il cielo e l'acqua, ha spostato il volto verso la città. Ben due volte, nel ciclo della stella.

Per cui ha chiamato il furgone, che è arrivato puntuale e silenzioso, benché sia Natale; ha fatto caricare la carrozzina a bordo, mentre la bambina fingeva di lasciarsi prendere per un secondo tra le sue braccia per poi essere deposta sul sedile; ha sussurrato una destinazione all'autista, che è partito immediatamente.

Ora sono sul piazzale della collina, sotto la Certosa, circondate da coppie innamorate e ragazzi che fumano erba e bevono birra, mentre l'ininterrotta massa di edifici si stende sotto di loro a perdita d'occhio, accendendosi nel pomeriggio di luci e di ombre.

La donna aspetta. La bambina continua a fissare la città dietro gli occhiali scuri, il cappello di lana calato sulla fronte, il volto pallidissimo e glabro, il collo sottile affondato nella sciarpa, la pesante coperta fino alle scarpe nere. La donna coglie in lei una tensione raramente conosciuta. Una tensione espressa dalla assoluta mancanza di movimento, quasi si trattasse di un gracile manichino, un simulacro senza vita da portare in giro come fosse vero.

A un tratto sente insopportabile il peso e dice: «Ricordi, Madre mia, quando non c'era questo castello? Quando le costruzioni erano pochissime, e giungevamo qui col carro trainato da un asino?».

La bambina sembra emergere lentamente da un sonno profondo. «Ricordo anche prima, quando tu non eri nemmeno un frammento di calcolo sulla Mappa. E non c'erano costruzioni, e nemmeno il mare. Ricordo quando animali di cui oggi si ignora l'esistenza si aggiravano tra alberi ora estinti, e anche la stella si muoveva seguendo un'altra orbita. Ricordo le urla degli uccelli, e la morte di esseri che avrebbero potuto dominare questo pianeta. Se io non avessi deciso diversamente. Il peso di quelle estinzioni, di tutte quelle morti non mi opprime. Ma il calcolo, le variabili mi divertono ancora. Non ora, però. Non ora.»

Dal basso arrivano i clacson e le musiche della festa. Due ragazzi cominciano a litigare, alzano la voce e poi si mettono a ridere. Troppa birra, pensa la donna.

La bambina chiede, all'improvviso: «Sono già scesi, gli altri?».

La donna scuote il capo, continuando a tenere d'occhio i ragazzi e valutandone la distanza dalla bambina. L'esplosione di rabbia è una variabile di cui la Mappa non sempre tiene conto. Non c'è rischio, ovviamente, ma in caso di pericolo la bambina dovrebbe manifestarsi, e con tutti quei cellulari in giro il rischio sarebbe grave.

«No, Madre. Ma stanno per farlo, lo sai. Questione di giorni, forse di ore.»

Un altro silenzio. I ragazzi salgono su uno scooter e si allontanano. La donna sente sciogliersi la tensione dai muscoli del collo.

«E della ragazza sappiamo qualcosa?»

La donna è sorpresa: «Ma, Madre, non l'avevi data per perduta? Non c'è... Ce l'hanno loro, lo sai».

La bambina tace per un po'. Poi dice: «Quante persone. Quanti incroci, quante variabili qui sotto. Non vedi? Ci sono i vicoli ciechi, quelli che non avranno impatti sul futuro, e tante opportunità nuove. La Mappa si rinnova, come ho prescritto che sia. La ragazza non è un discorso chiuso. Non lo è adesso, e nemmeno lo sarà. Lo sai, mancano trent'anni. Mantieni alta la sorveglianza, figlia mia. Non perdere di vista la traccia, finché si sviluppa in continuità. È quello che ti ho insegnato, da quando la Certosa e il castello non esistevano né era nata la linea che ha portato alla famiglia di quelli che li hanno costruiti. Non dimenticare».

La donna, presa da una nuova felice inquietudine, fa un cenno all'autista che le attende vicino al furgone a cinquanta metri di distanza. È ora di rientrare.

Rudy ritorna nell'ufficio del direttore, pallidissimo e agitato.

«L'ho lasciata fuori dalla seconda porta, direttore. Non ero mai arrivato così vicino, è stato... Lo sentivo, capisce? C'era qualcosa, nell'aria, che... Come se qualcuno mi avesse preso per il braccio, e portato via.»

La vecchia annuisce, sbrigativa: «E le hai spiegato come fare, vero? L'accesso non è semplice...».

«Ma sì, certo che sì. Le ho detto di mettere il dito sulla tastiera, di avvicinarsi allo schermo. Come mi ha spiegato lei... Insomma, direttore, io non ci sono mai... Non ho mai visto. Finora, almeno, no? Perché c'è sempre la speranza che io possa...»

«C'è, come no, certo che c'è. E io stessa, purtroppo, non sono eterna. Ci sarà bisogno di qualcuno che... che prenda quel ruolo, e se tu...»

«Io, direttore? Proprio io? Quanto sarebbe bello anche solo poterlo guardare, poterci discutere, ho tante cose da chiedere che...»

«Questo lo vedremo. Il tempo non manca, lo sai. Dobbiamo solo superare questa crisi, che è la più grave di sempre. Basterebbe così poco, per risolverla; l'hai vista, no? È tanto... fragile.»

«Sì. Sì, lo è. Ma lui ha prescritto, no? Noi non possiamo. Noi non uccidiamo le persone.»

«No. A questo purtroppo non si sfugge. Ricordo che, tempo fa, accadde una cosa qui al Centro. Una questione stupida, gelosia, invidia. Uno di biologia fece fuori uno di telecomunicazioni. C'era questa ricercatrice, lavorava alle Mappe, addirittura. Tanto tempo è passato, ma ce li ho ancora impressi. Lui ci volle parlare, pochi secondi; l'assassino uscì coi capelli bianchi, sai? Completamente bianchi. E morì due giorni dopo, sbavando e ridendo, senza più dire una parola. Ho i brividi al solo pensiero.»

«Sì, direttore, ma... lui che le dirà? Forse la farà impazzire, forse ridurrà anche lei a...»

«Non lo so. Nessuno può immaginare. Lui, sai, ha altre linee di pensiero. Quando sono davanti a lui non riesco a dire che "sì, Maestro" o "no, Maestro". Non so come ragiona. Non so di cosa le voglia parlare, non so perché l'abbia voluta qui. So solo che lei è il più grande pericolo che mai il genere umano abbia conosciuto.»

«Ma davvero è così, direttore? Non può esserci un'errata lettura, un'anomalia nella Mappa?»

«No, Rudy. Tutto è chiaro, più di quanto sia mai stato. Hitler, Stalin, Cristo, Maometto, Galileo non sono niente a confronto. I numeri sono chiarissimi.»

«E allora non possiamo lasciarla andare, direttore. Anche se lui...»

«Noi non uccidiamo le persone, Rudy. Non lo facciamo.»

«Quindi che cosa ha in mente, lei? Perché l'ottica del Maestro può essere diversa dalla nostra, no? In fondo lui stava altrove, e aspettava. Per lui cinque o sei secoli non fanno differenza.»

«Infatti. È così. Ma noi non uccidiamo le persone.»

Rudy tace, afflitto. Ma all'improvviso la vecchia sorride, e tutto il volto le si accartoccia attorno agli occhi. «Il che però non significa che non possiamo lasciarla morire, no? C'è tanta neve, fuori. E tanto freddo.»

Il ragazzo spalanca gli occhi: «Lei dice, direttore? Davvero? Possiamo farlo? E lui? Cosa dirà se…».

La donna si alza e percorre faticosamente qualche metro, reggendosi con la mano al bordo. «Lui vedrà solo un numero sulla linea della Mappa. Sarà una cosa quasi senza significato, è già successa. E riprenderà a guardare il suo schermo, e a guidarci nel cammino. Magari dentro sarà felice che il caso, il semplice vecchio caso, abbia offerto una soluzione più rapida e indolore.»

Rudy, lentamente, comincia a sorridere.

Lisi entra dalla porta dove Rudy l'ha lasciata. Sente qualcosa, e crede l'abbia sentita anche il ragazzo che è diventato pallido e ha lanciato occhiate frenetiche al di là del battente. Sembrava terrorizzato.

Lei invece percepisce nel cuore una strana, incongruente calma. La sua inquietudine, quella alla quale si è da tempo immemorabile abituata, che la spinge a cercare e a cercare senza sosta, si è all'improvviso placata, le è sceso dentro un silenzio dolce, attutito. Non ha aspettative, ma neppure paura. Si sente, assurdamente, al proprio posto.

Si trova in un ambiente stretto, una piccola anticamera che ha solo due porte: una è quella dalla quale è appena entrata.

C'è silenzio. Lisi si accorge che la musica che suona in ogni ambiente del Centro là tace.

Si avvicina sicura all'altra porta e appoggia le dita sullo strumento vicino allo stipite.

La porta si apre.

Da una finestra che prende quasi tutta una parete, il paesaggio esterno, neve, la pallida luce del freddo sole, qualche cima di albero che freme nel vento. Un tavolo. In penombra, al lato opposto della stanza, una figura informe.

Lisi entra, e si chiude la porta alle spalle.

LIII

Ingrid osservava Marco lavorare con l'aiuto di Brazo e, malgrado il momento di grandissima tensione, era affascinata.

Da ormai due giorni se ne stavano asserragliati nella stanza di Lisi, trasformata in una specie di centrale operativa. La situazione era davvero strana: l'oggetto delle frenetiche ricerche era antico, antichissimo in alcuni casi, ma i tempi di lavoro erano urgentissimi. In sostanza, i due antropologi stavano cercando di ricostruire una mappa perimetrale dei luoghi che Lisi aveva identificato, per ricavarne un centro fisico che corrispondesse a un punto raggiungibile nel sottosuolo. Il difficile era proprio questo. La mappatura della città sotterranea era molto articolata e incompleta; in parecchi casi le notizie non corrispondevano e alcune vie che sembravano praticabili su alcune carte non lo erano secondo altre.

I due uomini andavano avanti senza sosta. Brazo partiva alla ricerca di testi segnati da Marco su foglietti volanti e tornava con volumi anche molto vecchi avvolti in carta di giornale, che venivano febbrilmente consultati, spesso anche solo per poche pagine. Ingrid si occupava di tracciare l'eventuale percorso, man mano che i due uomini raccoglievano nuove informazioni. E l'evidente abitudine dei due a lavorare insieme, la perfetta coordinazione derivante dalla piena consapevolezza dei rispettivi compiti, l'immenso rispetto e la fiducia assoluta che l'uno riponeva nell'altro riscaldavano il cuore della giornalista, e la lasciavano ammirata.

Naturalmente erano entrambi animati dalla frenesia di far presto. L'amore che provavano per Lisi era un motore potentissimo, anche se il sentimento era diverso nei due. Commovente era soprattutto Brazo, devoto al professore ma profondamente coinvolto nei riguardi della nipote. Ogni tanto, Ingrid se n'era accorta, l'assistente osservava la fotografia della ragazza abbracciata al fidanzato scomparso: e sul volto passava una nuvola di disagio e malinconia.

Qualche volta Ingrid si alzava e andava nell'altra stanza per vedere cosa faceva la madre di Lisi. Si andava convincendo che Marco avesse ragione circa il fatto che la sorella viveva in un mondo tutto suo, col quale non interferiva in alcun modo nemmeno la situazione di pericolo che stava attraversando sua figlia. Passava il tempo in ginocchio, davanti al mucchietto di ciottoli, a canticchiare la solita sorda melodia. Avevano discusso in merito alla presenza dello stesso simbolo trovato in casa dell'automobilista suicida della Pietrasanta; ma non sapendo se si trattasse di qualcosa che risaliva all'anziana che aveva abitato l'appartamento, e soprattutto non avendo idea di quale fosse il culto al quale faceva riferimento quel semplice rito, avevano deciso di tralasciare.

Talvolta Marco si girava verso Ingrid, e le sorrideva. Erano sguardi fugaci che non avevano un seguito verbale, ma la giornalista si rendeva conto di quanto fosse significativo anche quel piccolo gesto, per uno come il professore. Quell'uomo aveva eretto attorno a sé una vera e propria fortificazione che forse un giorno lo avrebbe portato in un altro luogo, come era accaduto a sua sorella; era stato l'amore per la nipote e la testarda, cieca determinazione a trovare i riscontri per la propria teoria a mantenerlo legato alla realtà. E l'emozione in cui si era imbattuto incontrando Ingrid era un elemento di disordine contro il quale aveva combattuto, ma a cui si andava abbandonando. La donna, che ne era affascinata da quando del professor Marco Di Giacomo aveva visto un'imbarazzata, fuggevole immagine sul web, non poteva che esserne felice.

Adesso però tutto doveva essere accantonato e superato dalla necessità di ritrovare Lisi, o almeno assicurarsi che non fosse in pericolo. La sua scomparsa e l'assenza di tracce, in un mondo in cui chiunque è sempre reperibile, avevano dell'incredibile. Ingrid aveva consultato di nuovo la sua amica, quella che lavorava per l'organizzazione intergovernativa, e ne aveva registrato la sorpresa e l'imbarazzo. Nessuno spariva così, almeno ai loro occhi. Nessuno si dissolveva, senza lasciare di sé alcuna notizia.

La mattina del terzo giorno, con poche ore di sonno e moltissime di lavoro alle spalle, Marco gettò con rabbia la matita sul tavolo e disse: «Niente. Più di così non riusciamo a determinare. Il perimetro dei luoghi è troppo irregolare, chissà quanti altri ce ne sono di cui Lisi non sa, o sui quali non ha lasciato appunti. Io direi sotto la chiesa di San Domenico Maggiore, molto in profondità, ma non ci si arriva certo direttamente. Bisognerebbe passare dall'ingresso di via Serra, che è il più lontano ma anche quello che consente di giungere almeno fino a qui» e picchiò col dito sulla cartina della città, «che è il posto più prossimo. Certo, bisogna fare un lunghissimo giro, ma ci si avvicina abbastanza.»

Brazo era pallido e scarmigliato. «Prof, lo sai, io… Insomma, sottoterra non sto bene, ecco. Finché si tratta di scendere in posti come il tempio sotto la Pietrasanta è un conto, ma…»

Marco gli rivolse un sorriso tirato. «Lo so, amico mio, lo so, non ti preoccupare. D'altra parte avevo già deciso: andrò solo. Non sappiamo cosa troveremo, nemmeno sappiamo esattamente cosa stiamo cercando, magari sarà tutto inutile. Vado io, e voi due sarete i miei supervisori e ufficiali di collegamento. Poi Lisi potrebbe tornare, no? Meglio farsi trovare pronti, nel caso.»

Ingrid intervenne, decisa: «Nemmeno per sogno! Scendo anch'io. Sono esperta, ho studiato archeologia, ho partecipato a decine di scavi, per poterne scrivere sul giornale. Ho vissuto tanto nel sottosuolo quanto all'aperto, praticamente. Vengo con te».

Marco protestò: «Forse non mi sono spiegato. I casi sono due: o là sotto non trovo niente, perché abbiamo costruito un castello di illusioni senza elementi, e in questo caso è inutile che tu mi segua; o trovo qualcosa, e questo qualcosa ha sulla coscienza almeno tre morti più chissà quanti altri, e allora metterei a rischio la tua vita. Per cui, non si discute».

Ingrid si alzò in piedi, gli occhi azzurri determinati e fissi in faccia a Marco. «Sta' a sentire, professore. Credevo ormai ti fosse chiaro che, per quanto tu ti sforzi, io non consento a nessuno di impormi cosa devo o non devo fare. Quindi, se dico che vengo giù, lo faccio comunque, e i casi, come tu dici, sono due: o mi porti con te, e puoi almeno vegliare affinché non mi succeda niente, anche se dal mio punto di vista vale viceversa; o non mi porti, e io scendo per conto mio seguendo il tragitto che voglio, che per inciso corrisponde al tuo con qualche variazione. A te la scelta.»

Marco restò qualche attimo a fissarla, intensamente. Poi esclamò: «Maledizione alla testaccia dura delle donne! E va bene, allora prepariamoci».

Brazo nel frattempo aveva evidenziato in rosso il percorso sulla cartina, ricalcando la matita di Marco e unendo i tratti.

«Ci sono alcuni punti, qui, qui e qui, in cui pare che la strada si interrompa, almeno sulle piante di più recente tracciatura. Invece la pianta più antica, quella antecedente alla costruzione della rete fognaria così com'è adesso, riporta dei collegamenti. Se questi collegamenti esistono ancora e sono praticabili, il percorso scende molto più in basso ed è più rapido. Comunque sarà una cosa lunghetta. Dovete attrezzarvi bene, tenuto conto che da là sotto sarà anche impossibile comunicare.»

Marco annuì: «Certo. Avevo anche pensato di portare un piccone, nel caso ci sia da aprirsi qualche passaggio. E ovviamente torce, batterie di ricambio, acqua».

Brazo guardava fuori dalla finestra il mare, freddo e distante.

Ingrid gli chiese: «A cosa pensi? Sta' tranquillo, tornerà sana e salva».

Lui si voltò: «Non pensavo a Lisi, adesso. Almeno, non solo a lei. Pensavo al fatto che stiamo cercando, in fin dei conti, le radici di tutte le mitologie. La base delle religioni, i frammenti della Verità, come dice il prof. E quello che state per fare, in fondo, potrebbe rivelarsi esso stesso una leggenda».

Marco chiese: «In che senso?».

Brazo sorrise, triste: «E me lo chiedi? Una discesa in basso, nel profondo, verso un mare di fuoco, alla ricerca di qualcuno di ignoto e terribile. Lo sai cos'è, no?».

Il professore annuì: «Certo… Secondo tutte le religioni, questa è una discesa all'Inferno».

LIV

So che le hanno raccontato di come è successo.

Di com'è nato questo luogo. Di quello strano, avventuroso viaggio. So che le hanno detto di questa assurda amicizia, di questo legame. E capisco anche quanto sia difficile compenetrarsi, e comprendere i motivi per cui tutto è accaduto. A costo di ripetere cose che lei già conosce, devo dirle che dipese dall'apertura della mente; da quanto lui fu capace di spalancarsi alla conoscenza, liberandosi da ogni pregiudizio.

Ora forse sarebbe facile, vero? O almeno più facile. La gente guarda storie e legge fatti, è sempre più raro restare sorpresi da qualcosa, e quando succede si passa subito oltre, c'è una voracità di notizie curiose e di leggende. Più si conosce, più si sa, più c'è il bisogno di un confine. Di qualcosa di sconosciuto da indagare.

Allora non era così, e mi creda se le dico che in seguito, in tutto questo tempo, ho avuto modo di entrare nella mente di uomini straordinari, in positivo e in negativo, il che stranamente non fa troppa differenza; ma quell'individuo che incontrai quasi morto, in un luogo che non aveva mai visto alcun vivente, sopra e sotto le nuvole, è stato il più eccezionale. E nessuno conoscerà mai il suo nome. Curioso, vero? Sì, curioso. E anche molto triste.

Nei giorni che passammo, aspettando che si rimettesse, parlammo sempre. Era felice, quanto un essere umano può essere felice. Aveva trovato quello che cercava, e quello che cercava ero io. Non mi chieda come e non mi chieda perché, ma sapeva chi ero. Certo gli mancavano i particolari, i dettagli di una storia che era impossibile da comprendere in tutta la sua smisurata entità, ma sapeva. Quello che non sapeva, e in quel momento non lo sapevo nemmeno io, era che anche lui era quello che cercavo. La scoperta più importante del mondo era lui.

Io sono quello che vede. Uno scherzo, un assurdo del destino, se esistesse il destino. Qualcosa che non dovrebbe esistere, e che infatti non esiste. Eppure sono qui, a discutere con lei come vecchi amici, in un posto che nemmeno dovrebbe esistere e infatti non esiste, sottoterra e lontano dal mondo. Ma lei invece esiste. E la sua esistenza è fondamentale. Per tutti.

Provo a spiegarle, e dovrò essere sintetico. Ogni parola peserà, e la prego di tener conto di questo. So che non le sembrerà una menzogna, o una favola senza senso. Non a lei. Purtroppo non c'è tempo, e l'unica speranza che abbiamo, che ho, è convincerla. Solo convincerla.

Pensi alle spore. Vede fuori? Neve, vento. Freddo. Condizioni impossibili. Eppure i funghi, il muschio, continuano a mandare in giro la sopravvivenza della loro specie. Ora io le chiedo di andare indietro nel tempo in modo quasi impensabile. Ere ed ere, continenti diversi, mari diversi. Animali i cui fossili non sono stati mai nemmeno intuiti, perché popolavano terre che ora si trovano centinaia e centinaia di metri sotto la superficie dell'acqua. Ci riesce?

Adesso immagini una specie morente, in un altro luogo. Lontana molto più di quanto sia concepibile, oltre qualsiasi distanza percorribile da un essere vivente, anche in possesso di tecnologie che neanche potrei spiegarle. Immagini che questa specie mandi in giro spore. Un unico individuo in animazione sospesa, in una minuscola nave-laboratorio corredata dal solo modo di sopravvivere possibile: elementi genetici da impiantare in una specie ospite.

Immagini l'arrivo di questa spora in un mondo estraneo e selvaggio, fatto di belve ottuse e ostili. Immagini la lotta di quest'essere fragilissimo e immortale, vulnerabile anche ai raggi del sole ma non al tempo. Immagini una sopravvivenza complessa e disperata, da portare avanti per secoli tentando nel contempo di compiere la propria missione: immettere la propria specie in un'altra, perché generazione dopo generazione i geni nuovi divorino i vecchi, fino a quando l'antica, raffinata, debole gente ripopoli un pianeta altrui, secondo un processo inarrestabile.

Quasi inarrestabile.

Gli esperimenti sulle specie di allora sono stati centinaia. Il fallimento era costante, la materia prima si andava esaurendo. Il timore di quell'essere rianimato era immenso: quello di rimanere ucciso per caso o di esaurire la scorta di geni prima di trovare l'ospite giusto.

Perché, vede, il problema era la sterilità.

Quando il nuovo essere sopravviveva, ed era raro perché gli organismi reagivano con violenza alla cosa aliena che cercava di possederli, restava invariabilmente sterile; e non poteva trasmettere il proprio messaggio in bottiglia attraverso le epoche e fino al futuro. Prima che l'essere comprendesse che le quantità di tentativi di riprodursi dovevano essere ridotte, e il tempo per vedere realizzarsi il progetto dovesse di conseguenza allungarsi indefinitamente, i tentativi furono un'infinità e su ognuna delle specie presenti nel continente ormai sommerso dove la spora era scesa. C'era però di buono che alcuni degli esperimenti falliti, chiamiamoli così, sviluppavano insieme alla sterilità l'attitudine alla conoscenza, la capacità di azione e la resistenza al tempo della specie originaria, pur non perdendo l'aspetto che la natura e l'ambiente in cui erano nati gli avevano imposto.

Attorno al debole e immortale essere, perciò, si unirono i migliori tra gli esperimenti falliti. Con la dolorosa piena consapevolezza della propria inutilità, ma con la subalterna gratitudine a quella conoscenza e all'immortalità che dal cielo erano arrivate a sollevarli dalla serena ma ottusa bestialità.

I tentativi si prolungarono per molto, molto tempo. L'area di intervento si restrinse un po' alla volta: gli esseri marini furono scartati perché soggetti in maniera eccessiva alle variazioni del clima, i vegetali perché non potevano migrare e perché l'assenza di un cerebro avrebbe comportato un'evoluzione troppo lenta.

Lo so a cosa sta pensando. Lo so perché conosco il profilo della sua istruzione e quello che ha studiato. Lei sta pensando alle leggende comuni a così tante religioni e alle mitologie. Il continente che affonda, l'acqua che sommerge tutto, l'arca con gli animali, gli dèi con parti di bestie e parti umane. Ha ragione. Tutto vero. Ma anche tutto falso, ovviamente.

Alla base degli esperimenti c'erano due princìpi, che si mostrarono in contrasto ineludibile: primo, l'Essere Figlio, il soggetto che avrebbe preso il testimone e condotto la propria specie verso l'omologazione alla specie madre che era arrivata in forma di spora dal cielo profondo, doveva essere in grado di procreare, perché solo attraverso il processo generativo avrebbe potuto raffinarsi.

E poi c'era l'altra cosa.

Vede, l'Essere Madre, il soggetto dal quale tutto si generava, aveva una genetica predisposizione. Credo che la cosa derivi dalla rarità e dalla necessaria protezione della vita nel luogo d'origine, ma non ne ho la certezza. Sta di fatto che né l'Essere né gli esperimenti, nessuno escluso, potevano terminare le esistenze. Nessuno di loro poteva uccidere volontariamente.

Le caratteristiche parevano incompatibili in questo mondo. Assassini, ma generatori. Rispettosi della vita, ma sterili. Da questo atroce dilemma, tentativo dopo tentativo, non si riusciva a venire fuori. Le scorte di geni si andavano esaurendo, e all'Essere Madre, che gli esperimenti falliti si abituarono a chiamare Seminatore, si pose una fondamentale questione: se rassegnarsi ad annullare la propria missione, nell'assoluta inconsapevolezza che qualcuna delle altre spore sarebbe andata a buon fine, e quindi dovendosi assumere la responsabilità dell'estinzione della specie, oppure tollerare per il processo di costruzione una violenta tendenza alla terminazione altrui. Fu necessario, rilevando il rigetto delle specie erbivore del gene e invece la ricettività dei carnivori.

Alla fine, ma solo alla fine, dopo migliaia di fallimenti, una specie si mostrò pronta. E cominciò il cammino.

Quella specie è la sua.

LV

Brazo abbracciò Marco e Ingrid, raccomandandogli attenzione. Avrebbero iniziato insieme il tour guidato, e quando a un certo punto i due si sarebbero staccati da lui per proseguire per conto proprio, ci avrebbe pensato il ragazzo a rassicurare la guida, spiegando che i suoi amici erano dovuti tornare in superficie perché la donna aveva avuto un lieve malessere. In seguito li avrebbe aspettati nella macchina parcheggiata nella strada di fronte.

A un segnale convenuto, mentre la guida raccontava dell'utilizzo dei sotterranei come rifugio durante l'ultima guerra, Marco e Ingrid si dileguarono secondo il tragitto che avevano deciso. Camminarono in silenzio, mentre le voci dei turisti si affievolivano per poi scomparire. Terminata la parte illuminata artificialmente, accesero le torce. L'atmosfera era spettrale. Talvolta i cunicoli si restringevano, per poi sfociare in inaspettate cisterne profonde e larghe, le cui pareti erano segnate da iscrizioni e da nicchie che servivano da scale per i fognatori dei secoli precedenti. In alcuni punti ristagnavano conche d'acqua ferma e maleolente, mentre in altri il liquido nero presentava dei gorghi, sintomi dell'esistenza di sorgenti e di perdite.

Per un lungo tratto tutto era verticale, a dimostrazione di un contatto costante col mondo esterno. Erano luoghi funzionali alla città, frutto di uno sviluppo parallelo. Cave di tufo per costruire, serbatoi d'acqua per i palazzi sovrastanti, canali di scolo, depositi. Uno specchio della superficie.

Man mano che scendevano, le cose cominciarono a cambiare. I passaggi si strinsero, le discese si fecero più ripide e talvolta bisognava sedersi e lasciarsi andare come su uno scivolo. Ingrid marcava i punti di snodo con un segno di vernice, in maniera da poter ritrovare la via del ritorno, mentre Marco verificava sulla carta e con la bussola il corretto itinerario. Procedevano in silenzio, scambiandosi solo qualche indicazione. Ingrid era allenata e abituata, Marco era determinato e consapevole: non c'era molto da dire.

In entrambi, tuttavia, mentre passava il tempo, andava formandosi la convinzione che quello che stavano facendo fosse sostanzialmente inutile. In camera di Lisi, coi libri a disposizione e gli appunti di lei, pareva tutto plausibile; ora invece si sentivano perfino ridicoli, abbigliati come cercatori di tesori in un film di serie B, col rischio di fare la fine dei topi.

Dopo quasi due ore, Marco si fermò nei paraggi di una larga rientranza, confuso: «Qui avrebbe dovuto esserci una specie di parete, stando alla mappa. Non capisco».

Ingrid fece girare attorno il raggio della torcia. Fino ad allora avevano notato, sui muri, segni che testimoniavano presenze sempre più antiche, come un viaggio a ritroso nel tempo; da un po' non c'era più niente. Come se i cunicoli fossero stati scavati senza senso e abbandonati da epoche immemorabili.

La ragazza disse, a disagio: «Forse abbiamo sbagliato strada. Forse avremmo dovuto deviare mezz'ora fa, dove si procedeva diritto, invece di scendere».

Marco si avvicinò a lei, indicando la cartina. «Ma no, vedi? Non c'è dubbio, siamo andati nel verso giusto, lo conferma anche la bussola. Dovremmo trovarci proprio sotto la chiesa, magari qualche metro più a nord, ma...»

Una voce profonda, raschiante, venne dal buio a qualche metro da loro, improvvisa e pacata: «Non temete. Avete percorso la giusta via».

Marco fece un balzo, e la torcia gli cadde di mano rotolando via e spegnendosi. Ingrid rivolse subito il raggio verso la fonte della voce, ma anche la sua torcia si spense immediatamente.

D'istinto i due si abbracciarono, nel buio.

La voce disse ancora, calma: «Non agitatevi. Quelle, qua sotto, non funzionano, a meno che io decida diversamente. Non ha senso aver paura, no? Altrimenti perché vi sareste spinti fin qua?».

Marco parlò e la domanda gli venne fuori stridula: «Chi sei?».

Passò qualche attimo, poi la voce parlò di nuovo: «Io

sono quello al quale si riferiva Ippolita, la donna che ha cercato maldestramente di uccidervi. Io sono... sono uno che vive qui sotto. Sono quello che state cercando».

Marco si sforzava di raccogliere le idee più velocemente possibile. «Io... allora lo sai, chi siamo noi. Se sai della donna, allora sai anche di mia nipote. Di Lisi. E sai che la stiamo cercando. Restituiscila, e noi non andremo oltre. Te lo assicuro. Noi...»

La voce si pronunciò ancora, e stavolta sembrava quasi divertita: «Parli della ragazza. E parli come se dipendesse da te quello che fai, quello che cerchi, quello che trovi. Non è così. E comunque lei non è qui, e non è con noi».

«Che vuoi dire? Come lo sai? E chi siete voi?»

Non ci fu risposta per quasi un minuto. Marco sentiva Ingrid tremare, e il martellare violento del suo stesso cuore nelle orecchie. Poi un lievissimo bagliore si accese davanti a loro, e comparvero i contorni di una sagoma tarchiata, dalle spalle larghe e le braccia conserte, con quello che sembrava un cappuccio in corrispondenza della testa.

«Ora vedete quello che potete vedere. Non siete arrivati nemmeno vicino a dove sto io, sappiatelo. Vi sono venuto incontro, percorrendo molta più strada di quella che avete fatto voi. È stato necessario, per salvarvi la vita.»

Ingrid ritrovò la voce: «Che significa? Perché saremmo in pericolo?».

Il personaggio incappucciato rispose, beffardo: «C'è molta più vita di quello che immagini, qui sotto, Ingrid. Molta di più».

Sentendosi chiamare per nome, la donna si strinse ancora di più a Marco.

Il professore disse: «Come… come conosci il nome della mia compagna? E che vuoi dire con… con quello che hai detto? Spiegati, maledizione!».

Dal personaggio venne un sordo brontolio, un rumore che nulla aveva di umano. Era come il preludio all'esplosione di un tuono, che tuttavia non venne; ma in qualche modo fu ancora più spaventoso. «Uomo, sta' attento. Non sono abituato a sentire qualcuno che si rivolge a me in questo tono. O credi che io sia il tuo assistente, quello che ti aspetta su in macchina?»

Marco balbettò: «Ma… ci sorvegli? Hai un qualche sistema di telecamere o…».

«No. Nessuna telecamera. E se sono qui è proprio per proteggervi da quelli che vi tengono d'occhio. Loro… loro non hanno protezione contro la violenza. Figli miei, rispondete.»

Dal buio attorno a loro risuonarono molte voci maschili e femminili: «Sì, Padre».

La presenza incappucciata continuò: «Neppure per un solo attimo siete stati persi di vista».

Con disperata fretta, Marco chiese: «E allora dimmi quello che devo sapere. Perché è chiaro che se ci hai lasciati arrivare fin qui senza fermarci prima, e senza farci del male, è perché vuoi che sappiamo qualcosa. E sai che noi cerchiamo mia nipote, o almeno il modo per ritrovarla. Per cui, parla».

Una voce dalla parte opposta disse qualcosa in tono rabbioso e in una lingua sconosciuta, ma l'ombra alzò la mano con un gesto brusco.

«No. Fermi. Hai ragione, Marco. È così. Io potrei spazzarvi via con un semplice movimento della mano, e fare in modo che non vi si trovi mai più. Potrei anche prendermi il piacere di rinchiudervi senza farvi del male, e tenervi qui per il tempo brevissimo eppure necessario al vostro debole corpo per consumarsi, ma non è certo per questo che vi ho fatti arrivare qui. Il motivo è la libertà di scelta.»

Ingrid mormorò: «Quale scelta? Una scelta… nostra?».

E poi accadde una cosa assurda, che Marco e Ingrid non avrebbero mai ritenuto possibile. Eppure, avrebbero giurato che dall'ombra di cui intravedevano i contorni non venisse alcun suono, e tuttavia nella mente di entrambi risuonarono chiare le stesse parole.

Le vostre orecchie non mi sentono, ma voi sì. Vi parlo così, in questo modo, perché non voglio turbare i miei figli che mi ascoltano, e nel contempo mi è necessario che voi sappiate ciò che vi devo dire.

Io sono preposto alla guardia dei Luoghi sacri. Lo sono da tempo immemorabile, da ben prima che essi diventassero sacri per il genere umano e anzi da molto, molto prima che il genere umano esistesse. Questi Luoghi devono restare liberi, e ignoti al resto dell'umanità. È necessario. Se così non dovesse essere, la vostra razza conoscerebbe una lenta e ineluttabile estinzione, e avrebbe termine la stessa libertà di vivere.

Sento che mi considerate pazzo, una specie di illusionista, che presiede una setta di fanatici. Non è così. Io mi servo di questi uomini e di queste donne, ai vostri occhi pericolosi assassini, perché è necessario che i Luoghi siano difesi. Non posso spiegarvene la ragione, per non mettere a rischio la vostra vita, ma è così. Io, invece, che sono consapevole e antico, capisco che non è la vostra morte la via più facile per interrompere il pericolo, ma la vostra scelta.

Dovete sapere che esistono delle emissioni. Periodicamente arrivano, da un altro luogo la cui comprensione è al di là della vostra capacità, flussi di energia che noi chiamiamo Rinnovamento. Uno degli effetti secondari delle emissioni è la rimodulazione delle cellule dei corpi presenti all'arrivo dell'energia, che ringiovaniscono. La donna che ha detto di essere la nipote dell'anziana inquilina dell'appartamento è in realtà la stessa persona che per paura e per follia ha cercato poi di terminare la vostra vita. Sono triste per questo, ma non sorpreso. Il Rinnovamento non preserva dalla consunzione delle anime, dall'erosione dei cuori. In genere me ne accorgo prima, ma stavolta mi è sfuggito. Peccato. Per lei e per voi.

La vostra razza cammina in avanti, verso altro. Persino questa modalità di comunicazione mentale non sarebbe stata possibile anche solo mille anni fa. Il processo è irrevocabile, ma può ritardare se le Mappe condurranno altrove, secondo tragitti imprevisti. Il problema è che noi non conosciamo le Mappe nei dettagli, come le conoscono loro, gli altri. Se la via alternativa è breve, allora sarà meglio lasciarvi giungere dove dovete e convincervi che la cosa migliore per gli umani è custodire il silenzio dell'emissione, come faccio io dall'inizio servendomi dei miei figli, i Guardiani.

Non so se sia meglio o peggio. Non lo saprò fino a quando lo potrò desumere dal comportamento degli altri. Attenderò comunicazioni, che arriveranno come sono sempre arrivate. Fino ad allora voi due e Brazo sarete un'opportunità e non un pericolo. Della ragazza non so: se l'hanno presa, allora vuol dire che la sua linea non è ancora stata definita.

Se doveste tuttavia diventare un pericolo, allora lascerò liberi i Guardiani di dare sfogo alla loro natura assassina mai sopita. Sta a voi decidere.

Non potrete comunicare con me o con loro, naturalmente. Per entrare nelle vostre menti devo essere di fronte a voi, come adesso. E coi Guardiani vi consiglio di evitare contatti. Li ho reclutati in tempi feroci, e nonostante i Rinnovamenti sono rimasti nelle loro epoche, quando la vita umana valeva assai poco. Sono schiavi delle passioni. Lo rimarranno sempre.

Io non posso consentire, e non lo consentirò, che chi si accosterà alla prossima emissione lo farà con la voglia di conoscenza e con la determinazione a trasferire agli umani quello che interpreterà. Mi è stato detto che la Mappa presumibilmente vuole questo. E noi combattiamo la Mappa, per salvaguardare il frutto del ventre di questo mondo dagli invasori lenti.

Quando sarà il momento, deciderete quello che è giusto. E deciderete, così, della vostra stessa vita.

La voce tacque, e nel buio Marco e Ingrid, abbracciati e terrorizzati, d'istinto si guardarono.

La sagoma avanzò lenta verso di loro, i contorni si fecero meno indistinti nel vago bagliore. Quando fu vicino, le lunghe braccia si avvicinarono al cappuccio e lo abbassarono con delicatezza.

Istantaneamente Marco e Ingrid caddero svenuti al suolo.

LVI

Nonostante il tempo immemorabile di servizio e di assoluta, ininterrotta devozione, la donna non è mai stata in grado di comprendere lo stato d'animo della bambina.

Come tutte le Prime Servitrici che si sono alternate in passato e che lei non ha conosciuto, non ha mai lasciato trasparire altro che la completa disposizione a recepirne ogni minima necessità, e il livello di esteriorità delle manifestazioni ha potuto progressivamente diminuire fino a ridursi a minuscoli, impercettibili movimenti di quel corpo alieno che mai ha potuto vedere con completezza; ma le linee dei pensieri, le disposizioni dello spirito sono rimaste un territorio del tutto ignoto.

A lungo ha addirittura immaginato, la Prima Servitrice, che non ci fosse anima in quella struttura leggera e mobile quanto quella di un uccellino o di una medusa. E si è anche interrogata, nel silenzio profondo del cuore in cui, ne è certa, la bambina è perfettamente in grado di leggere, su come uno spirito si possa levigare in tutte quelle ere, simile a uno scoglio consumato dalle onde.

Ma la donna sa, sente che quel misto di familiarità profonda e alienità insopportabile che compone la bambina possiede invece complessi sentimenti e sconosciute emozioni. E che l'esplosione fredda e silenziosa di esse è la più pericolosa delle deflagrazioni.

Oggi sono in cima alla collina, uno dei luoghi preferiti della bambina. La donna, al sorgere del sole, appena dispone della certezza dei movimenti delle nuvole, propone i posti alla bambina, che determina con un secco cenno del capo. Non è detto che voglia l'aria limpida e la vista che si spande senza limite: a volte la preferenza va al vento, che agita le cime dei radi alberi e dipinge macchie sul mare; o perfino alla pioggia, che batte le facciate dei palazzi. Oggi invece l'aria è tersa, e i colori quasi assurdi nella loro brillantezza lucida.

La donna ha passato la notte sulle Mappe. La complessità del calcolo, il groviglio di possibilità l'hanno lasciata incerta e prostrata. A un occhio esterno nulla in lei è cambiato, seduta sulla panchina subito dietro la carrozzina, le mani lungo le cosce, il capo appena chino; ma oggi la bambina parla.

E le parla.

«Figlia mia, sento la tua angoscia e provo tenerezza, perché il tempo non ti ha insegnato ancora. Apriti e dimmi di questo tremito.»

La donna sospira a lungo, prima di rispondere: «Perdonami, Madre. È che... abbiamo lavorato così tanto su questa linea delle Mappe. Io mi ero... mi ero affezionata all'idea che funzionasse. Che fosse vicino il tempo dell'interpretazione, che la prossima emissione potesse... Invece no. Mi dispiace».

La bambina tace, mentre gli occhiali scuri seguono il volteggio di un gabbiano a poche decine di metri. Poi risponde: «Il calcolo. Se fossi stata con me quando il calcolo addirittura si fermò, tanto era rimasta infinitesimale la possibilità che tutto funzionasse. Se avessi dovuto decidere tu se affidare il futuro e la vita senziente, l'unica che vale la pena di essere vissuta, a una bestia laida e violenta. Se avessi dovuto assistere a eoni di barbarie, a genocidi infiniti. Il calcolo è più profondo e vasto di quanto si possa immaginare o prevedere, figlia mia».

La donna ha paura di muovere un muscolo, di non fermare quell'insolito, straordinario flusso di confidenza della bambina. Pensa che anche quello rappresenti l'eccezionalità del momento. «Quindi, Madre, tu dici che non è ancora conclusa la linea? Che forse c'è speranza per loro, che non li abbiamo perduti? Perché, sai, due sono sotto e...»

Qualcosa si muove veloce sotto la coperta, con uno scatto. «Le linee si completano articolandosi, lo sai. Non è il luogo in cui si trovano le componenti, ma l'interazione degli elementi. Quello di sotto non ha piene consapevolezze, vede parzialmente. Difende i Luoghi, pensando di poter fermare la ricezione; e spera forse, tra sé, che qualcuno dei suoi, di questi Guardiani, sia più belva di quanto lui stesso osi immaginare. Invece quello di sopra vede di più e meglio, credo. Ma è lontano, e deve restare lontano. Le uniche che vedono tutto, e che sono qui, siamo noi.»

La donna annuisce: «Lo so, Madre mia. Ma allora cosa è della linea? Che soluzione posso dare al calcolo? I nostri, sai… è difficile, per loro».

La bambina fissa il gabbiano, che ora si è posato su un tetto a pochi metri in linea d'aria. L'uccello si volta all'improvviso, come sostenendo lo sguardo degli occhiali scuri.

«La ragazza chiude il cerchio. È l'unica cosa che importi. La sua fine, la sua morte interromperebbe la linea e dovremmo passare oltre. Ricordi la giovane ebrea?»

Davanti alla mente della donna passa una serie di immagini: una ragazza allegra, che corre su un prato; una mano nella mano; un tavolo con dei bicchieri e una bottiglia, risate e musica; filo spinato sotto la neve; una fila di camicioni di tela di sacco verso una porta. L'ultima operazione sul campo che ha fatto. L'ultimo fallimento.

Con una fitta di dolore sospira: «Ricordo, Madre mia».

La bambina riprende, piano: «Magari, se la ragazza dovesse tornare, ti manderò a osservare da vicino. Magari, se la linea non si chiude, sarà quella giusta e comincerà l'ultima fase del cammino».

Il gabbiano spiega un'ala e non si alza in volo. Si volta inquieto ancora verso di loro.

Sulla strada, a qualche decina di metri, un furgone arranca. La donna ha un lieve brivido.

«Non ti deluderei stavolta, Madre. Stavolta la terrei in vita, qualsiasi possa essere il contesto delle Mappe.»

La bambina sorride, impercettibilmente: «Lo so, figlia mia. Lo so».

Il gabbiano apre l'altra ala, e cade morto.

LVII

Lisi aguzza gli occhi ma continua a non essere in grado di distinguere i tratti della persona seduta dall'altra parte del tavolo. Sta di profilo e fissa la grande finestra dalla quale entra la luce lattiginosa del panorama innevato, con le cime nere delle conifere che si agitano pigre nella neve incessante.

È sicuramente enorme, non c'è dubbio. Porta una specie di camice o saio, la manica che scende dritta fino al piano del banco, un cappuccio ampio che ne copre il profilo. C'è qualcosa di sbagliato nelle proporzioni, come se la spalla fosse stretta, come se il braccio largo fosse attaccato alla base del collo, con un minimo intervallo. Ma è buio, non si capisce.

A un certo punto, con un vivido lampo di coscienza, Lisi si accorge di trovarsi in una condizione mentale strana. Si sente quasi ottusa, ovattata, ubriaca: eppure è del tutto cosciente e consapevole, come non è mai stata. E continua a non aver paura, anche se tutto quanto di razionale conserva le urla il contrario.

E con la stessa acuta consapevolezza si rende conto di altri due importanti fattori: quello che l'essere le sta raccontando le pare logico e in qualche modo prevedibile, pur nell'assurdità del senso; e il flusso che le sta arrivando da un tempo che non è in grado di definire non è costituito da parole, ma da pensieri. Immagini, connessioni, concatenazioni, più luce che frasi.

E poi arriviamo a lei, signorina. A lei e alla città in cui vive.

Perché, ma so che se n'è resa conto da tempo, il suo ruolo nello sviluppo degli eventi è assolutamente centrale.

Ci sono forze diverse in campo, come credo di averle spiegato. Non c'è dubbio sulla fine del processo, perché è implicito nella stessa esistenza della specie umana. È il perché, la radice di quella che avete cominciato da poco a chiamare evoluzione. È paradossale e in qualche modo divertente che quello che ha ritardato più e meglio questa consapevolezza, e cioè il complesso delle religioni, sia proprio la più diretta emanazione del mito che più si avvicina alla verità: un dio venuto dall'alto che plasma l'umanità a sua immagine e somiglianza. Ma questo credo lo sappia bene, no? I suoi studi possono raccontarlo meglio di come possa fare io.

E allora, se l'esito è certo, a che serve questa battaglia? A che serve questo posto, e cosa fanno tutti questi scienziati che lavorano nella prigione che io stesso, con l'aiuto dell'unico amico che abbia mai avuto, mi sono costruito?

Prima di tutto, il tempo. I nostri interventi hanno regalato centinaia di anni di libero arbitrio, usato per la maggior parte delle volte male, questo è sicuro; ma non crede che sia orribile dover rinunciare all'autodeterminazione? Non crede che la specie abbia il diritto di sopravvivere più a lungo possibile conservando quella parte di sé che è terrestre? Noi crediamo di sì. Lo crediamo con tutto il cuore e l'anima. E quindi cerchiamo di porre fine alle linee delle Mappe, per quanto riusciamo a venirne a conoscenza. Siamo, per far riferimento a uno schema ideologico che può comprendere, una frangia di resistenza. Non violenta. Non ammazziamo la gente, noi: nemmeno quella che sarebbe molto comodo togliere di mezzo brutalmente.

Sa perché non lo facciamo? Perché è inutile. Lo abbiamo verificato, perché ci abbiamo provato innumerevoli volte in epoche antiche. Intuivamo in modo grossolano dove le Mappe portavano, e tagliavamo le linee. Ma, come dite voi, non si possono fare operazioni chirurgiche con una scure. Gli strumenti andavano migliorati, raffinati; e così ci siamo dati da fare.

Ora, sappiamo da molto tempo che alcuni Luoghi rivestono importanza particolare; non è il caso che lei ne conosca nel dettaglio i motivi, non abbiamo abbastanza tempo. Ma l'intuizione di suo zio abbrevia il corso della linea della Mappa di svariate migliaia di anni. È stato difficile depotenziarla, i nostri specialisti sono stati bravi a metterlo in ridicolo. Hanno continuato a farlo anche di recente, inviando un certo articolo; ma possiamo ritardare, non risolvere, purtroppo.

Non è un caso che certe città siano così antiche. Che i culti, le religioni si siano concentrate sempre negli stessi Luoghi, che con l'alternarsi delle civiltà siano rimasti quelli i posti dove la comunità si riuniva a celebrare i suoi riti. Posti dove si sacrificavano animali e bambini, dove si aspettava insieme il sorgere del sole e dove si banchettava. Non è un caso.

In quei Luoghi si riceve. C'è un flusso di energia che arriva, quando c'è un determinato allineamento e quando non ci sono elementi in contrasto, che rinnova. Ma che comunica.

La sua città riceve, più di ogni altra. Perché ha il fuoco sotto, e nonostante vi abbiamo fatto credere dall'inizio del tempo che il fuoco sottoterra è il Male Assoluto, è la rappresentazione della dannazione, per tenervi lontani, e nonostante quei Luoghi siano difesi da Guardiani inconsapevoli e determinati, strumento di quella violenza che noi non possiamo usare, il genere vi si è stabilito e anzi vi si sedimenta, attratto senza coscienza proprio dal flusso che ristabilisce un contatto con la sua stessa ignota origine. L'idea dell'Inferno, che abbiamo così fortemente costruito, ha in sé l'eterno Paradiso: il ricongiungimento dell'uomo con chi lo ha creato.

E lei, proprio lei, chiude una delle principali linee concepite dalla Mappa. Che è viva e reale, proprio come lei. Proprio come me.

Quando finiremo di parlare, in questo strano, assurdo

modo, lei non ricorderà molto di quanto le ho rivelato. Ma qualche frammento rimarrà, il seme di una coscienza che con tutto il cuore spero di aver risvegliato. Quella parte che conosce la terra perché dalla terra è nata, quella parte che si è abituata a immaginare come animale, e che invece è la più autentica, si chiederà cosa è meglio fare. Come comportarsi.

Sarà cruciale il suo comportamento nei prossimi anni, e quello dei suoi amici, di chi la circonda. Conterà l'amore, conterà l'amicizia. Conterà la mente, e ancora di più conterà il cuore.

Conterà la sua città, il fuoco che le scorre sotto, il cielo che aspetta sopra. La partita, il confronto, si giocherà là.

Se sopravvive, sarà lei l'oggetto dello scontro.

Se non sopravvive, sarà un'altra, la linea della Mappa. Ma il terreno sarà lo stesso.

Non so se saremo mai più così vicini. Ma una parte di lei si ricorderà di me. Come una parte di me la conserverà dentro, quanto nemmeno può immaginare.

LVIII

Si trovava su una barca che navigava lentamente. C'era freddo, un freddo strano, umido e violento, e un vago odore di muffa. Forse la barca era vecchia. Si tirò su a guardare e si rese conto che il mare sul quale la barca navigava era di fuoco: rosso, cupo e vorace. Eppure aveva freddo.

Aprì gli occhi e si ritrovò il volto di Brazo a pochi centimetri dal suo. L'amico lo scuoteva forte. «Prof! Prof, svegliati, ti prego! Dobbiamo andarcene da qui!»

Cercò di riscuotersi e di tirarsi a sedere. Era ai piedi della scalinata che portava all'anticamera dalla quale partivano i tour guidati del sottosuolo. Ingrid era già in piedi, pallida, una mano su una parete per sostenersi.

Marco si alzò a fatica. Gli girava la testa e aveva un senso di nausea. Seguì Brazo, che sosteneva la giornalista, incerta sulle gambe.

La ragazza dietro al banco dei biglietti fece una smorfia: «Claustrofobia, eh? Succede spesso, la gente nemmeno lo sa che ne soffre. Fatele prendere un poco d'aria e datele da bere, vedrà che le passa».

Brazo le rivolse un sorriso tirato: «Sì, grazie, signorina. Ci penso io. Buona giornata».

Non parlarono fin quando la macchina raggiunse il lungomare e i tre si sedettero al tavolino di un bar. Il vento di dicembre era pungente, ma al sole si stava bene.

Brazo ordinò tre caffè e poi disse, teso: «Si può sapere che accidenti è successo? Fortuna che non ce la facevo più ad aspettare e vi sono venuto incontro, superando la paura del chiuso... Altri cinque minuti e svenivo io! Appena sono sceso vi ho trovati a terra sotto le scale. Se mi avesse preceduto una delle guide, che cosa ci saremmo inventati? Allora?».

Ingrid si passava una mano sugli occhi, come a scacciare la nebbia. «Io... non lo so, ho ricordi vaghi, frammenti di immagini. Credo di aver perso i sensi, forse non c'era ossigeno laggiù... Ma ricordo che abbiamo parlato con qualcuno, no? Mi ricordo una specie di spiazzo, una luce...»

Marco scuoteva la testa, per schiarirsi le idee: «Sì. Sì, abbiamo parlato. C'erano delle persone, ma uno, uno in particolare che diceva... anzi, non diceva. Pensava e basta. Pensava, no?».

Ingrid annuì, sorpresa: «Sì, pensava. E io, noi, pensavamo quello che pensava lui. Per questo non ricordo bene le parole. Ma ricordo che diceva dei Luoghi. I Luoghi sono... sono sorvegliati!».

Brazo faceva andare gli occhi dall'uno all'altra: «Ma di che state parlando? Avete incontrato quelli della setta? E Lisi? Sanno dov'è?».

Marco scosse ancora il capo, stavolta per dire di no: «Non lo sapeva. Almeno, così mi è sembrato. Non lo sapeva, cioè sapeva che l'hanno presa, ma non sapeva né se stesse bene né quando l'avrebbero liberata. Non lo sapeva davvero».

«È vero, non lo sapeva» confermò Ingrid. «L'ha pensato, e non lo sapeva! Ma il resto, il resto era di enorme importanza, no? I Luoghi sacri... sono sorvegliati. Bisogna stare attenti, perché sono sorvegliati da gente senza scrupoli.»

Marco allungò la mano su quella di lei. «Sì, è vero. È vero, è così. E la donna che ha cercato di ucciderci, che si chiamava... si chiamava...»

«Ippolita! Si chiamava Ippolita, e lui... lui aveva tenerezza e rabbia, insieme. Io le sentivo, tutte e due...»

Marco le teneva ancora la mano: «Sì. E lui era... era preoccupato. Ha parlato... pensava in maniera confusa, ma era preoccupato. Era preoccupato per noi, ma anche per tutti. Per tutta la gente, insomma. E secondo me Lisi, Lisi è importante per lui. Così mi sembrava».

Ingrid lo guardava con dolcezza, accarezzandogli lentamente le dita.

Brazo li aveva ascoltati a bocca aperta. Poi chiese d'un fiato: «Ma dove, dove l'avete visto 'sto tizio? E chi era? Anziano, giovane, alto, basso... Lo riconoscereste, vedendolo? E chi vi ha portati dove vi ho trovato? E adesso che facciamo con Lisi?».

Marco sembrava desolato: «Non so. Ho come l'immagine di lui che si avvicina e si toglie una specie di cappuccio, ma... E non ricordo come e quando ci siamo arrivati ai piedi della scala. Mi ricordo bene la discesa, i riscontri sulla cartina...».

La donna aggiunse, incerta: «Io ricordo di aver lasciato dei segni sul muro, per ritrovarli al ritorno, ma non ricordo nulla della risalita. Eppure dev'essere stata molto faticosa». Si rivolse a Brazo: «Quanto tempo è passato da quando siamo andati?».

Lui la fissò. «Dodici ore, Ingrid.»

LIX

Il Padre sta fermo, inquadrato nell'arco, la luminescenza alle sue spalle che ne delinea i contorni. Sta fermo e attende fino a quando ritornano i Guardiani che hanno trasportato i corpi dei due umani nel posto in cui potranno essere trovati.

Amatia sta al suo fianco e attende di ascoltare. Dentro di sé, dietro lo schermo che nel tempo e secondo la cura della propria capacità naturale è riuscita a erigere per proteggersi dalla mente del Padre, pensa che l'uomo che si è arrischiato fino quasi ai loro Luoghi è davvero interessante.

Contrariamente agli altri Guardiani, Amatia ha dei segreti. Li ha sempre avuti, fin da quando è stata reclutata dal Padre duemila anni prima, e continua ad accumularne, un po' alla volta. Crede che sia proprio per la sua capacità, quella di alzare un muro nella mente, un doppiofondo, un locale segreto nel quale nascondere pensieri, passioni e sentimenti, che è diventata a poco a poco la sua preferita tra tutti. Che le vengono assegnati i compiti più speciali.

Crede sia per questo che prima o poi avrà accesso alla stanza segreta, dove il Padre si ritira quando non li incontra; dove, ne è certa, è conservato il segreto della definitiva immortalità, quella che non ha bisogno di sottoporsi al Rinnovamento e che prescinde dall'essere un Guardiano.

Amatia sa da molto tempo che il Padre ha la facoltà di leggere nel pensiero. Sorride tra sé all'idea che gli altri Guardiani, per la maggior parte rozzi barbari che nel corso dei secoli sono rimasti poco più che animali, pensino che abbia facoltà sovrumane. No. Quell'essere spaventoso ha l'unica capacità di leggere nelle teste altrui. Ma siccome lei, Amatia, ha la dote di riuscire a difendere i propri pensieri, il rapporto tra loro è più paritetico di quanto si possa immaginare. È come far credere che l'intera casa in cui si abita è costituita da una sola, angusta stanza arredata con semplicità; e poi aprire un passaggio segreto ed entrare in un altro, immenso ambiente pieno d'oro e gioielli. Una stanza del tesoro.

È dove Amatia conserva le letture, la musica, i piaceri. La lussuria. È dove Amatia, da duemila anni, si gode appieno il beneficio della permanente rinnovabile gioventù continuando a sembrare un'ascetica, parca e fanatica sacerdotessa di un culto morto da epoche immemorabili, al quale ha peraltro aderito solo per convenienza.

Ora, col Rinnovamento appena avvenuto, si sente di nuovo piena di vita e di energia. Se dovesse dire cosa le ha pesato di più di tutta la faccenda, oltre a non potersi allontanare da quella città, sarebbe di non poter urlare a chiunque quanto sia bello ringiovanire. Il giorno prima sei una vecchia piena di acciacchi, usurata nel corpo e nell'anima dai giorni e dalle notti passati con forza decrescente, e il giorno dopo balzi addosso al mondo con l'energia di una belva.

Naturalmente c'è da stare attenti. Nessuno dei Guardiani conosce il volto di tutti gli altri, e non sai mai in chi ti puoi imbattere; il Padre, poi, nelle menti degli altri legge senza sforzo e può sempre fare delle scoperte sbagliate. Così come salvaguarda le vite caduche e insignificanti dei mortali, non perde tempo a eliminare a cuor leggero chi di loro si macchia di qualche colpa. "I vicoli ciechi delle Mappe", così li chiama sprezzante. Chissà che accidenti vuole dire.

È ben basso il prezzo, pensa Amatia, da pagare per la gioventù. Tenere d'occhio un posto dove non succedeva proprio niente. Ora, per la verità, con la morte di quella stupida janara, i posti sono due, da controllare: ma ancora è ampiamente facile, e l'essere stata scelta per la provvisoria sostituzione costituisce la garanzia della duratura preferenza del Padre nei suoi confronti.

Amatia si chiede se è per il recente Rinnovamento che ha provato tutto quel calore nel ventre alla vista del mortale. Marco, pensa. Si chiama Marco. Troppo bello per quella celtica slavata che lo accompagna, e che gli ha messo gli occhi addosso. Le sarebbe dispiaciuto se il Padre, fingendo disinteresse, avesse autorizzato implicitamente qualche assassino a ucciderlo. Invece, per fortuna, l'ha fatto addirittura arrivare a poche centinaia di metri dal luogo delle riunioni. Deve essere speciale, Marco: e questa, pensa Amatia, è un'informazione interessante.

Nel frattempo lo accoglierebbe volentieri nel suo letto. Le ricorda, o meglio ricorda al suo corpo di nuovo giovane i due migliori amanti che abbia mai avuto: Curtius e Filippo. Ma dall'ultimo sono passati quasi trecento anni.

Amatia è molto curiosa del perché quel Marco e i suoi compagni siano tanto importanti per il Padre.

Mentre ci sta pensando arrivano trafelati i quattro Guardiani che hanno riportato i corpi inanimati in superficie. Si dispongono in ginocchio ai loro posti, chiudendo il cerchio.

A quel punto il Padre si fa avanti e parla: «Figli miei, avete assistito a qualcosa che mai era accaduto: è stato consentito l'accesso fino al limite del territorio sacro a due persone che non fanno parte del gruppo dei Guardiani. Gli è stato consentito anche il ritorno alla vita in superficie, e anche se la loro mente è stata opportunamente annebbiata nel ricordo e la riservatezza è salvaguardata dal fatto che nessuno crederebbe a un loro eventuale racconto, resta la certezza che essi sanno della nostra esistenza. E questo costituisce un rischio enorme per tutti noi».

E allora perché non li hai ammazzati?, pensa Amatia chiusa nella stanza riservata della propria mente.

Il Padre continua: «È stato necessario. Quegli umani rappresentano uno snodo importante delle linee delle Mappe, ed è stato prescritto che fossero risparmiati. Io però vi ordino di anteporre la sorveglianza di questi personaggi a ogni altro compito, fatta salva naturalmente la guardiania dei Luoghi che vi sono stati assegnati. Perciò sarà costituita una squadra libera dai compiti di ronda delle zone dei Luoghi, che comunque al prossimo Rinnovamento godrà dell'energia ma che nel frattempo dovrà pensare a seguire ogni movimento di quegli umani. La sorveglianza dovrà essere costante, notte e giorno, e dovrà comprendere l'infiltrarsi nelle attività quotidiane. Questi elementi saranno Uthmos, Chrestos e Savia».

Peccato, pensa Amatia con un po' di malinconia. Sarebbe stato un interessante diversivo, e un'occasione fantastica per mettersi in mostra e per provare le capacità amatorie dell'umano, dimostrandogli com'è una vera donna.

Il Padre conclude, secco: «Tutti e tre saranno agli ordini di Amatia, che riferirà a me direttamente».

Un tuffo di contentezza nel cuore, ma nemmeno un muscolo in movimento. Amatia resta col viso rivolto al suolo e mormora: «Sì, Padre».

La grossa figura scompare con un lieve spostamento dell'aria.

La donna sorride verso il terreno.

LX

Lisi si ritrova fuori dalla stanza e dall'anticamera, e non ricorda di essere uscita. Ha la testa leggera e si sente sfocata, come se il suo corpo vibrasse di un'energia sconosciuta.

Al di là della seconda porta trova il direttore, in piedi, curva e malevola, gli occhi penetranti come due chiodi. «E quindi hai finito. È durata parecchio, ho visto.»

Dietro di lei, nascosto nell'ombra, c'è Rudy. Lisi percepisce disagio e ostilità in entrambi, con una sensibilità che non sapeva di avere. È come se le si fosse sviluppato un nuovo senso: intuisce quello che i due hanno in mente come se glielo stessero urlando in faccia.

Prova una vertigine e si appoggia al muro.

La vecchia la rassicura: «Non preoccuparti, ti passerà. È sempre così. A me succede ogni volta». Lo dice a entrambi, come vantandosi di qualcosa. Lisi sente l'orgoglio e anche il dolore per l'esclusiva violata.

Rudy chiede, secco: «Che ti ha detto, si può sapere? Di cosa ti ha parlato, per tutto questo tempo?».

La vecchia gli lancia un'occhiata storta, ma non dice niente. Lisi allora risponde mentendo, per capire se le leggono dentro come lei fa con loro: «Non lo so. Cose senza molto senso, che non ho capito bene, su un passato remoto che si aspettava che conoscessi. Non si è mostrato. È rimasto seduto, faccia a... alla finestra».

I due si scambiano uno sguardo neutro. Trionfo e soddisfazione. Rasserenamento. Vuol dire, pensa Lisi, che per qualche motivo non hanno accesso a quello che succede nella stanza. Lo immaginava, ma ora lo sa con certezza.

Si sente debole, cerca una sedia.

«Posso avere un po' d'acqua, per favore? Sono stanca.»

Rudy le porta sollecito un bicchiere. Lisi sente la sua soddisfazione quando beve, ma non è in grado di comprendere quanto e perché.

Deglutisce e chiede: «Chi... chi è, lui? Perché lo tenete rinchiuso là dentro?».

La vecchia risponde, solenne: «Lui è il Maestro. E non lo teniamo affatto rinchiuso: lo cauteliamo. È troppo... troppo prezioso. Per tutti noi».

«Io voglio capire come sapevate della frase di Gio', l'ultima che mi ha detto prima di sparire. E voglio capire anche... cosa avete intenzione di fare, adesso.»

La vecchia la fissa, inespressiva. «Ti ho già spiegato che noi, come funzione primaria, raccogliamo e cataloghiamo informazioni che arrivano in tante maniere, anche in forma di registrazioni casuali, immagini video, indagini di polizia. Le prendiamo intercettando flussi, notizie, telefonate. Possono anche sembrare insignificanti, in apparenza, ma a volte tornano utili. Così è stato in questo caso.»

Lisi sente con certezza, e con un po' di sorpresa, che la donna è sincera. Strano, perché fino a quando è entrata nella stanza del Maestro, non le avrebbe creduto.

Poi il direttore dice: «Adesso ti lasceremo andare. Come ti avevamo assicurato».

Ancora sincera.

«E te ne tornerai tranquilla a casa.»

Ora no. Con chiarezza, come se vedesse un colore o sentisse un sapore, Lisi sa che la vecchia sta mentendo. Ma che vuol dire? Potrà andarsene, ma non tornare a casa?

Si sente invadere le membra da una pesante stanchezza. Rivolge lo sguardo verso il bicchiere vuoto.

Rudy le sorride, sollecito: «Sta' tranquilla, Lisi. Serve per portarti fuori senza che tu possa ricordare punti di riferimento. È solo una misura di sicurezza. Lo facciamo sempre, quando qualcuno va via».

Pigramente il cervello di Lisi registra l'informazione come vera, prima di addormentarsi.

Mentre la portano fuori in barella, uno degli ingegneri impegnati in laboratorio alza il capo dal banco dove sta esaminando dei progetti. Rivolge al corpo sulla barella un'occhiata triste, prima di tornare al lavoro.

Se lo avesse visto, Lisi avrebbe riconosciuto Giorgio. E lo avrebbe trovato un po' invecchiato, rispetto a quella mattina in cui se n'era andato in barca a vela.

LXI

Nessuno se la sentì di tornare a casa o in hotel. Preferirono restare insieme, e Alba lo diede come al solito per scontato, mettendosi tranquilla e serena a preparare la cena.

Ingrid la osservava affascinata. «Quanto vorrei avere la sua pace. La senti, che pace ha? Io sono tedesca per metà, e nemmeno quella parte di me è così serafica.»

Brazo seguiva ancora il corso dei suoi pensieri: «Non mi avete detto se l'avete visto in faccia, il capo di questi dannati sacerdoti. Com'era?».

Marco continuava a massaggiarsi le tempie, come se non riuscisse a liberarsi dai postumi di un'emicrania: «Sai, c'era pochissima luce. Le torce non funzionavano…».

Ingrid aggiunse: «C'era come un chiarore, una specie di luminosità diffusa, tipo nei cinema o a teatro durante l'intervallo…».

Marco scosse il capo: «No, no, ancora meno. Era come una stanza in cui c'è solo il televisore acceso. E di questa persona distinguevamo appena i contorni. Poi ci è venuto vicino…».

«Sì, ci è venuto vicino e si è tolto il cappuccio. Questo me lo ricordo bene. Ma è l'ultima cosa, dopo…»

«… dopo c'è come una specie di nebbia. Devo aver sognato, però, perché alcuni fotogrammi mi sono rimasti. Forse ci hanno drogati…»

Ingrid annuì ancora: «Sì, qualche gas, credo, perché ho controllato e ricontrollato ma non ho segni di colpi in testa. L'ultima immagine che ho è… è assurda. Quindi devo aver sognato».

Marco le lanciò un'occhiata imbarazzata. «Sì, devo aver sognato anch'io. E d'altra parte è normale, se abbiamo respirato la stessa roba…»

Brazo proruppe: «Ma insomma, si può sapere questa immagine qual è? Mi sembra quasi che vi vergogniate di dirlo! Che faccia aveva, 'sto tizio?».

Marco tacque, scuotendo il capo. Ingrid invece parlò, distogliendo gli occhi, con voce sommessa: «Io ci vado spesso allo zoo, a Berlino. Ci vado, perché è un posto incredibile e a me gli animali piacciono. L'unica gabbia che mi pesa vedere è…».

«Allora anche tu hai visto quello che ho visto io…»

«… quella in fondo a un viale, dove c'è il padiglione grande. Là, alla fine di un corridoio, c'è una vetrata ampia. E c'è lui, che si siede e guarda chi lo guarda. Quegli occhi… sono così profondi, e tristi, e anche un po'…»

Marco aggiunse, come ricordando un sogno: «… beffardi. Come se sapesse tutto di noi. E io, invece di essere terrorizzato dal resto, ricordo quello sguardo così superiore, così distante...».

«... e sembra, dietro la vetrata, che sia venuto lui a guardare noi. Che in gabbia, rinchiusi, ci stiamo noi. È bellissimo e addolorato. Non mi va di vederlo.»

Brazo se ne stava a bocca spalancata: «Io non vi riconosco, ma che cacchio vi è successo, si può sapere? Chi c'è nella gabbia dello zoo di Berlino, Ingrid? Chi è che non vai a vedere? E che faccia aveva, il capo dei Guardiani?».

Marco alzò gli occhi quieti e li fissò in quelli dell'amico: «Un gorilla. Era il viso di un enorme gorilla».

In cucina si sentì un fragore di cocci infranti, e la voce di Alba terrorizzata che gridava: «No!».

Nello stesso istante suonò il telefono.

La donna apre gli occhi, svegliandosi di soprassalto.

Come sempre se ne sta a terra, distesa su un tappeto ai piedi del letto. Gira lo sguardo nel buio profondo, chiedendosi cosa l'abbia svegliata.

Poi il rumore si ripresenta: un ticchettio secco e ripetuto, come nacchere, o sonagli di un serpente.

Scatta in piedi, scarmigliata, gli occhi spalancati. Nella traslucida luce della luna, che filtra dalle lastre della finestra sul mare, vede la bambina in mezzo al letto fluttuare nella sua forma libera, senza coperta o calzature né occhiali o cappello di lana, i tentacoli leggeri che sembrano galleggiare, a qualche centimetro dalle lenzuola.

«Madre, Madre, che succede? Cosa...»

Una voce diversa viene dalla forma, non dalla bocca ma da qualche altra parte alla confluenza dei tentacoli. Una voce doppia, dura e profonda, come un disco rallentato: «Freddo, neve. La Mappa perde la sua linea».

Lisi aprì gli occhi.

Il freddo era terribile, e il suo corpo e la sua faccia erano ricoperti di neve. Il vento ululava costante, un doloroso immenso lamento che non aveva fine. Era ormai notte, non si vedeva nulla.

Non sentiva più le mani, i piedi, la faccia. Le gambe e le braccia mandavano dolori lancinanti. Per un attimo le parve di guardare se stessa dall'alto e provò solo un sordo rimpianto, una cocente nostalgia. Tanto da fare, tanto da dire.

Un pensiero irruppe nella sua testa, come un urlo. Un pensiero semplice.

Noi non possiamo. Nessuno di noi potrà mai.

Sentì da mille chilometri di distanza qualcuno che la sollevava. Sentì il contatto con una fitta peluria morbida, e con delle unghie appuntite e larghe. Cercò di aprire gli occhi, ma la neve e il vento glieli richiusero subito.

Non morire. Non morire a causa mia. Non morire solo perché ti ho voluta vedere.

Si rese conto di star correndo controvento, stretta con forza e delicatezza estrema a un vasto torace di pelliccia. Non poteva parlare, e non parlò.

Pensò, con tristezza: *Troppo tardi. Peccato. Non ho rimpianti, sai. Ma è troppo tardi.*

Il pensiero di risposta arrivò puntuale, come se avesse parlato, e senza che la corsa rallentasse. Con un brandello di razionalità, Lisi si chiese come fosse possibile correre a quella velocità nella neve fresca, di notte e con una bufera.

Non è tardi. Non è tardi. Io lo so, che non è tardi.

Il calore fluiva da un corpo all'altro, mentre i colpi dei piedi martellavano cadenzati lo spesso manto di neve. Ma non bastava.

Così succede, sai. Se entri in contatto, poi la facoltà del pensiero passa dall'uno all'altro. Col mio amico fu così. Non ci fu bisogno di tempo, per dirsi tutto quanto.

Sonno. Tanto sonno. Voglia di dormire, di far smettere il dolore.

Come hai fatto? Come sei uscito? Quella prigione…

Come un sorriso, ma nel pensiero: *Se la prigione l'hai costruita tu, lo sai come uscire. Ogni luogo chiuso, se non conservi la possibilità di uscire, diventa una prigione.*

La forza che se ne va. Dolore. Basta dolore.

E tutto questo sonno, come un liquido nero che sale in una bottiglia.

Perdonami. Perdonami, ma non ce la faccio più. Mi dispiace, mio zio, mia madre… Non ce la faccio. Perdonami.

Da lontano, in mezzo al vento, cominciò a brillare una luce.

LXII

Se ne stavano zitti, in piedi davanti alla porta di ferro dell'uscita di sicurezza.

Se ne stavano zitti perché ogni commento, ogni tono sarebbe sembrato fuori luogo.

Brazo ripeté, forse per la millesima volta in un giorno: «Almeno è viva. E non ha danni permanenti, pare».

Marco rispose, lugubre: «Pare. E allora mi dici come mai non riprende conoscenza?».

L'assistente rispose, brusco: «Perché è meglio per lei, fa parte della terapia. Il dottore è stato chiaro, no?».

Ingrid, che al telefono aveva parlato più volte col medico in tedesco, annuì paziente: «Sì, è stato chiaro. Ha detto che la tengono così, sedata, finché non scende la febbre. È un miracolo che sia viva, a quell'altitudine in piena bufera di neve, alla fine di dicembre e di notte, si muore in pochi minuti. E invece è riuscita ad arrivare alla porta del rifugio chissà come, e chissà da dove».

Marco disse, scuotendo il capo e con rabbia: «Testarda.

Maledetta, dannata testarda. Appena trova un guaio, ci si butta dentro di testa. Sempre stata così, sempre. Maledizione».

Ingrid lanciò un'occhiata all'ambulanza dietro di loro, che aspettava coi portelloni aperti.

«Ma Alba lo sa che… O pensa che stia bene? Le avete spiegato che non è in pericolo o…?»

Marco sbuffò: «Figurati. Lei dice che ci ha pensato il padre a salvarla. È completamente andata. Dice che Lisi tornerà a casa molto, molto migliore di quando è andata via».

Brazo mormorò: «Magari è vero. Almeno è…».

«… è viva, sì. Lo sappiamo. E facciamo in modo che lo rimanga. Bisogna che lasci perdere tutto, che si metta l'anima in pace e…»

Ingrid disse, decisa: «Sarà lei a scegliere cosa fare. Solo lei, perché è in gamba, intelligente, e ha nuovi elementi. Sta succedendo qualcosa, e Lisi è la chiave per capire. Per arrivare fino in fondo».

Prima che Marco potesse ribattere, la porta di ferro si aprì e due infermieri spinsero una barella verso l'ambulanza in attesa. I tre si avvicinarono subito, intravedendo il bel volto di Lisi, incosciente, con la coperta fino al collo.

Uno degli infermieri si rivolse a Ingrid: «Siete voi i parenti? Sta meglio. La febbre sta calando. Sentiremo il medico, ma mi pare che sia fuori pericolo».

Brazo fissava la ragazza, le labbra tremanti come se stesse per piangere. Marco gli disse, a mezza voce: «Non osare».

Ma anche lui aveva gli occhi pieni di lacrime. Ingrid salì a bordo con Lisi, e l'infermiere chiuse il portello.

Nello stesso istante Marco sentì: *Ciao, zietto.*

Come se gliel'avesse sussurrato al di sopra della spalla.

Si guardò attorno, confuso. Poi pensò, forte: *Accidenti a te. Mi hai tolto dieci anni di vita.*

Immediato, mentre l'ambulanza si avviava, lo raggiunse un altro pensiero: *Altri dieci anni? Ma se sei già vecchissimo!*

Seguendo il suo assistente verso la Mini, cominciò a sorridere.

Da lontano, una bella ragazza dai lunghi capelli ricci lo osservava sorridere.

Molto attentamente.

Ringraziamenti

I Guardiani sono qualcosa di radicalmente diverso da ogni altra mia storia.

La voglia di raccontarla e la stessa idea sono nate durante un pranzo con Francesca Longardi di Cattleya, che quindi ne è la prima responsabile. Con lei Riccardo Tozzi, Donatella e Valentina e le bellissime chiacchierate che hanno arrotondato eventi e personaggi.

Il lavoro di ricerca e controllo delle fonti è stato più impegnativo, la passeggiata in territori sconosciuti più complessa.

Devo anzitutto ringraziare Stefania Negro, senza la cui attenzione e cura questo romanzo sarebbe stato impossibile. Con lei Anna Paturzo, Pamela Palomba e l'associazione Locus Iste, Angela Rogliani e l'associazione Respiriamo Arte: fondamentali per passione, generosità e qualità di conoscenza.

Al solito fantastica la squadra di Rizzoli. Massimo Turchetta e Sabrina Annoni, che hanno fortemente creduto in questa storia; Luisa Colicchio, Francesca Cinelli che mi aiutano a portarla in giro; Francesca Leoneschi, che ha concepito la bellissima copertina. Soprattutto Michele Rossi e Stefano Izzo: che meraviglioso privilegio lavorare con voi, amici miei.

Infine Luisa Pistoia e Marco Vigevani, angeli custodi e campioni del mondo di pazienza a squadre. Fortuna che ci siete, ragazzi: senza di voi avrei smesso da tempo di fare di questi sogni.

Finito di stampare nel mese di maggio 2019 presso
Grafica Veneta - via Malcanton, 2 - Trebaseleghe (PD)
Printed in Italy